Johanna
Lindsey

Johanna Lindsey

Tierna fue la tormenta

RBA

Título original: *Tender is the Storm*

Edición original: Avon Books

Pérez Galdós, 36 bis, 08012 Barcelona
Traducción: Claudia Tarazona
Traducción cedida por Ediciones B, S.A., Barcelona, España

Diseño de cubierta: Hans Romberg
Ilustración de cubierta: José María Casanovas

ISBN: 84-473-2883-X
Depósito Legal: M-53.418-2002

Impresión y encuadernación:
Mateu Cromo Artes Gráficas, S.A.
Ctra. de Fuenlabrada, s/n. Pinto (Madrid)

Impreso en España - Printed in Spain

Para Connie y Vocki Lynn, y por los sueños que pueden hacerse realidad.

Prólogo

1874, reserva San Carlos, Arizona

El puma era grande, pesaba más de noventa kilos y medía casi dos metros y medio de largo. Estaba en lo alto de la montaña, entre los cantos rodados; tenía la vista fija en un lugar a algunos metros de allí, donde la pendiente formaba un escalón. Entre los pinos, había una manada de caballos salvajes. Resoplaban incesantemente, porque presentían la presencia del puma, aunque no había brisa que transportara su olor.

De repente, el puma advirtió que estaba en peligro. Vio a los dos hombres que subían la montaña con algunos caballos, siete más, en realidad. Los dos hombres eran bastante jóvenes, y muy parecidos. Ambos tenían la piel bronceada y curtida, y cabello largo y negro que les caía sobre los hombros. Llevaban puestas botas de caña alta, y pantalones blancos de montar que realzaban sus piernas musculosas. Uno de ellos era alto, y tenía el torso desnudo bajo el chaleco. El otro era bastante más bajo y vestía una camisa blanca de algodón, con mangas largas. En la cadera, un cinturón y una cartuchera.

Cuando llegaron al lugar donde se hallaban los otros caballos, el puma saltó, y se acercó cautelosamente a los hombres. Uno de ellos tenía rasgos apaches.

Al ver al enorme puma ambos se detuvieron, paralizados por el miedo. ¿Por qué no habían advertido antes su presencia? Todo estaba en calma, a pesar de los caballos.

El hombre alto extendió un brazo, y el puma se acercó ronroneando. Dejó que el hombre le acariciara la cabeza, y se enroscó en sus piernas. Luego se echó a un costado.

Billy Wolf respiró silenciosamente para que su compañero no advirtiera su nerviosismo. Le temblaban las manos; el miedo había dominado su coraje masculino.

—¡Animal del diablo! —exclamó Billy—. ¡Animal del diablo! —volvió a gritar para llamar la atención de su compañero—. ¿No ves lo que les hace a las yeguas, Slade?

—Cuida tus palabras.

—¡Por favor, no me hables de eso ahora! ¿No te pusiste nervioso por un momento, hasta que te diste cuenta de que era él?

—Un poco —respondió Slade Holt, y se acercó a los caballos.

Billy Wolf lo siguió.

—¿Por qué no le demuestras que es bienvenido?

—Ya sabe que es bienvenido —dijo Slade terminante.

Billy miró al puma y meneó la cabeza.

—Volviste a verlo hace ocho meses, después de un año. ¿Cómo te recuerda? ¿Cómo lo reconoces si se parece a cualquier otro felino de la montaña?

—No lo reconocí —admitió Slade, con una mueca irónica—. Sólo creí que no era peligroso, al igual que pensé que tú no lo eras cuando nos conocimos.

Billy pensó un instante, y creyó que la explicación era aceptable. Como de costumbre, cambió de tema bruscamente.

—¿Estás seguro de que quieres irte mañana, Slade? —El hombre sólo asintió y, sin decir palabra, se sentó al lado del puma. Billy lo miró intrigado. —Pero, ¿estás seguro de que quieres irte?

Slade miró el refugio de la montaña. Allí había una manta, ropa de hombre, botas que le había cambiado a Billy por un caballo el invierno anterior, algunas latas de comida que éste le había traído, y la pistola y la cartuchera robadas dos años atrás, cuando Cactus Reed le había enseñado cómo usar un arma. Pensaba en esa pistola. Le había llevado dos años llegar a manejarla con habilidad. Ahora podía decir que era un buen pistolero, al menos, mejor que el hombre que pensaba matar con esa pistola.

—¿Que si estoy seguro? —Los ojos verdes de Slade se detuvieron en el puma, luego acarició la cabeza del animal. —Mi único problema ha sido esperar tantos años. Fui un niño que quiso crecer a prisa para vengarse de todo lo que le habían hecho. Tenía doce años cuando tuviste el valor de acercarte a mí.

—¡Valor! —lo interrumpió Billy indignado.

—Admítelo, Billy —dijo Slade, quien parecía disfrutar de la situación—. Tu gente pensaba que estaba loco, y no sólo porque vivía aislado de todo en las montañas. Eras un año mayor que yo. Hasta los guerreros me evitaban porque me consideraban un demente.

—¿Qué otra cosa podíamos pensar? Eras un niño que iba sucio, semidesnudo, y tu olor asqueroso se percibía de lejos. Cualquiera que se te acercaba podía terminar muerto de un balazo.

Slade lanzó una carcajada.

—También te disparé la primera vez que te vi.

—Con el dedo —gruñó Billy, pero con una sonrisa. Slade Holt casi nunca reía sin un toque de cinismo y amargura.

—Te expliqué por qué olía tan mal por aquel entonces. Me libré de ese olor un año después.

—Podrías haberte bañado en el río.

—¿Por qué? Lo que más me agradaba de mi libertad era no tener que bañarme.

—Menos mal que cambiaste de opinión —dijo Billy.

Slade se encogió de hombros.

—Uno cambia a medida que pasan los años. Ya no disparo «con los dedos». Ése era un juego al que solía jugar con mi hermano mellizo.

Slade se entristeció. Siempre se sentía así al recordar a su hermano. Se pasó una mano por la frente. El puma advirtió su estado de ánimo, dejó de ronronear y levantó las orejas.

Billy sabía que Slade sufría terribles dolores de cabeza si intentaba recordar lo que había ocurrido cuando él y su hermano escaparon de Tucson. Su padre había sido asesinado ocho años atrás por Feral Sloan, un pistolero. Había presenciado la pelea y visto cómo Sloan provocaba a su padre, Jake Holt.

Jake, uno de los miles de pioneros, había llegado al oeste para hacerse rico. Él y su amigo Tom Wynhoff fueron afortunados. Encontraron oro a treinta kilómetros al oeste de Tucson. Pero su suerte no duró mucho tiempo, porque otros querían ese oro también. Slade no sabía mucho sobre esa historia. Su padre sólo le había contado que un hombre había querido comprarle la mina, y él se había negado.

Al poco tiempo, Tom Wynhoff fue hallado muerto en un callejón, con un balazo en el pecho. Ese mismo día y sin razón alguna, Feral Sloan enfrentó a Jake y lo mató. Slade estaba muy cerca. Momentos después, Sloan pasó al lado de Slade y dijo orgulloso: «Nunca gané cien dólares tan fácilmente.»

A pesar de que era un niño, Slade comprendió de inmediato que ese hombre había matado a su padre por dinero. Se dio cuenta de que estaba en peligro cuando un anciano lo tomó del brazo y le dijo:

—Primero el viejo Tom, luego Jake. Ahora tu hermano y tú sois los dueños de esa bendita mina. Slade Holt, no creo que vivas para ver la riqueza de esa mina. Ya ha ocurrido cientos de veces. Un hombre se mata trabajando, y luego esos hijos de mala madre lo asesinan para adueñarse de todo. Ustedes siguen en la lista. Su hermano y usted deben irse de aquí. Esos canallas son tan ambiciosos que no dudarán en disparar a un niño.

Slade y su hermano se dirigieron al noreste, lejos de la mina, lejos de Tucson, en dirección a las montañas del norte. Pero los siguieron. Slade sabía que Feral Sloan los seguía. Una bala rozó su cabeza y, al caer del caballo, se golpeó con las rocas. Sólo recordaba que había gritado antes de desmayarse. Nada más.

La lluvia lo despertó. Estaba solo, no vio a su hermano ni a su caballo; tampoco había huellas. Más tarde se dio cuenta de que debía haberse quedado donde estaba, por si su hermano había ido en busca de ayuda, después de librarse de Sloan. Pero no podía pensar con claridad, y comenzó a buscar a su mellizo. Meses más tarde, se dio por vencido. La búsqueda había sido inútil. Temía entrar en los pueblos porque tal vez ese asesino a sueldo podía encontrarlo, o enterarse de que aún estaba vivo.

Aprendió a sobrevivir, se convirtió en un hombre, ya nada lo acobardaba. Sobrevivió a la desesperación, aprendió cometiendo errores, recorrió la región desde el río Gila hasta las montañas Apaches del sur.

Aunque parezca extraño, nunca tuvo problemas con los indios. Lo respetaban y le permitían pisar su territorio. Slade temía a los blancos. Pasó dos años solitarios y, cuando conoció a Billy Wolf, le ofreció su entera amistad. Eso había ocurrido hacía ya seis años.

Al principio no podían comunicarse. Pero, poco a poco, cada uno aprendió la lengua del otro. Billy vivía con la tribu de su madre en ese tiempo y, como eran nómades, Billy y Slade no se veían con mucha frecuencia.

Billy era la única persona en quien Slade había confiado, además de Cactus Reed. Slade había conocido a Reed en las Montañas Galiuro hacía poco más de dos años. El hombre agonizaba: había recibido dos balazos en una pelea con su compañero y había perdido. Slade lo curó y, en agradecimiento, Cactus le enseñó todo lo que sabía. Y sabía mucho. Había sido cazador de tesoros, era valiente, y vivía desafiando a los asesinos.

Cactus resultó ser ladrón también. Un día, mientras Slade estaba cazando, se escapó con algunos de sus caballos. Quizá creía que no le debía nada a nadie, ni siquiera al muchacho que le había salvado la vida. Por otra parte, estaban a mano, ya que había enseñado muchas cosas a Slade.

El joven no lo siguió. No era difícil atrapar caballos salvajes; los usaba para cambiarlos por lo que necesitaba. Billy se encargaba de vender cosas para obtener dinero. Durante estos años había conseguido bastante, pero hasta ahora no había tenido en qué gastarlo.

Billy Wolf estaba preocupado. Sabía que una vez que Slade comenzara su búsqueda tal vez no volvería a verlo. Sabía que, tarde o temprano, ese día llegaría. Había creído que eso ocurriría el año anterior; después de todo, Slade había crecido, era corpulento, ágil y musculoso, el ardiente sol de Arizona le había curtido la piel, y parecía un indio. Cuando Slade volviera a la civilización, Billy sabía bien que la gente, suspicaz por cierto, lo confundiría con un mestizo. Sin embargo, Slade tenía algo a su favor: era dueño de sí mismo. Hasta su calma era amenazadora, a pesar de que sólo tenía dieciocho años. Sus ojos penetrantes y sus rasgos varoniles atraían a las mujeres.

—¿Qué harás primero, cortarte el cabello o conseguir una mujer? —preguntó Billy sonriente.

—Supongo que primero tendré que cortarme el cabello para que las mujeres no escapen corriendo espantadas —contestó Slade inmutable.

—Si te cortas el cabello, y no te confunden con un mestizo, las mujeres se pelearán por ti. Quizá sería mejor que dejaras el cabello como está si no quieres tener ese problema. ¿Sabes cómo comportarte con una mujer, no es cierto?

—Supongo que no será tan difícil —dijo Slade—, si es como tú lo hiciste con Little...

—¿Qué? —gritó Billy, enfurecido—. El campamento estaba a kilómetros de allí... ¿No me habrás seguido?

—Claro que sí —respondió Slade con calma—. Ni siquiera notaste mi presencia. Sin embargo, ella sí. Me miró y sonrió. ¿Nunca te lo dijo?

—¡No, maldición!

—¿Estás molesto? —preguntó Slade.

—Te has entrometido en mi privacidad.

—Tienes razón —admitió Slade—. Pero no me arrepiento, amigo. Aprendí que un hombre se vuelve débil y se entrega a sus instintos cuando está con una mujer. En cambio, ella logra dominarse más, y es la más fuerte de los dos.

—No me hagas reír —dijo Billy ya recuperado—. No siempre es así, Slade. Era la primera vez que estaba con una mujer. Actué con torpeza, estaba demasiado ansioso. Desde esa vez aprendí a hacer que una mujer enloquezca de pasión. Ahora son ellas las que pierden el control, no yo. Pero eso requiere tiempo y práctica.

Slade pensó un instante. No sabía si Billy decía la verdad, o mentía para salvar las apariencias. Quizás era un poco de cada cosa.

—¿Ya tienes suficiente práctica? ¿Dominas a todas las mujeres que llegan a tus manos?

—Claro que sí —se jactó Billy con total confianza—, pero hay muchas mujeres que son imposibles de complacer.

Billy no le confesó que esas mujeres eran las pocas prostitutas blancas que había conocido en los pueblos.

—Quizá no te ocurra lo mismo. A las blancas les agradan los mestizos y los apaches.

—Pero, ¿cómo haré para aprender tu técnica?

—¿Esperas que te la enseñe?... Consigue una mujer y aprende cómo complacerla, igual que yo.

Cada vez que Slade se sentía incómodo, cambiaba de conversación. Eso hizo ahora; se acercó a la yegua gris, su preferida, y no prestó más atención a Billy.

Éste no pudo resistirse y se burló:

—¿Estás preocupado por tu primera vez?

—Sólo por si la mujer se da cuenta.

Billy comprendió. Recordaba claramente cómo se había sentido en esa ocasión.

—Claro que puedes esperar algunos años más. Después de todo, ¿qué más da? O mejor aun, emborracha a la dama, y no recordará nada.

Slade miró a Billy directo a los ojos, y éste se sintió molesto. A veces Slade lograba perturbar a cualquiera mejor que un apache. Su expresión era insondable, nadie podía adivinar sus pensamientos. Billy sabía que ocultaba una furia asesina o la indiferencia total. Pero no sabía cuál de las dos cosas sentía en realidad. Y aunque eran amigos, lo invadía el temor cuando lo miraba de esa forma.

—¡Bueno, al diablo! ¡No sé cómo llegamos a este tema! —dijo Billy ofuscado—. Creo que debemos conversar sobre lo que harás con estos caballos. Ya que te irás en la mañana, bueno...

Slade observó a las treinta yeguas. Las había capturado durante los últimos tres años. Había sido difícil acercarse al harem de un padrillo, vivir con ellos día tras día, para poder adueñarse de una de sus yeguas. Tenía que aguardar hasta que el caballo estuviera distraído para acercarse. Pero había disfrutado de la aventura, aunque requería paciencia, algo que le había enseñado Billy, y que después de tres años ya era natural en él.

—Son tuyas, Billy —dijo Slade.

Billy lo miró sorprendido.

—Bueno, bueno. Sabía que querías complacerme. ¡Lo sabía! Por eso saliste la semana pasada.

—Tonterías —se burló Slade—. Fue un placer robarle a ese estanciero en sus narices. Tiene tantos animales que no se dará cuenta de que ahora faltan algunos. Hacía años que no llegaba hasta esa región del este. Pude ver los nuevos pueblos que han nacido allí. Y pude recordar lo que es la... civilización.

—¿Pero todas, Slade? —protestó Billy—. Tal vez necesites dinero.

—Tengo suficiente para lo que quiero hacer.

Billy asintió, pero no le agradeció con palabras.

—¿Dónde comenzará tu búsqueda?

—Donde comenzó todo.

—¿Realmente crees que Sloan aún estará en Tucson? Esa es la capital del territorio. Personajes como Sloan ya no frecuentan las grandes ciudades.

—No importa —se adelantó a decir Slade—. Allí o donde quiera que esté lo encontraré, si es que aún está vivo.

—¿Y lo matarás?

—Haré que confiese el nombre de quien lo contrató —dijo con tono vengativo.

—¿Y entonces matarás a ése?

Slade no respondió a esa pregunta.

—Entonces podré hallar a mi hermano.

Billy cambió de tema.

—¿Y qué ocurrirá con el oro de tu padre?

—¿Con el oro de mi padre?

—Aún está allí, ¿no es verdad? Me contaste que tu padre y su socio cavaron una mina, pero que la verdadera está oculta en la montaña, donde nadie la ve.

La ira se adueñó de las facciones duras de Slade.

—Ese oro mató a mi padre, me separó de mi hermano mellizo, y me llevó a vivir como un animal salvaje. No quiero ese oro. ¿Para qué sirve? La tierra ofrece todo lo que el hombre necesita.

Billy guardó silencio, pero hubiera querido decirle que estaba pensando como un indio. ¿Era aconsejable eso?

Billy Wolf miró al joven a quien amaba como a un hermano.

—Bueno, si alguna vez necesitas algo, ya sabes dónde hallarme. —Sonrió para aliviar tensiones. —Seré rico y tendré una bella esposa, me hallarás fácilmente. Sólo espero no encontrarme con tu amigo puma cuando esté solo.

Slade rió.

Comenzaba a oscurecer y el Whiskers Saloon estaba lleno de gente. Era igual a todos los bares que Slade había visto durante el último año. Ya no le molestaba la forma en que reaccionaba la gente al verlo. Todo el mundo guardaba silencio hasta que ordenaba un trago. A veces los hombres se apartaban de él. Antes la gente temía su actitud calma y parsimoniosa; ahora temían su mirada salvaje.

Slade nunca satisfacía a los curiosos ni daba su nombre porque sí. Su nombre se había convertido en una maldición, inspiraba temor, más temor que el que provocaba un pistolero armado. Todo esto se debía a que, a un mes de iniciada su búsqueda, un vaquero tonto de una población minera lo había desafiado. Muchos testigos vieron cómo Slade desenfundaba antes de que el otro hombre apenas pudiera tocar su pistola. Eso fue todo. Cuando llegó al pueblo siguiente, ya lo conocían. Cuando se enteró de los rumores, ya era tarde. Un hombre que podía disparar con esa rapidez y habilidad era considerado uno más de los duros.

Slade ya era conocido como un asesino. Hacía un año que había regresado a la civilización de los blancos, pero los rumores decían que había llegado de Texas hacía cinco años, después de haber matado por primera vez. Se decía que todos esos enfrentamientos habían sido justos; un buen pistolero no necesita recurrir a artimañas sucias. Sin embargo, los comisarios siempre le pedían que abandonara el pueblo de inmediato, y nadie le daba información cuando se enteraba de su nombre.

Había cambiado. Se había dejado crecer el cabello y ya no usaba botas. Eso lo ayudaba. Ya no tenía que mentir diciendo que era mestizo. Tenía todo el aspecto de un mestizo, y la gente así lo creía. Después de un año de intensa búsqueda, finalmente halló a Feral Sloan.

Lo encontró en Newcomb, un pueblo pequeño, con no más de doscientos habitantes contando los de los ranchos vecinos y sus criados. Slade se enfureció al enterarse de que Sloan se había afincado en este lugar desde su fundación, siete años atrás. Más se enfureció cuando supo que Sloan era capataz del rancho que habían robado Billy Wolf y él. Había estado tan cerca del asesino de su padre sin saberlo. Ahora estaba aún más cerca de él porque Feral Sloan estaba en el bar, jugando a las cartas con otros dos hombres.

Slade lo divisó de inmediato. No había podido olvidar ese rostro ni borrarlo de su mente. El pistolero tenía alrededor de treinta años, llevaba el cabello peinado hacia atrás, y su mentón era prominente y agresivo. Era alto pero no tan delgado como antes. Tenía algunos rasgos incipientes de calvicie. Se lo veía triste, desganado. Esos años habían afectado a su aspecto físico, pero habían sido provechosos en lo que a dinero se refiere. Su ropa elegante y las joyas así lo demostraban.

Slade llegó a la conclusión de que Feral Sloan era uno de los mejores pistoleros del pueblo, o tal vez el único. Sí, quizás era el único. Era la noche del sábado, y había muchos vaqueros de los ranchos cercanos. Slade había aprendido a juzgar a un hombre apenas éste lo miraba. Podía enfrentar a cualquiera de ellos, menos a Sloan.

Ahora era sólo cuestión de esperar, como si fuera un juego. Sabía que Sloan se le acercaría, lo haría si quería conservar su buena reputación. Era obligación del mejor pistolero del pueblo acercarse a un forastero. Eso esperaban todos, querían que le hiciera preguntas para satisfacer la curiosidad de todos. Cuando estos hombres duros no recibían las respuestas que querían se mostraban amistosos o bien se alejaban refunfuñando en voz alta, o rogando que el forastero no se sintiera ofendido y quisiera pelear.

Slade esperó sólo veinte minutos. Feral Sloan se acercó al mostrador. Algunos hombres le dejaron lugar en el mostrador y regresaron a las mesas. En caso de que estos dos hombres desenfundaran y dispararan sus armas, las mesas servirían de refugio.

—¿Adónde se dirige, amigo?

Esa voz resultaba familiar, imposible de olvidar. *Nunca gané cien dólares tan fácilmente.* El recuerdo le provocaba dolor de cabeza, pero no demostró dolor, y miró al hombre que odiaba.

—¿Me habla a mí, Sloan?

Feral se mostró sorprendido y suspicaz.

—¿Me conoce?

—Claro. Desde hace mucho tiempo. Aquello fue hace algunos años. Creí que ya estaba muerto.

Slade hacía su papel a la perfección. Los hombres como Sloan eran orgullosos, y Sloan explicó el porqué de su ausencia tan prolongada.

—Me sentí tan cómodo aquí que no pude resistirme, y me afinqué —respondió Feral con tono jactancioso—. Pero, ya sabe lo que ocurre. Uno puede llegar a ser tan famoso que la gente no lo deja en paz.

—Entiendo —dijo Slade solemnemente—. Me enteré de que es capataz de uno de los ranchos más grandes de la zona. Debe ser un buen trabajo.

Feral rió. Al fin encontraba un hombre que podía apreciar su inteligencia.

—Lo más agradable es que trabajo cuando quiero.

Slade fingió estar interesado.

—¿Quiere decir que le pagan por no hacer nada? ¿Cómo es eso?

—Trabajo para Samuel Newcomb, y sé cosas sobre él que él no quiere que sepan los demás.

—Entonces, ¿Newcomb es rico?

—Digamos que es el dueño de la mitad de este pueblo, y en un banco hay hipotecas de la otra mitad.

—Supongo que le conviene más que trabaje para él antes que...

—...¿contratar a alguien para librarse de mí? —dijo Feral. La conversación le parecía entretenida—. Puede que eso sea parte de su estilo, pero no creo que se atreva. Le dije a un amigo que si algo llegara a ocurrirme... bueno, ¿me entiende?

Slade miró su copa.

—Un hombre tan rico como él debe de tener muchos enemigos.

—Bueno, ahora no, pero sí en el pasado. En realidad, tiene un pequeño ejército que lo protege. Y escuche esto —dijo Feral y se acercó como si fuera a contar un secreto—, ha preparado un testamento en el que establece que si alguien llegara a matarlo, cien mil serán para el hombre que atrape al asesino. Eso lo sabe todo el mundo. El hombre que lo mate no vivirá un día más, de eso estoy seguro. Aunque la única forma de terminar con ese tipo sería llevarlo a la ruina. Pero eso sólo podría hacerlo un hombre rico y poderoso.

—Parece que no le simpatiza su benefactor.

Feral se encogió de hombros.

—Eso es porque lo conozco mucho y desde hace bastante tiempo. No nos llevamos muy bien.

—Hace mucho que trabaja para Samuel Newcomb, ¿no es verdad? ¿Es el hombre para quien trabajaba en Tucson, en el sesenta y seis?

De repente cambió la expresión del rostro de Feral.

—¿Cómo es posible... ? Nadie lo sabe. ¿Quién eres?

—¿Es el hombre, Sloan? —insistió Slade con voz calma.

Feral comenzó a transpirar. Este jovencito lo había sorprendido, quería desaparecer. Pero no pudo resistirse a decir:

—Sí, hice algunos trabajos para Sam en Tucson, maté a algunos tipos que él quería sacarse de encima. Nada importante. —Se encogió de hombros. —Pero, ¿cómo te enteraste?

—Resultó que estuve allí —respondió Slade en voz baja—. Vi cómo actuaba.

—¿Ah, sí? Pero, seguramente eras un niño en aquel momento.

—Es verdad, pero nunca olvidaré lo que vi.

Feral malinterpretó las palabras de Slade.

—¿Me viste atrapar a Hoggs? Ese hijo de mala madre recibió su merecido por desafiarme.

—No —dijo Slade con tono amenazante—. Me refería a otro hombre que mató, por lo cual Newcomb le pagó.

Feral estaba nervioso.

—No vale la pena recordar eso. No hubo provocación.

—Lo sé.

Feral trató de serenarse.

—¿Nunca dices tu nombre, amigo?

—Me llamo Holt, Slade Holt.

En un segundo todos los presentes se enteraron de quién era este joven.

—Me estás tomando el pelo, amigo —dijo Feral con valor como para que sonara a desafío—. Slade Holt no es mestizo.

—Así es.

Los ojos verdes de Feral parecían arder de furia. Tenía las manos bañadas en sudor. Así no podría manejar su pistola.

—No quise ofenderlo, señor Holt.

—Olvídelo. —Slade disimulaba muy bien su perturbación—. Cometió un terrible crimen hace nueve años cuando mató a aquel buscador de oro. Y cometió un error al no matarme cuando tuvo la oportunidad.

Feral lo comprendió de inmediato, pero ya era tarde. Sabía que alguien moriría, olía su propia muerte. Intentó desenfundar, pero una bala se incrustó en su pecho. Cayó de espaldas.

Slade se acercó al cuerpo, y se detuvo al lado de la cabeza.

Sloan contempló un rostro que no demostraba emociones, ni soberbia. Se estaba muriendo, y el hombre que le había disparado estaba calmo.

—Basura, cerdo asqueroso —susurró Feral—. Espero que vayas por él. —Hablaba con dificultad. —Serás hombre muerto. Niño... maldito. Deberías haber muerto... cuando...

Los ojos de Feral Sloan brillaban. Slade miró al hombre muerto un instante. Aunque se había propuesto matarlo, y no se arrepentía de haberlo hecho, sentía asco. Pero estaba impávido. Todos los demás creyeron que era un asesino de sangre fría, a quien no perturbaba la idea de la muerte. Había quedado confirmada la leyenda de Slade Holt.

Slade no pensaba en eso. Recordó a los dos niños que habían huido de Tucson, perseguidos por un asesino. Todas las imágenes volvían a su mente, pero el recuerdo no le provocaba dolor de cabeza esta vez. Feral Sloan le había disparado y había supuesto que estaba muerto. No había bajado la ladera para asegurarse. Ahora, Slade lo recordaba todo. Sabía cómo encontraría a su hermano.

Abandonó Newcomb sin volver la vista atrás.

1

1882, Nueva York

No muy al norte del febril distrito comercial, la Quinta Avenida daba paso a una zona residencial y tranquila. Había árboles, y postes de luz artísticos en las calles, también mansiones suntuosas. Había casas de piedras color arena; otras con techos construidos según el estilo del segundo imperio francés. Otras mansiones eran de estilo gótico italiano, con balcones en la planta alta.

El frente de la casa de los Hammond era una combinación de piedra y mármol blanco. Tenía tres plantas. Allí vivía Marcus Hammond con sus dos hijas. Este hombre había triunfado gracias a su esfuerzo, y ya estaba cerca de ser rico antes de que naciera su primera hija. No muchos se atrevían a desafiar su buena voluntad. Era amable y generoso, sobre todo con sus hijas.

En este momento, una de ellas se estaba vistiendo para salir con su prometido, un joven que su padre había escogido. A Sharisse Hammond no le preocupaba la situación. Aquel día de verano cuando su padre le comunicó que se casaría con Joel Parrington, ella sólo asintió. Un año atrás tal vez habría cuestionado esa decisión, hasta habría protestado.

Pero eso hubiera sido antes de aquel viaje por Europa. En aquella ocasión había mantenido una relación amorosa muy humillante. Había aceptado este matrimonio, que aunque sin amor, salvaría las apariencias.

No podía quejarse de nada. Ella y Joel Parrington habían sido amigos desde la infancia. Tenían los mismos gustos, y él era sumamente atractivo. No sería un mal matrimonio, tal vez con un poco de suerte el amor vendría después. Hubiera sido muy hipócrita por parte de ambos hablar de amor entonces, ya que Joel también obedecía las órdenes y decisiones de su padre. Pero uno sentía afecto por el otro, y Sharisse sabía que todas sus amigas la envidiaban. Eso la hacía sentir bien, aunque no la entusiasmaba demasiado. A nadie le molesta que lo envidien. Aunque más no fuera, como en este caso, que esas jóvenes tan bellas y aristócratas como ella sólo la envidiaran por su prometido.

Sin embargo, Sharisse no pensaba en Joel mientras se vestía. Se preguntaba en qué parte de esa casa tan enorme encontraría a Charley. Había decidido llevarlo a pasear para que le hiciera compañía, en caso de que Joel se distrajera, como solía hacerlo últimamente.

Jenny, la doncella, acomodó todos los vestidos que se había probado. Finalmente Sharisse se decidió por el jubón y la falda de satén verde combinada con terciopelo, de estilo francés. También se pondría guantes y un sombrero con plumas.

Se detuvo frente a la habitación de su hermana para ver si Charley estaba con ella.

Llamó a la puerta, pero no esperó que la invitaran a pasar. Tomó por sorpresa a Stephanie, su hermana menor, quien rápidamente escondió unos papeles en su escritorio, y miró a su hermana con expresión acusadora.

—Podrías haber llamado a la puerta —dijo Stephanie furiosa.

—Eso hice —respondió Sharisse calma—. ¿Estás escribiendo cartas de amor, Steph? Sabes que no es necesario que las escondas.

El rostro pálido y angelical de Stephanie se sonrojó.

—No, no estaba escribiendo —dijo defendiéndose—. Pero, de todos modos, no es asunto tuyo.

Sharisse no sabía qué hacer con su hermana. Desde que había cumplido diecisiete años había cambiado mucho. Era como si estuviera resentida con todo el mundo, y sin motivo. En especial Sharisse era la receptora de inesperados ataques de nervios que terminaban en llanto, y que Steph no podía explicar. Sharisse ya no se molestaba en averiguar qué le sucedía a su hermana.

Además era sorprendente ver que Stephanie se había convertido en una joven sumamente bella que tenía pretendientes por doquier. Era delgada, tenía cintura pequeña y busto llamativo, hermoso cabello rubio y ojos azules. Ese tipo de belleza estaba muy de moda en ese momento. Las mujeres que no eran así la envidiaban, incluso Sharisse, quien no tenía ninguna de esas características. No podía evitarlo, deseaba parecerse a su hermana. Sin embargo, ocultaba su desilusión tras una actitud de seguridad de la que nadie hubiera dudado. Algunos incluso la consideraban arrogante.

El comportamiento de Stephanie ponía a prueba la paciencia de cualquiera. Con la única persona que se mostraba calma y respetuosa era con su padre. En realidad, ambas jóvenes sabían cómo comportarse ante su padre. La única persona que se atrevía a disentir con Marcus Hammond era su esposa, que había muerto dos años después del nacimiento de Stephanie. Era una mujer testaruda, y de carácter fuerte. A menudo discutían. Cuando no discutían, se amaban, pero con la misma furia.

Ninguna de las jóvenes amaba a su padre. El señor Hammond creía que sus hijas eran afectuosas y dulces. Eran excelentes actrices.

—¿Qué quieres? —preguntó Stephanie malhumorada.

—Estoy buscando a Charley.

—No lo he visto en todo el día.

Sharisse estaba a punto de irse, pero su curiosidad no había sido satisfecha.

—¿Qué estabas haciendo cuando entré, Steph? No debe haber secretos entre nosotras.

Stephanie vaciló un instante. Sharisse creyó que le confesaría algo. Pero en cambio dijo con tono aniñado:

—Tal vez estaba escribiendo una carta de amor. Tal vez tengo un pretendiente especial. —Levantó la mirada, y habló desafiante. —Y tal vez me case pronto.

Sharisse pensó que su hermana decía tonterías.

—Quisiera que me contaras qué te ocurre, Steph. Así podría ayudarte.

Pero Stephanie no le prestó atención.

—Veo que estás lista para salir.

Sharisse suspiró y se dio por vencida.

—Joel me invitó a pasear por el Central Park si hacía un día agradable.

—Ah —suspiró Stephanie apenada—. Bueno, no te retengo más —dijo con tono orgulloso.

—¿Quieres venir? —le preguntó Sharisse de repente.

—¡No! Quiero decir, no me gusta ser inoportuna. Y además, tengo que terminar una carta.

Sharisse se encogió de hombros.

—Como gustes. Bueno, quiero encontrar a Charley antes de irme. Te veré más tarde.

Se cerró la puerta, y los ojos de Stephanie se llenaron de lágrimas. ¡No era justo, no era justo en absoluto! Sharisse siempre lo tenía todo. Su hermana tenía el cabello rojizo y los ojos azules y profundos de su madre. Estaba segura de sí misma, era madura, la preferida de su padre. Las institutrices, los maestros, hasta los sirvientes, esperaban que Sharisse diera su aprobación. Era la preferida de la tía Sophie porque le recordaba a su querida hermana ya fallecida. No era el tipo de mujer que estaba de moda, pero resaltaba entre la gente, por el color de sus ojos y su cabello. Tenía porte real, como si supiera que todos la miraban.

Stephanie nunca había envidiado la buena suerte de Sharisse. Amaba profundamente a su hermana. Pero Sharisse saldría con quien Stephanie más quería en el mundo, Joel Parrington. Sufría al saber que no sería para ella, sino para su hermana. Y sufría más porque sabía que su hermana nada sentía por él.

Ésa era la amargura que la afligía. Su hermana no estaba enamorada de Joel. Y él nunca miraba a Sharisse como miraba a Stephanie, con esa admiración que no podía disimular. Si pudiera elegir, sin duda la elegiría a ella. Pero no podía escoger, ni Sharisse tampoco. Deseaba que su padre no fuera tan terminante ni controlara sus vidas.

¡Ojalá Sharisse se hubiera casado antes! Ojalá tuviera menos de veinte años, y más tiempo para elegir. Si sólo se enamorara de otro hombre... Ella lucharía por un amor, enfrentaría a su padre y no se detendría hasta ser feliz. ¿No había logrado que Charley se quedara?

Pero, ¿para qué esperar que se produjera un milagro si se casarían al cabo de dos meses? Se le partía el corazón, y no podía evitarlo. Y si sufría así ahora, ¿qué ocurriría después de la boda? El matrimonio se mudaría a una casa cerca de allí. ¿Cómo podría soportar verlos tan a menudo? ¿O saber que ellos...? No podría tolerarlo.

Stephanie abrió el cajón del escritorio, y sacó los papeles que había guardado. Había arrancado la página del New York Times donde se solicitaban novias por correo. Si Joel no podía ser suyo, ella se casaría con alguien que viviera lejos, y así no volvería a verlo. Había escrito tres cartas, una para una agencia que se ocupaba de estos asuntos; las otras dos, para dos hombres que habían publicado anuncios.

Stephanie releyó las cartas, en las que ponía de manifiesto todas sus cualidades. ¿Mentiras? No, podía ser una excelente esposa para cualquier hombre. ¿Por qué no enviar al menos una de esas cartas? Si se quedaba en Nueva York, su corazón se destrozaría.

Stephanie tomó el recorte. Había un anuncio de un ranchero de Arizona. Trató de recordar lo que había aprendido.

Sí, Arizona estaba lejos. Y un ranchero podía ofrecerle una buena vida. Quizá se trataba de uno de esos ganaderos famosos.

Leyó todo el anuncio. Tenía un año menos de la edad requerida, pero podía mentir y decir que tenía dieciocho. «Fuerte y saludable.» Ella era saludable, pero nunca se había puesto a pensar si era fuerte. «Dispuesta a trabajar arduamente.» Bueno, podía hacerlo, pero también exigiría sirvientes, por lo menos una docena. «¿Enviar fotografía?»

¡Ja, ja! Así que el señor quería ver qué conseguía, y por supuesto no quería una niña.

Stephanie sonrió. Tomó una hoja y comenzó a escribir a Lucas Holt.

Sharisse entró al estudio de su padre, en la planta baja. Detrás del escritorio había un enorme retrato de su madre colgado en la pared. Sabía que a menudo su padre giraba la silla para contemplarlo. Marcus Hammond aún lloraba la muerte de su esposa. No se había vuelto a casar porque sostenía que no encontraría otra mujer como ella. Sus amigos ya se habían dado por vencidos, y no le buscaban compañera. Dejaban que disfrutara de esos recuerdos que atesoraba.

Estaba sentado al escritorio, revisando algunos documentos. Sharisse sabía muy poco sobre sus negocios, sólo que eran variados: una empresa de caucho, una fábrica de cerveza, otra de muebles, otra de importación, decenas de depósitos y edificios para oficinas.

Su padre no tenía intenciones de ceder las riendas a su hija mayor. No había sido educada para eso. Ésa era la principal razón por la que el señor Hammond había elegido a su futuro yerno. Algún día, ese hombre llegaría a dirigir todo lo que Marcus Hammond había construido.

Marcus levantó la vista, y Sharisse le sonrió.

—Disculpa la molestia, papá. Estoy buscando a Charley. ¿Lo has visto aquí por casualidad?

Un par de ojos celestes la miraron por debajo de las cejas espesas y doradas.

—¿Aquí? Sabes que aquí no es bienvenido. Él también lo sabe.

—Sólo pregunté si lo habías visto, papá.

—Bueno, no. Y espero no volver a verlo nunca —respondió malhumorado—. Mantenlo alejado de mí, Rissy.

—Sí, papá —suspiró Sharisse. Luego, se dirigió a la cocina.

Inútil, así consideraba a Charley el señor Hammond. Un gato vagabundo y callejero. Pero Charley significaba mucho para Sharisse, más de lo que ella creyó cuando lo encontró, sucio y golpeado, y decidió que lo cuidaría hasta que sanara.

Sharisse eligió un mal momento para ingresar en el «territorio de los sirvientes». Oyó un sollozo, y luego un llanto. Abrió la puerta de la cocina, y la cocinera volvió a sus ollas. Jenny, que había bajado a tomar una taza de té, tragó el último sorbo, y pasó corriendo al lado de Sharisse hacia la escalera del fondo. La ayudante de la cocinera comenzó a pelar patatas a toda velocidad.

Había dos personas cerca de la mesa: la señorita Etherton, el ama de llaves, y una nueva criada que Sharisse había visto sólo una vez. Era esta criatura la que lloraba sin consuelo. A sus pies había una taza azul cobalto hecha añicos, que pertenecía a la colección que la madre de Sharisse había traído de su hogar en Francia. Ella y su hermana Sophie se habían criado allí. Era una de las ocho tazas que Sharisse había pedido que empacaran, puesto que las llevaría a su nuevo hogar; un tesoro muy valioso que pensaba regalar a sus hijos algún día. Sharisse amaba esas tazas azules con bordes de oro y delicados dibujos.

Sharisse se inclinó para recoger los pedazos. Le dolía el alma. Las otras siete tazas estaban sobre la mesa al lado de una caja. Suspiró. Si no hubiera decidido llevarlas a su nuevo hogar, aún estarían en el aparador con toda la vajilla, sanas y salvas.

Al ver el rostro de Sharisse, la pobre criada comenzó a llorar otra vez.

—No fue mi intención, señorita. Fue un accidente, lo juro. No permita que me eche.

Sharisse miró a la señorita Etherton, que estaba muy seria.

—Acabo de despedirla, señorita Hammond —dijo la señorita Etherton—. En realidad, tendría que haberlo hecho antes. Esta niña no hace más que romper cosas, holgazanear o soñar despierta.

—Si siempre rompe cosas, no tendría que haberse encargado de esta tarea —dijo Sharisse terminante.

La señorita Etherton se puso colorada de vergüenza, y la joven se apresuró a decir:

—Ah, Molly las estaba empacando, señorita, pero hace tres días que está enferma, y me pidieron que hiciera la tarea para que ella no se retrasara tanto.

—¿Así que te encargaste de...? Mis disculpas, señorita Etherton —dijo Sharisse.

La casera recuperó su porte altanero y aceptó la disculpa de Sharisse.

La joven miró a la casera y a Sharisse desconsolada.

—Deme otra oportunidad, señorita. Le juro que trabajaré más. No puedo volver a Five Points. Por favor, ¡no permita que me envíen allí!

—¿Five Points? —preguntó la señorita Etherton furiosa—. Me dijiste que venías de un rancho del norte. Entonces, mentiste, ¿no es así?

—No me habría contratado si hubiera sabido que venía de Five Points.

A Sharisse le desagradaba esta conversación. No podía culpar a la niña por sentirse así. Nunca había visitado Five Points, pero sabía que en esa zona de Manhattan había barrios bajos y pobres, incluyendo el famoso «old Brewery», donde la gente vivía hacinada en casas sucias y deterioradas. La estadística anual de asesinatos, robos y otros delitos era alarmante. Ninguna persona que no viviera allí podía caminar por esas calles sin correr peligro. Y pensar que esta criatura, que no tenía más de quince años, había crecido allí y trataba de escapar desesperadamente.

—¿Le dará otra oportunidad, señorita Etherton? —preguntó Sharisse.

—Pero, señorita... —dijo el ama de llaves.

—Todos merecemos una segunda oportunidad —dijo Sharisse con tono inflexible—. Sólo trata de ser más cuidadosa.

—¡Ah, gracias, señorita!

—Bueno, ¿han visto a Charley? —preguntó Sharisse.

—Sí, en la despensa, señorita —respondió la cocinera.

—En la despensa, por supuesto —dijo Sharisse.

Claro, allí estaba Charley, disfrutando de un trozo de pollo que había robado. El gato se sintió seguro cuando su dueña lo tomó en brazos.

2

Stephanie leyó en voz alta la carta. Luego, miró desafiante a Trudi Baker, su mejor amiga.

—Ahora sabes que no mentía cuando te dije que me casaría. Antes de fin de mes, seré la señora Holt.

Estaban cómodamente instaladas en la habitación de Stephanie, un cuarto femenino con cortinados, las paredes empapeladas en color lavanda, una cama con dosel y una carpeta sobre la mesita de color rosado y blanco. El silloncito donde se sentaba Trudi estaba tapizado con brocado rosa, y hasta hacía juego con su vestido.

Las dos jóvenes tenían casi la misma altura y color de piel, aunque los ojos de Trudi eran verdes. Era seis meses mayor que Stephanie, una notable diferencia, según su opinión. Tenía una personalidad más agresiva. Ambas sabían que Trudi era la más atrevida, y por eso le resultaba tan difícil aceptar y comprender todo este plan.

Si no hubiera visto los pasajes del coche y del tren con sus propios ojos, aún pensaría que su mejor amiga se estaba burlando de ella.

—¿Bueno? —preguntó Stephanie.

Trudi se refirió al tema que consideraba más importante.

—Tal vez no sea atractivo, ¿sabes?. Quizás es tan feo que por eso ninguna mujer lo aceptó, y tuvo que poner un anuncio.

—Tonterías, Trudi. Tal vez sea todo lo contrario. Quizá no pudo hallar una mujer suficientemente hermosa que hiciera buena pareja con él. Eso es todo.

—¡Ilusiones, Steph! Tú le enviaste una fotografía, ¿por qué no le pediste una también?

Stephanie vaciló.

—Se la pedí —admitió—. Pero no la envió ni dijo nada sobre eso.

—Ahí tienes. Es viejo y feo, y sabía que no lo aceptarías si vieras cómo es.

—Quizá no tiene fotografías suyas.

—Steph, ¿por qué no admites que cometerás un error?

Stephanie parecía más obstinada. Trudi dijo:

—¿Por qué él? Hay muchos hombres aquí deseosos de casarse contigo, hombres, ¿sabes?, hombres que tú conoces. Sólo porque Lucas Holt te haya enviado los pasajes y te esté esperando, no significa que tengas que ir. Devuélvele los pasajes.

Stephanie estaba triste.

—No entiendes, Trudi. El único hombre que amo se casará con mi hermana. *Debo* hacer esto. La boda de Sharisse será la semana próxima. No quiero presenciar esa ceremonia.

—Entonces, te escaparás.

Stephanie bajó la mirada.

—Si quieres decirlo así, sí, me escaparé.

Trudi frunció el ceño.

—¿No has pensado que tal vez serás desgraciada el resto de tu vida?

—Ya me resigné —dijo Stephanie y suspiró.

—¿No has tratado de cambiar las cosas? ¿No has hablado con tu padre? ¿Soy yo la única persona que lo sabe?

—No, no y no. Me sentiría humillada. ¿De qué serviría? Mi padre no confía en mí, cree que aún soy una niña. Y no podría decírselo a Sharisse, sentiría pena por mí.

—Es tu hermana, no tu enemiga. Te ama, podría ayudarte.

—No hay nada que ella pueda hacer.

—¿Cómo lo sabes? Tú tienes miedo de hablar con tu padre, pero quizás ella no.

—No creo que se atreva —dijo Stephanie. Trudi no conocía a Marcus Hammond.

—Ella es valiente, Steph, y no se deja abatir por los obstáculos.

—Sabe actuar muy bien —confesó Stephanie.

Trudi lo intentó una vez más.

—¿Qué ocurriría si Sharisse se negara a casarse con Joel? No creo que lo ame.

Stephanie apenas esbozó una sonrisa.

—Nadie se atreve a desafiar a mi padre, ni Rissy ni yo.

—Veo, Stephanie Hammond, que estás decidida a no hacer nada, ¿me equivoco? —exclamó Trudi enojada—. Yo no haría eso. Intentaría cualquier cosa con tal de conseguir lo que quiero.

Stephanie simplemente se encogió de hombros.

—Todo lo que tienes que hacer es decir la verdad a tu hermana. Sabes que ella no lo ama, y que no le importará abandonarlo. Me dijiste que habla de su boda como si se tratara de una fiesta más a la que asistirá este verano. Yo misma la he visto con Joel. Lo trata como a un hermano. Si lo ama, sabe disimularlo muy bien.

—No, no lo ama, de eso estoy segura.

—Entonces no veo por qué no le pides que te ayude.

—Trudi, basta. Ella no puede hacer nada.

—Tal vez. Pero, ¿y si pudiera hacer algo? ¿Qué ocurriría si ella cancelara la boda, y tú te casaras con Joel? En el peor de los casos, deja que sea ella quien escape. Al menos, no habrá boda.

—Eso es una locura, Trudi —dijo Stephanie enfadada con ella misma porque deseaba que Sharisse estuviera en su lugar. Probablemente Lucas Holt era viejo y feo, y sería desgraciada con él. Se había metido en problemas. Los ojos se le llenaron de lágrimas.

—Bueno, supongo que, por lo menos, podría hablar con Rissy, y contarle cómo me siento —dijo Stephanie vacilante.

—Creo que eso es lo único inteligente que has dicho en todo el día —Trudi le sonrió, más tranquila.

—Buenas noches, Rissy.

—Buenas noches, Joel.

Sharisse cerró los ojos, y esperó el beso superficial de costumbre. Ansiaba sentir algo esta vez. Pero no sintió nada. No había pasión en esas manos que la tomaban de los hombros; no había sentimientos en esos labios que apenas tocaban los de ella. Nunca la había estrechado en sus brazos. Sharisse comprendió que no sabía lo que era estar en los brazos de un hombre. Antoine Gautier tampoco la había abrazado con pasión. Le había hecho el amor a sus manos como lo hacían todos los franceses. Pero aun así, los labios de Antoine contra sus palmas habían despertado más pasión que cualquier cosa que Joel hiciera.

No podía culpar a Joel por esto. Después de haber sido humillada por Antoine, había jurado que no volvería a amar, se lo había propuesto seriamente. No soportaría que la lastimaran de esa forma otra vez. Entonces pensó que ya no podría esperar nada más que afecto.

Suspiró, y se quedó en la entrada mientras Joel bajaba las escaleras y subía al coche. Era tan elegante. La piel de su rostro era tan blanca y tersa como la suya. Su bigote estaba siempre prolijo y recortado. Su físico delgado no era por supuesto imponente como el de su padre. No era arrogante: una cualidad. Ya tenía bastante con la arrogancia de su padre, la había tolerado toda la vida.

Joel tenía buen carácter, y un encanto natural. ¿Qué más podía pedir?

¿Por qué se burlaba? No es muy halagüeño para un hombre no saber disimular cuando desea a una mujer. Al menos

Antoine lo había disimulado. No, no podía compararlos. Joel no era como el mentiroso de Antoine. Era alta, y eso desalentaba a muchos jóvenes, otros se alejaban al ver que era delgada y no tenía muchas curvas. No era femenina, y no tenía ninguno de esos atributos que despertaban la pasión de los hombres.

Bueno, algunos hombres la miraban abiertamente y con lujuria en los ojos, pero ella no les prestaba atención. Eran como Antoine, hombres que vibraban sólo con pensar que podían acabar con la inocencia de una mujer. Eso era lo único que buscaban. Al menos ya no tendría que tolerar esas miradas y esas actitudes una vez que estuviera casada.

Faltaban quince días. Quince días después se convertiría en la señora de Joel Parrington. A pesar de que él no la amaba, y de que ella no lo amaba. Pero no importaba. Nunca volvería a amar, por eso no importaba.

3

Marcus Hammond sintió que la sangre le hervía. Al otro lado del escritorio estaba su hija mayor. A pesar de su mirada penetrante Sharisse no se acobardaba, y lo miraba también. Era increíble, pero se parecía a su madre, pensó Marcus. Pero de ningún modo toleraría esta rebelión.

—¡A tu cuarto, Sharisse!

Ella abrió los ojos grandes como platos.

—¿Me estás diciendo que ni siquiera hablarás conmigo?

—Sí.

Sharisse se acomodó en la silla, se negaba a retirarse.

—No iré a dormir hasta que hayamos arreglado este asunto.

—¿No irás a dormir? Por Dios...

—¿Puedes escucharme, por favor? —le rogó Sharisse.

—¿Escuchar más tonterías? No lo haré.

—Pero, ¿no te das cuenta? No puedo casarme con Joel. ¿Cómo podría hacer una cosa así sabiendo que Stephanie lo ama?

—Stephanie es una niña —vociferó su padre—, es demasiado joven para saber qué es el amor.

—Tiene diecisiete años, papá —acotó Sharisse—. ¿No tenía mamá la misma edad cuando se casó contigo?

—¡Tu madre nada tiene que ver con esto! —le advirtió Marcus furioso.

Sharisse se echó atrás.

—Si sólo me escucharas... yo no amo a Joel, pero Steph sí. Así que, ¿por qué habría de casarme con él cuando es ella quien lo ama?

—Tendrías que haberlo dicho al principio, no ahora que faltan dos semanas para la boda. Estabas dispuesta a casarte con ese muchacho hasta que tu hermana te hizo esa ridícula confesión. Ahora es demasiado tarde, Sharisse.

—¡Ah, quisiera gritar para desahogarme! —chilló Sharisse frustrada, lo cual sorprendió aún más a su padre—. Conoces a los Parrington. El padre de Joel es tu mejor amigo, ya erais amigos antes de que yo naciera. Estoy segura de que Edward entendería la situación.

—¡No me digas! —gruñó Marcus, avergonzado de sólo pensar que le diría a su amigo que cambiaba una hija por la otra a esta altura de situación—. ¡No quiero hablar más del tema!

—Pero, papá...

—¡No hablaré más! —se puso de pie, y Sharisse empalideció al ver lo imponente que era—. Todavía puedo azotarte, Sharisse Hammond, y por Dios que lo haré si vuelves a hablarme del tema.

Sharisse no dijo más nada. No tenía valor para hacerlo, y salió del lugar. Subió la escalera, y se detuvo; su corazón latía violentamente. ¿Había sentido tanto miedo alguna vez? No lograba entender cómo se había atrevido a desafiar a su padre, enfrentarlo después de esa terrible amenaza... era imposible. Sabía de antemano que no sería sencillo dialogar con él, pero no había pensado que se negaría tan rotundamente ¡y que la amenazaría con azotarla! Tembló de miedo.

Sharisse encontró a Stephanie sentada en la cama. Esperaba ansiosa.

—Lo siento, Steph —fue lo único que dijo.

La niña comenzó a llorar.

—Sabía que no serviría de nada. Se lo dije a Trudi, pero ella estaba segura de que podía ser la solución.

Sharisse trató de consolar a su hermana.

—Por favor, no llores, Steph. Tal vez papá lo piense, y....

—Si te dijo que no, no cambiará de opinión. —Stephanie se ahogaba entre sollozos—. No debí haber dicho nada. Tendría que haberme ido de aquí como pensaba hacer.

—¿Irte de aquí? —Sharisse pensó que había oído mal—. ¿De qué estás hablando?

—No importa —respondió Stephanie entre lágrimas.

—No tienes dónde ir, Steph.

—¿No? —preguntó Stephanie enojada, pensando que su hermana sentía pena por ella—. Por si no lo sabes, hay un hombre que me espera en Arizona para casarse conmigo. Tal vez me case antes que tú —agregó, a pesar de que no sabía qué tan lejos estaba Arizona.

—Pero, ¿dónde conociste a ese hombre?

—Bueno, en realidad... todavía no lo conozco. Sólo nos hemos escrito algunas cartas.

—¿Qué?

—No te sorprendas tanto. Es algo muy común y corriente. Parece que hay escasez de mujeres en el oeste, ¿sabes?. ¿Qué pueden hacer esos hombres valientes para conseguir una buena esposa?

Stephanie hablaba con lógica, se defendía En realidad, sabía muy poco acerca del oeste y de las esposas por correo, tan poco como Sharisse. Pero no quería que su hermana se enterara de eso, ni del miedo que tenía de conocer a Lucas Holt.

—¿Me estás diciendo que te *casarás* con un hombre a quien ni siquiera conoces? Viajarás al otro extremo del país... Steph, ¿cómo puedes hacer semejante cosa?

—¿Crees que podría quedarme aquí una vez que Joel y tú estéis casados? No puedo. No me quedaré. Me iré mañana mismo, y no trates de detenerme.

—Pero, no puedo permitir que te vayas. Eres una niña inocente, ingenua, Steph. Creo que te perderías antes de llegar a la estación de tren.

—El hecho de que hayas viajado a Europa no significa que seas la única que sabe viajar —respondió Steph—. Fui a casa de la tía Sophie; ya me las arreglaré.

—Fuiste a casa de la tía Sophie con papá y conmigo. Nunca has ido sola a ninguna parte. Y... Dios mío, ¡casarte con un desconocido! ¡No puedo permitirlo!

—¿Quieres que me quede aquí, y te vea casada con Joel? ¿Serías tan cruel?

—¡Steph!

—¡Lo amo! —gritó con los ojos llenos de lágrimas—. ¡Lo amo, y tú vas a casarte con él! Lo único que impediría esa boda sería que te fueras. Pero, ¿lo harías? Claro que no. Te rendiste ante papá demasiado pronto. No era de esperar que tuvieras valor suficiente para escapar.

—Dijo que me azotaría —dijo Sharisse en voz baja.

—Ah —exclamó Stephanie, arrepentida de las acusaciones.

—Espera un minuto —dijo Sharisse de repente—. ¿Por qué no puedo irme? Sería la solución. Papá comprendería que es verdad que no quiero casarme con Joel. Volvería cuando se diera por vencido.

—¿Hablas en serio, Rissy? —preguntó Stephanie esperanzada—. ¿Lo harías por mí?

Sharisse estaba pensativa. Su padre se pondría furioso. Tal vez no podría regresar sino hasta después de algunos meses. Pero así, por lo menos, no se sentiría culpable de la desdicha de su hermana.

—¿Por qué no? —preguntó valientemente—. Puedo quedarme con la tía Sophie.

Stephanie negó con la cabeza.

—Ése es el primer lugar donde papá te buscaría. No pienses que no te buscará.

—Mi querida, bueno, déjame pensar.

—Puedo darte mis pasajes.

—¿Para ir a Arizona? Eso es ridículo, Steph. No tendré que ir *tan* lejos.

—Pero, ¿dónde podrías quedarte? Al menos Lucas Holt se ocupará de ti hasta que te avise que puedes regresar a casa.

—¿Ocuparse de mí? Pero, ese hombre está esperando una esposa, no un huésped. Y te está esperando a ti, no a mí.

—Bueno, recuerda que no me conoce. Yo le envié una fotografía en la que estamos papá, tú y yo, aquélla que nos sacamos cuando regresaste de Europa. Y... me olvidé de decirle cuál era yo.

Ya que Sharisse parecía estar dispuesta a irse, sería mejor que se fuera bien lejos, donde su padre no la encontrara. Arizona era el lugar apropiado.

—Cuando le escribí —siguió explicando—, firmé S. Hammond. Así que no notará la diferencia si tú vas en mi lugar. Y no tiene por qué saber que no tienes intenciones de casarte con él.

—¿Sugieres que lo engañe?

—Bueno, él no estaba dispuesto a casarse conmigo de inmediato. En su carta me dijo que tendría que aprobarme primero: Después de un tiempo podrías decir que no funcionó, que no puedes casarte con él.

Sharisse estaba alarmada.

—No puedo aprovecharme de ese hombre.

Stephanie no se daría por vencida.

—No tienes dinero, ¿no es cierto?

—Pero tengo mis joyas. Me serán útiles.

—¿Las venderás?

—Sí, si es necesario.

Stephanie se preguntó si podía permitir que su hermana hiciera esto por ella, pero luego pensó en Joel y ya no tuvo ningún cargo de conciencia.

—Probablemente no encontrarás a nadie por aquí cerca que te pague el valor real de esas joyas. No veo por qué no puedes aprovecharte de Lucas Holt ¿Te dije que es dueño de un rancho? Te daré su carta y el anuncio del periódico. Ya verás que parece un hombre muy agradable. Seguramente es rico. Podrías tener una vida holgada.

—Basta, Steph. No podría usar a un hombre de esa manera. Sin embargo, este pasaje de tren me llevará lejos de aquí —dijo Sharisse nerviosa y sorprendida por su actitud valiente—. ¿Me ayudas a empacar? Si voy a irme, tendré que hacerlo a primera hora de la mañana, cuando papá haya salido para la oficina. Se enterará de todo al día siguiente, cuando esté lejos de aquí. Tendrás que cancelar algunas citas por mí, iba a almorzar con Sheila mañana, y tenía la fiesta de Carol...

—¿Cómo puedo agradecértelo, Rissy? —dijo Stephanie.

—Casándote con Joel Parrington lo antes posible. No importa que tenga que desaparecer por un tiempo, pero que no sea por demasiado tiempo. Después de todo, no cambiaría Nueva York por nada. Amo este lugar, y no me gustaría recordar mi hogar con nostalgia.

—Estarás de regreso antes de lo que crees —dijo Stephanie con una sonrisa forzada.

4

Benjamin Whiskers estaba detrás del mostrador secando una jarra lentamente. Tenía la mirada fija en Lucas Holt, quien se acercaba a la puerta, miraba la calle, y regresaba al mostrador. Ya había tomado tres copas de whisky, y se había asomado cinco veces. Ben se moría por preguntarle si esperaba a alguien, pero no se animaba. No podía aceptar que éste era el más amigable de los hermanos Holt.

Si no hubiera estado presente cuando Slade Holt mató a Feral Sloan aquella noche, siete años atrás, no habría dudado tanto de Luke Holt. Pero había estado allí, había visto a Slade abandonar el lugar con total calma y frialdad después de haberle disparado a Feral. Slade Holt era un hombre peligroso. Y este hombre era igual a Slade. Por algo eran mellizos. Benjamin tenía miedo.

Muchos en el pueblo apreciaban a Luke. No porque no creyeran las historias que se contaban sobre Slade, sino porque habían conocido a Lucas primero, y aunque los hermanos parecían exactamente iguales, eran distintos como el día y la noche.

Lucas sacó algo del bolsillo, frunció el ceño, y volvió a guardarlo. Ya era la segunda vez que lo hacía, Ben lo había visto. Ese hombre no parecía amistoso. A veces, se podía conversar con él, pero éste no era uno de esos días. Tomaba whisky como si fuera agua, y se lo veía nervioso.

Dos años atrás Lucas había revolucionado el pueblo cuando vino para establecerse. Todos se preguntaban por qué había elegido Newcomb, pero no se lo preguntaban a él. Ya nadie se afincaba en ese pueblo porque el ferrocarril no se detenía allí. Pero Lucas Holt había venido a comprar el viejo rancho Johnson, a casi cinco kilómetros del pueblo. Vivía solitario y no causaba problemas. Tal vez fuera cuestión de tratarlo, quizás era una buena persona, pero Ben nunca sería amigo de Lucas. No podía olvidar lo que Slade había hecho.

Desde que Lucas se había establecido allí su hermano Slade no frecuentaba el lugar. Pero cuando venía al pueblo daba que hablar. Siempre lo hacía después de visitar a su hermano en el rancho. Todo cambiaba entonces. El pueblo se tranquilizaba; se suspendían todas las peleas hasta que Slade se iba.

Nadie decía nada acerca del mestizo que Lucas tenía trabajando para él. ¿Quién se hubiera animado? Todos habían visto llegar a Billy Wolf con Slade. Era obvio que eran amigos. Slade había traído a Billy Wolf especialmente para Lucas porque el indio era un experto atrapando caballos, y el rancho de Lucas eran un criadero de caballos. Los apaches estaban causando demasiados problemas en esa reserva, y de no ser por los hermanos Holt, los habitantes del pueblo se habrían librado del mestizo. Gracias a los Holt, nadie miraba a Billy Wolf con desprecio.

Lucas se acercó a la puerta una vez más, y esta vez Ben no pudo resistir la tentación.

—¿Espera a alguien, señor Holt? Veo que se asoma a la calle de tanto en tanto.

Lucas miró a Whiskers.

—Espero a alguien que viene en la diligencia, Benson.

—No espera a su hermano, ¿verdad?

A Lucas le causó gracia el tono ansioso del hombre.

—No, Whiskers, no estoy esperando a mi hermano. Espero a una novia que llega hoy.

—¿Una... novia? ¡No me diga! —Ben estaba demasiado sorprendido como para hablar con prudencia. —Sam Newcomb se alegrará al enterarse de eso.

—¿Qué?

—No me malentienda —se corrigió Ben—. Pero supongo que sabe que no hace mucho tiempo que Sam está casado, y que su esposa no le quita los ojos de encima. No quiero decir que Sam sea un hombre celoso, pero lo que es suyo nadie se lo quita. Se alegrará mucho cuando se entere de su casamiento.

Lucas no dijo nada, pero estaba furioso. Ben había dado en la tecla. La razón por la que Lucas estaba aquí esperando a su novia era Fiona Newcomb. No estaría en este aprieto si no fuera por ella. Habían compartido momentos placenteros cuando él llegó al pueblo y ella era aún Fiona Taylor, la mujer que administraba el único hospedaje del pueblo. Él nunca le había dado motivos como para que pensara que buscaba algo más que pasar un momento agradable. Ella, sin embargo, había querido casarse. Pero él se había negado a conversar sobre el tema, y por eso ella había seducido a Samuel Newcomb.

Sam sabía que había conseguido a Fiona por esa razón, y por supuesto, no le causaba ninguna alegría. En presencia de Fiona, Lucas y Samuel Newcomb se trataban amistosamente. Eso era gracias a Slade. Era una ironía, pero el hombre estaba agradecido a Slade por haberlos librado de Feral Sloan. Éste había causado muchos problemas.

Todo había ocurrido según lo planeado hasta que apareció Fiona. Dado que Lucas era del Este y tenía más dinero que el que se puede lograr criando caballos, Sam supuso que éste hablaba con fundamento cuando mencionó esas pequeñas inversiones. ¿Estaba Sam interesado en esos negocios? Claro que sí. Y después de eso sería sencillo convencer a Sam de hacer una gran inversión; pero no sería tan fácil desplumarlo. La amistad y el interés que Sam tenía por Lucas se habían enfriado por culpa de Fiona. Como Billy Wolf había dicho, Sam no volvería a estar tranquilo ni creería en él mientras Fiona estuviera tan enamorada de Lucas.

Con todo, Lucas nunca debió haber permitido que Billy lo convenciera de que debía casarse. Parecía una idea inteligente pero, en ese momento, Lucas había tomado algunas copas de más.

—Newcomb no dejará de vigilarte mientras sepa que ella aún te desea, y que tal vez un día os escaparéis juntos. Pero si te casas, él pensará que ha pasado el peligro, que has sentado cabeza. Ya no se preocupará. Por la manera en que te vigila llegará a preguntarse por qué recibes tantas cartas del Este. Si llega a enterarse de lo que ocurre, bueno, tendrás problemas. Tienes que sacártelo de encima, y el matrimonio es la única solución.

Lucas no quería una esposa. Sin embargo, cuando veía a Billy con su esposa Willow, sentía deseos de tenerla. La vida en el rancho era solitaria. Además, no estaba acostumbrado a vivir en un lugar fijo y aislado de todo como éste. Estaba acostumbrado a tener mujeres cuando quería. Cuando todo esto terminara, se trasladaría a otro lugar pero, ¿cómo lo haría si estaba casado?

No se había animado a responder esa pregunta. En vez de buscar una mujer que estuviera dispuesta a aceptar sus condiciones, le había escrito a su abogado para que éste publicara los avisos en los periódicos del Este. Esperaba que la joven del Este se horrorizara al enterarse de lo que se proponía. Esperaba que ella le pidiera una y mil veces que la enviara de vuelta y, después de un tiempo razonable, él aceptaría. Ese era el inconveniente. Tendría que retenerla lo suficiente para poder terminar lo que se había propuesto.

Por suerte, el ministro venía al pueblo una vez al mes. Mientras Samuel Newcomb creyera que iba a casarse, sería suficiente para resolver su problema.

No le había dicho a Billy que no tenía intenciones de casarse con la joven. Con Billy, Willow y el viejo Mack, la joven tendría suficientes chaperonas, y nadie haría comentarios aunque se quedara en el rancho hasta que el ministro consagrara la unión. Tal vez ella no estaría de acuerdo, pero no podía tener tantas pretensiones, pensó Lucas. Además le pagaría bien por tantas molestias. Ella se iría por decisión propia, así que a nadie le sorprendería su desilusión.

Sacó la fotografía del bolsillo una vez más. No se había detenido a pensar cuántas veces lo había hecho en las últimas semanas, de lo contrario, se habría enojado consigo mismo. Miraba a su futura «novia» y luego a la otra joven que aparecía en la fotografía. Ella tenía una pose distinguida, la espalda derecha de modo que sus senos pequeños resaltaban. Su altura le daba porte de reina, y su expresión era algo arrogante. Era demasiado delgada, pero sin embargo había llamado su atención desde la primera vez que miró la fotografía.

Lucas se había decidido por una joven de Filadelfia cuando recibió la carta y la fotografía de la señorita Hammond. De inmediato se dio cuenta de que era la mujer que estaba buscando. En especial le había agradado la ropa, sí, la ropa que lucían las tres personas de la fotografía. Esas ropas hablaban de riqueza, y Lucas sabía por experiencia que las jóvenes aristócratas y consentidas nada sabían del trabajo arduo. Por lo tanto, esa joven no aceptaría la vida que él le ofrecía. No estaba desilusionado en absoluto por el hecho de que esta joven era la más hermosa de todas las candidatas.

No podía dejar de preguntarse por qué una joven tan encantadora como la señorita Hammond se había «postulado para el puesto».

Sería un placer tener una cara bonita a su lado por un tiempo. Pero no se aprovecharía de ella, de ningún modo. Si era virgen, regresaría al Este en las mismas condiciones. Aun cuando no lo fuera, tampoco haría nada para que ella imaginara cosas, ni se sintiera honrada de aceptarlo.

Lucas se dio cuenta de que estaba mirando la fotografía otra vez, y la guardó de inmediato, furioso. Se acercó a la puerta, pero no vio señales de ella. Se preguntó qué pensaría la urbana señorita Hammond sobre Arizona, territorio donde el sol calcinaba y ardía sin piedad, donde se podía cabalgar durante semanas sin ver un ser humano. El viaje quizá sería suficiente para desalentarla. Además estaban en pleno verano. Sin duda, ya se habría desmayado varias veces por el calor. No, a una joven rica de Nueva York no le agradaría vivir aquí. De eso estaba seguro.

5

Sharisse agitó el pañuelo para que se secara un poco antes de llevárselo a la frente otra vez. No le agradaba usar un pañuelo que estaba empapado en sudor, pero no le quedaba otra solución. Le molestaba la ropa interior y las mangas largas de la camisa. Algunos mechones de cabello que no podía sujetar le rozaban la frente y el cuello.

Ya no le preocupaba su aspecto. Tampoco quería estar demasiado arreglada, ésa era una forma de evitar que la molestaran en el tren. Hasta había pedido a una de las doncellas, antes de salir de su casa, un par de gafas. Estaban rotas, nadie las usaba, pero no le importaba, porque contribuían a afear su imagen.

¿Cómo podía ser que le saliera todo tan mal? No podía creer que le quedaran sólo dos dólares. Con ese dinero podría pagar una comida si es que el tren se detenía una vez más antes de llegar a Newcomb. Había perdido bastante peso. Lucas Holt la enviaría de vuelta cuando la viera.

No tenía que estar en este lugar horrible y caluroso. Se suponía que debía llevar una vida cómoda en algún pueblo del Medio Oeste en compañía de Charley. Pobre Charley. Con su pelaje largo y abundante sufría aún más que ella, perdía el pelo, respiraba con dificultad, y estaba desganado.

¿Cómo podía saber que haría tanto calor aquí? Ésta era una tierra sobre la que no sabía nada. Pero aunque hubiera sabido que el calor era insoportable, no podría haber dejado a Charley.

No podía creer que Stephanie le hubiera hecho esto. Sharisse era la que corría todos los riesgos, hasta el de encender la ira de su padre, y todo por Stephanie. ¿Por qué su hermana había dificultado más las cosas? Pero no lo había dudado; había convencido a Sharisse de que viajara a Arizona. Lo peor fue cuando Sharisse se dio cuenta de que no tenía sus joyas. Recordó que le había entregado su bolsito a Stephanie para poder guardar a Charley en una canasta. Luego había escondido el bolsito entre su falda, y más tarde había subido al tren. Se dio cuenta de que no tenía las joyas cuando buscó la carta del señor Holt en el bolsito. ¿Por qué razón Stephanie se había quedado con las joyas? La idea de estar desamparada, lejos del hogar y sin dinero la aterraba. Tendría que esperar hasta conocer a Lucas Holt, y comprobar qué clase de hombre era.

La carta no le ofrecía muchas pistas, aunque parecía arrogante por eso de que «necesitaría tiempo para decidir si la aceptaba». Bueno, eso podía ser ventajoso para ella si se veía forzada a depender de él por un tiempo. Podía valerse de esa excusa para posponer la boda. Tendría que rechazarlo y despreciar esa forma de vida para que no se sorprendiera cuando le dijera que no resultaría. Y por lo que había visto de Arizona y sus hombres rudos, no sería necesario actuar demasiado.

La diligencia Concord se tambaleó al cruzar el lecho de un río casi seco. Del río sólo quedaba un poco de barro. En la diligencia había comodidad para nueve pasajeros, pero había sólo cuatro en este viaje. Sólo Sharisse se quedaría en Newcomb. Nadie se molestó cuando sacó a Charley de la canasta porque había suficiente lugar para todos. Sin embargo, lo habían mirado extrañados, como si nunca hubiesen visto una mascota. Tal vez ése fuera el caso. Sharisse no había visto otro gato desde que había abordado otro tren en Kansas.

A lo lejos se veían montañas pobladas de árboles. Habían visto tantos desiertos y montañas rocosas llenas de cactus que Sharisse se sobresaltó cuando el cochero gritó:

—Newcomb a la vista. Nos detendremos una hora, señores.

Sharisse sentía un nudo en el estómago. Reapareció su vanidad, y se arrepintió de no haberse cambiado la ropa en la última parada. Pero eso era algo que no hubiera podido hacer de todos modos. Había descartado los servicios de Jenny, y se había puesto una blusa que no podía quitarse por sus propios medios.

Sharisse recordó que no era su objetivo causar una buena impresión. No había ninguna diferencia si lucía tan mal como se sentía. Pero los años de educación tan especial le dictaron que debía ponerse la chaqueta. Guardó a Charley en la canasta, y se abrochó el último botón justo cuando la diligencia se detuvo.

Entre una nube de polvo apareció un gigante para ayudar a los pasajeros a bajar. Sharisse lo miró, pero apartó la vista de inmediato. Aceptó que la tomara de la mano sin prestar atención, sólo se preguntó cuál de todos los hombres que se habían reunido era Lucas Holt.

—Bueno, maldición.

Sharisse miró al gigante. No le soltaba la mano.

—¡Señor! —le dijo con arrogancia.

El hombre tuvo el descaro de simular desconcierto.

—Sólo una expresión, señorita.

—Ya lo sé —respondió terminante ante la mueca del hombre.

Cuando bajó de la diligencia notó que la figura del hombre era más imponente todavía, alto, de espalda muy ancha. La hacía sentir pequeña, algo que nunca le había ocurrido. Su padre era alto, pero este hombre era más corpulento aún. ¿Era ésta una tierra de gigantes? No, miró alrededor y vio hombres normales como los que estaba acostumbrada a ver. Pero este hombre la miraba desde allí arriba con actitud posesiva.

¡Éste no podía ser Lucas Holt!

—¿Usted es...?

—Lucas Holt. —Sonrió mostrando una dentadura blanca y perfecta. —No necesito preguntarle su nombre, señorita Hammond.

Ni siquiera en el más extraño de los sueños hubiera llegado a imaginar que Lucas Holt fuera así, tan hombre, tan corpulento y musculoso. Advirtió una cierta arrogancia en él, que le recordó a su padre. No podía arriesgarse a decirle la verdad, no si era como su padre.

Trató de mirar más allá de esa fuerza que la acobardaba. Por lo menos, era joven, tendría veinticinco años. Y no podía decir que no fuera atractivo. Algunas mujeres lo encontrarían sumamente atractivo, pero ella sólo conocía hombres impecablemente vestidos y finos. Él ni siquiera tenía puesta una chaqueta. Sólo una camisa desabrochada, y olía a cuero y a caballos. ¡Hasta llevaba un revólver! ¿Sería un pistolero?

Estaba bien afeitado; tenía la piel bronceada, y el cabello largo, lacio y negro. Sus ojos eran espléndidos. Le recordaban un collar que tenía, con cuentas brillantes de color verde amarillento. Sus pupilas parecían más brillantes en el marco de su rostro curtido.

Lucas dejó que lo mirara de pies a cabeza. Era ella, la joven que había preferido de la fotografía.

Estaba un poco débil, pero eso le daba un aspecto terrenal. Era bonita. Era como si de verdad hubiera deseado que viniera, y aquí estaba.

—Creo que será mejor que recoja sus cosas, señorita.

Sharisse vio cómo atajaba el baúl y la maleta que el cochero le arrojó. Sonreía con ironía. ¿Por qué estaba tan complacido? Ella debía parecer espantosa. Tendría que haber reaccionado de otro modo.

Regresó con el baúl al hombro, y la maleta bajo el brazo.

—La calesa está allí.

Sharisse miró al hotel.

—Pero pensé que... es decir...

Lucas miró en la misma dirección.

—¿Que se quedaría aquí, en el pueblo? No, señorita, se hospedará en el rancho, conmigo. Pero no se preocupe, no estaremos solos.

Claro, no podía esperar que le pagara el alojamiento en un hotel si tenía un rancho enorme y un ejército de criados. Lo siguió a la calesa, y aguardó mientras acomodaba el equipaje.

—¿Necesita algo del pueblo? —preguntó Lucas.

Sharisse sonrió tímidamente.

—Lo único que necesito, señor Holt, es un buen baño. No me he bañado desde que salí de Nueva York. Supongo que tendré que esperar hasta que lleguemos a su rancho.

—¿No se detuvieron durante el viaje?

Se sonrojó, pero le dijo la verdad.

—No tenía suficiente dinero. Gasté todo lo que tenía en las comidas.

—Pero las comidas están incluidas en los pasajes.

—¿Qué? —exclamó Sharisse.

—Claro, están incluidas. Creo que malgastó su dinero. —La miró con actitud especuladora.—¿Así que no tiene ni un centavo?

Sharisse estaba furiosa. ¿Por qué no había leído esos pasajes cuidadosamente? ¿Por qué no había dicho nada el cochero? ¿Por qué Lucas Holt no se lo había advertido en su carta?

—¿Tiene algún problema? —preguntó con insolencia—. Me imagino que no esperaba una dote.

—No, señorita —dijo tranquilo. Qué bien, así que dependía totalmente de él. No podría irse cuando quisiera—. En realidad, no la esperaba a usted.

—No comprendo —lijo Sharisse perturbada.

Lucas sacó la fotografía del bolsillo y se la entregó.

—En la carta decía que usted era la de la izquierda.

Así que Stephanie había mentido para que Sharisse le hiciera este favor. Estaba mortificada. Este hombre esperaba a otra mujer, no a ella.

—Creo... creo que debería haberlo especificado. A veces confundo la derecha con la izquierda. Lo lamento, señor Holt. Debe de estar terriblemente desilusionado.

—Señorita, si estuviera terriblemente desilusionado, la enviaría de vuelta en esa diligencia. Quisiera saber su nombre para no tener que llamarla «señorita» todo el tiempo.

Su sonrisa era seductora; su voz, profunda y timbrada. Se imaginó que el encuentro la pondría nerviosa, pero no tanto.

—Sharisse —le respondió.

—Suena francés.

—Mi madre era francesa.

—Bueno, no seamos tan formales. Los amigos me llaman Luke.

En ese momento alguien lo llamó.

—¿Con quién estás, Luke? —gritó un hombrecito rechoncho que estaba en la puerta de un almacén llamado Newcomb Grocery. Sólo ese negocio ocupaba el edificio. La mayoría de los edificios de Nueva York albergaban decenas de oficinas y negocios.

Sharisse volvió su atención al hombre al tiempo que Lucas los presentó. Ella se sorprendió cuando él dijo:

—Conocía a la señorita Hammond desde antes de llegar. Finalmente ha aceptado ser mi esposa.

—¿Ya está decidido? —dijo encantado Thomas Bilford—. Creo que debo felicitaros. ¿Vendrá tu hermano a la boda?

—No será una gran celebración, Thomas —explicó Lucas—. Simplemente cuando el ministro venga al pueblo le pediré que bendiga nuestra unión.

—Será una desilusión para todos.

—No puedo evitarlo —respondió Lucas, con tono firme.

—Bueno, buenos días, Luke, señorita —saludó el almacenero algo incómodo, y regresó de inmediato a su negocio.

Sharisse estaba pensativa mientras la carreta se alejaba por la calle. El pueblo ya quedaba atrás cuando se atrevió a preguntarle:

—¿Por qué le dijo al señor Bilford que nos conocíamos del Este?

Lucas se encogió de hombros.

—Nadie creería que la «encargué por correo». Por supuesto, si prefiere...

—¡No! Así está bien —le aseguró.

Sharisse guardó silencio y apartó la mirada. El hombre que estaba sentado a su lado había cambiado. Sin la sonrisa aniñada era frío y temerario. Parecía pensativo. ¿Sería por algo que ella había dicho?

—¿Por qué vino, Sharisse Hammond? —le preguntó de repente.

Ella lo miró. Pero él tenía la vista fija en el camino de tierra. Bueno, después de todo sabía que en algún momento le haría esa pregunta.

—Acabo de perder a mi esposo.

Eso llamó su atención. Ella empalideció al enfrentar su mirada penetrante. ¡Qué acababa de decir! ¿Esperaba él una mujer virgen? Creyó que la historia de la viuda empobrecida sería convincente, y una buena excusa para ser una esposa por correo.

—Lamento que esperara una joven inocente —dijo Sharisse—. Entendería si tal vez... usted...

—No importa —la interrumpió Lucas.

Él volvió la vista hacia el camino, furioso consigo mismo por haber reaccionado de esa forma. En verdad eso no tenía ninguna importancia. ¿No había pensado que ella quizá no era virgen? Entonces, ¿qué le molestaba?

—¿Era él el hombre de la fotografía? —preguntó Lucas después de un momento.

—¿Era él...? Por Dios, no. Ése es mi padre.

—¿Vive aún su padre?

—Sí, pero estamos... distanciados. Mi padre no aceptaba a mi esposo. Y además, no es un hombre que tenga por costumbre perdonar.

—¿Así que no pudo regresar con él cuando murió su esposo?

—No. No habría ningún problema si yo no hubiera quedado en la miseria. Claro que tampoco me habría casado con él si hubiera sabido que tenía tantas deudas —agregó—. Pero... —suspiró—, provengo de una familia acaudalada. Aunque mi situación era mala no creí que pudiera trabajar para mantenerme. Cuando vi su anuncio en el periódico, bueno, me pareció la mejor solución.

—Se olvida de algo.

—No, no creo —dijo ella atemorizada.

—No es una mujer sencilla —le dijo con cierta malicia—, si tenía deseos de volver a casarse, ¿qué necesidad tenía de viajar tanto? Estoy seguro de que allá en el Este tenía muchas propuestas de matrimonio.

Sharisse sonrió ante la suposición. Claro que habría tenido propuestas, y muchas, desde que había cumplido quince años. Pero todas provenían de hombres que sólo buscaban su riqueza o que no hubieran sido aceptados ni por ella ni por su padre.

—Sí, tuve varias propuestas.

—¿Y?

—No me agradaron.

—¿Qué es lo que le agrada?

Sharisse evitó darle una respuesta directa.

—No me agradan los hombres arrogantes o demasiado formales y rígidos. Aprecio la sensibilidad, el buen humor, la delicadeza, y...

—¿Está segura de que está describiendo a un hombre? —Lucas preguntó sin poder resistirse.

—Le aseguro que he conocido hombres así —le dijo indignada.

—¿Su esposo?

—Sí.

—Corre un riesgo conmigo —gruñó Lucas—, ¿qué ocurrirá si no poseo esas cualidades?

—¿Ni siquiera una de ellas? —preguntó ella con voz imperceptible.

—Yo no dije eso. Pero, ¿cómo podía saberlo?

—Yo... creo que ni lo pensé cuando leí el anuncio. Pensé que cualquier cosa sería mejor que las propuestas que tenía en mi ciudad. No quise decir... claro, por supuesto esperaba lo mejor.

—¿Está desilusionada?

—No esperará que le responda ya mismo —dijo angustiada.

—Preciosa —dijo—, su primera mirada me dijo si estaba desilusionada o no.

—Las miradas no bastan para conocer a una persona —dijo Sharisse casi sin darse cuenta.

Lo había defendido, le había dicho un cumplido sin proponérselo siquiera. En verdad, quería que él advirtiera que lo despreciaba.

Y otra vez él sonreía. Ella se dio cuenta de que sólo habían conversado un rato y no sabía nada sobre él. Se animó a hacerle una pregunta:

—No es arrogante, ¿no es cierto?

—No me gusta esa idea.

—¿Dominante? —preguntó ella con tono punzante.

Él rió.

—¿Quién? ¿Yo? No me atrevería a avasallar a una joven tan bonita como usted.

¿Por qué le parecía que se estaba burlando de ella? Se quedó en silencio, y no volvió a atacarlo.

6

Willow se acercó a la puerta y vio una nube de polvo a lo lejos. Su cara era pequeña. Pero estaba acostumbrada a vivir en esa casita hecha de troncos y ramas, una casa que podía ser quemada cuando llegaba la hora de abandonar un lugar. Se había acostumbrado a esto desde que su esposo la había traído a vivir aquí, hacía dos años, lejos de su tribu y su familia.

Willow tenía algo de apache y algo de mexicana. También tenía algo de blanca, merced a un degenerado que había violado a su madre. Sin embargo, sentía que su sangre era apache, y estaba muy orgullosa de eso.

—Billy, allí viene —dijo Willow con su voz suave y melodiosa.

Billy Wolf se acercó a su esposa y vio la nube de polvo que se acercaba al rancho. La abrazó, y acarició su vientre.

—¿La traerá con él?

Willow adivinó la sonrisa de Billy. Siempre sonreía cuando hablaban del tema.

—¿Aún te causa gracia haberlo convencido de que debía casarse?

—Creo que es lo que necesitaba. Está harto de manejar todo esto. Un mes más y lo habría dejado todo en manos de Slade; claro que Slade lo habría hecho todo a su manera. Luke necesita un poco de distracción. ¿Por qué no una esposa?

—Pero quizá no le agrade.

—¿No le agrade? —rió Billy—. Puede odiarla si quiere, con tal de que se distraiga un poco.

—No pensaste en la joven —lo acusó Willow.

Él no parecía lamentarlo.

—Primero los amigos. Por eso estoy aquí. Ahora, vamos, entremos antes de que nos vean. Las damas de la ciudad no saben qué hacer cuando ven un indio. Tú lo sabes muy bien. Le daremos tiempo hasta mañana.

Willow miró a su esposo con actitud crítica.

—No pensarás asustarla, ¿no es cierto, Billy?

—¿Sería yo capaz de hacerle eso a la prometida de un amigo?

No, claro que no lo haría, se dijo Willow, su esposo no haría semejante cosa.

Sharisse cerró los ojos tratando de imaginar que el rancho no era pequeño, sino... ¿pintoresco? Pero no pudo. Era una construcción simple, cuadrada, que ni siquiera estaba pintada. Había también un granero, del doble del tamaño de la casa, y que tampoco estaba pintado. Detrás del granero se veía un corral para seis caballos. A trescientos metros había otra cabaña más pequeña que el rancho.

—Me imagino que está acostumbrada a más comodidades —le dijo Lucas mientras la ayudaba a bajar de la calesa.

Sharisse no respondió. Él no se disculpaba por eso, por lo tanto, ¿qué podía responderle? ¿Podía decirle que su casa en la Quinta Avenida era una verdadera mansión? No era necesario que él lo supiera.

Su expresión lo decía todo, de todas formas, y Lucas hizo una mueca, porque sabía que ella estaba sorprendida. ¿Qué había imaginado Sharisse? ¿Tal vez una casa de dos plantas amueblada con todo lujo como la que Samuel Newcomb había construido como muestra ostentosa de su riqueza? Bueno, esta casa era suficiente para Lucas, había vivido en peores condiciones. También en mejores, pero aquí sólo necesitaba un techo bajo el cual cobijarse. No tenía intenciones de quedarse. Sin embargo, pensó que debía haberla arreglado un poco para ella. Aunque no era necesario que se enterara de lo que no tenía.

La observaba con disimulo; ella miraba a su alrededor. Tenía la canasta en la mano, y se aferraba a ella como si así se sintiera protegida. Estaba tan desesperanzada. Se sentía igual que en el momento en que lo había conocido. Desde entonces había actuado como un animalito acorralado. ¿Él la asustaba, o era temerosa por naturaleza? Tal vez su físico era imponente. A muchas mujeres les ocurría eso en su presencia. Tal vez ella se consideraba demasiado alta por ser mujer. Para él, eso no era problema alguno.

Lucas abrió la puerta, y esperó que Sharisse dejara de mirar alrededor. El sol de la tarde ardía sobre los cactus, las montañas y las pasturas que se extendían hasta donde el ojo humano podía ver.

No pasaría demasiado tiempo hasta que esa piel blanca y sedosa se bronceara. Pronto la pondría a trabajar en el jardín, y con menos ropa, por cierto. Seguramente estaba muerta de calor con ese traje. Cuanto antes se lo quitara... mejor.

La desnudaba con la mirada.

—¿Sharisse?

Casi sin notar su presencia, ella caminó hacia la puerta ¿Qué hallaría dentro? ¿La misma rigidez y formalidad?

Sharisse suspiró y entró, tratando de que su falda no rozara las piernas de Lucas. El interior de la casa se hallaba en penumbras porque las cortinas estaban cerradas. Ni siquiera tuvo tiempo de reaccionar: de repente Lucas la tomó en sus brazos y la estrechó contra su pecho. Quiso gritar de miedo, pero los labios de Lucas se apoderaron de su boca.

Charley gimió. Lucas la soltó. Sharisse temblaba y no podía apartar la vista de él. Era difícil saber cuál de los dos estaba más sorprendido.

—Siempre creí que era mi imaginación —dijo Lucas—, pero supongo que una mujer puede gemir como un gato.

—Antes fue su imaginación. Ahora fue el gato el que gimió. Espero que no le moleste, pero ocurre que no podía abandonar a Charley.

Abrió la canasta y allí estaba Charley. Lucas se quedó mirándolo. Nunca había visto un gato de pelaje tan largo y color tan rojizo; casi del mismo color que el cabello de su dueña. Había visto muchos gatos en el Este, pero nunca uno como éste.

En ese momento apareció Mack.

—¿Qué es eso? —gritó—. No me refiero a usted, señorita —se corrigió—, sino a eso.

Sharisse miró al hombrecito de barba gris y ojos azules y vivaces, que llevaba un sombrero encajado hasta las orejas. Lucas los presentó, y le explicó todas las cosas que Mack hacía en el rancho. Pero Mack no prestaba atención a Sharisse, no podía apartar los ojos de Charley.

—¿Qué es? —repitió.

—Es Charley, mi mascota.

—¿Ésa cosa es su mascota?

—No es peligroso —le aseguró—. Es un gato persa. Vi varios en Europa, pero no abundan en Estados Unidos. En Inglaterra, hay exposiciones de gatos donde se presentan animales únicos, como Charley.

—Los únicos gatos que tenemos aquí se ocupan de terminar con las plagas —explicó Mack—. ¿Muerde? —Quiso acariciar a Charley, y éste gruñó.

—Tendrá que disculparlo —dijo Sharisse—. Creo que no le agradan los desconocidos. Sólo confía en mí.

Mack se dispuso a irse refunfuñando.

—No permita que Billy vea esa cosa. Creerá que es algo nuevo para agregar al guiso.

Sharisse miró a Lucas horrorizada.

—¿Escuché bien?

—Mack es muy bromista, Sharisse. A todo lo que dice le agrega una pizca de sal.

—Pero...

—No te preocupes por tu mascota, no en lo que respecta a Billy. Él también trabaja para mí. No es tan salvaje como lo describe Mack.

¿Se estaba burlando de ella? Supuso que debía creerle, pero por el momento no dejaría solo a Charley.

—¿Por qué lo hizo, señor Holt?

—¿Te refieres al saludo de bienvenida?

Sharisse se sintió avergonzada ante esa sonrisa irónica y pícara que lo tornaba sumamente atractivo.

—Nos interrumpieron. Si deseas que continúe...

—¡No! Es decir, bueno, no somos una pareja como las demás. Eso ocurre normalmente después de un tiempo, pero no en nuestro caso. Acabamos de conocernos.

—¿Y quieres conocerme primero?

—Exactamente —respondió aliviada. No sería tan difícil manejarlo después de todo. Mientras él comprendiera, no le permitiría tanta confianza.

—Pero, ¿cómo puedo llegar a conocerte si no dejas que me acerque a ti? Si no te agrada que te besen, entonces tenemos un problema.

Todo parecía depender de su respuesta.

—No acostumbro a besar a desconocidos —dijo terminante—, y usted aún es un desconocido.

Lucas meneó la cabeza.

—Me dices que me mantenga a distancia, pero así seremos desconocidos durante más tiempo de lo necesario. Pasarán algunos meses hasta que me dé cuenta de si te acostumbras a vivir aquí. ¿Se supone que debo perder todo ese tiempo, y sólo entonces pensar si somos compatibles?

Sharisse estaba pasmada. Según él, sería sencillamente una pérdida de tiempo si después de todo descubría que no podía existir nada entre ellos. Eso era verdad. Pero lo que él sugería era vergonzoso. ¿Le estaba diciendo que quería tener más confianza e intimidad con ella?

Sharisse tomó coraje y le dijo:

—Señor Holt, entiendo que nuestra situación es especial y que tendré que hacer algunas concesiones. Sin embargo, tengo que pedirle que me dé tiempo para acostumbrarme a esto y poderme sentir cómoda con usted. Dentro de un tiempo, aceptaré un beso o dos, si insiste. Más que eso, no, no hasta después de que nos casemos. Y si eso no lo satisface...

Lucas sabía controlarse.

—Supongo que no cambiarás de opinión. Tu cuarto está allí, a la derecha. Llevaré tu equipaje.

Sharisse suspiró cuando él se alejó. Había dos puertas a la izquierda. El cuarto era más grande de lo que había imaginado; se veían dos más a la izquierda. Había una cocina a leña, un fregadero, algunos armarios abarrotados con platos, y una mesa grande. La ventana daba a un patio. A la izquierda de la cocina, una puerta. En otro extremo de ese cuarto había una chimenea, una alfombra gruesa, y un sillón de madera sin almohadones. Cerca de la puerta de entrada, una vieja mecedora y un candelabro.

Sharisse aflojó los hombros. Qué lugar tan deprimente, tan austero. Se estremeció con sólo pensar cómo sería su habitación. Abrió la puerta. Las ventanas estaban abiertas las cortinas, corridas. Entraba luz, y también el calor abrasador. Nada de lo que había allí le agradaba. Volvió al otro cuarto antes de que Lucas regresara. Éste tenía colores más oscuros, daba la impresión de que alguien vivía allí. La cama no estaba tendida; había un ropero abierto, y ropa sucia colgada de las puertas. Más ropa desparramada por allí. Éste era el cuarto de él, no cabía duda. Se sentía avergonzada por haber entrado allí sin autorización.

Cerró la puerta sin hacer ruido y entonces se dio cuenta de que estos tres cuartos eran toda la casa. No era la casa de los sirvientes. Eso quería decir que...

—¿Te agrada? —le preguntó Lucas, que ya traía el equipaje.

Sharisse no pudo responder, no podía hacerlo porque estaba pensando que serían las únicas dos personas bajo ese techo, cosa que la perturbaba.

—¿No tiene... sirvientes aquí?

—No tengo sirvientes que se ocupen de las cosas de la casa —Le sonrió. —Ahora ya sabes por qué necesito una esposa.

Otra vez se burlaba de ella, y eso parecía ya un insulto.

—¿No sería más sencillo contratar una criada?

—Mucho más simple, claro —admitió—. Pero no podría esperar que una criada compartiera mi cama, ¿o sí?

Lo dijo con tanta naturalidad que Sharisse sintió un temblor en su estómago. ¿Miedo? Se quedó allí mientras él llevaba el equipaje al cuarto.

—Supongo que querrás acomodar tus cosas; haré que te preparen un baño y algo de comer. Después dejaré que descanses. —La miró a los ojos. —No tienes nada que temer aquí, Sharisse, nada te ocurrirá mientras sea responsable de ti.

La dejó. Ella se quedó pensando en lo que acababa de decirle y todo lo que había ocurrido antes. ¿Nada que temer? ¡Si sólo pudiera escapar de todo esto! Pero no tenía alternativa. Aun cuando le escribiera a su hermana, cosa que pensaba hacer esa misma noche, no cambiarían las cosas. Se encontraba en problemas, estaba allí bajo falsos pretextos, y no tenía la más mínima idea de lo que podía hacer para que todo saliera bien.

7

Sharisse abrió los ojos y una luz la cegó. Se incorporó rápidamente, confundida, y se dio cuenta de que la luz se reflejaba en el espejo que había dejado sobre el escritorio el día anterior. No había pensado que el resplandor llegaría hasta su almohada. Ya se sentía el calor del día en toda la casa.

Se puso el salto de cama de seda que había sobre la cama, y se acercó a la ventana. Esa prenda era una verdadera creación de seda verde y encaje blanco, y hacía juego con el camisón que le había regalado su tía en Francia. Sharisse había traído ese camisón y otro parecido convencida de que se alojaría en alguna mansión; ni había imaginado que compartiría la casa de un hombre.

La única cosa inteligente que había hecho hasta ahora había sido traer ropa de verano. Todo lo demás podía considerarse catastrófico, en especial esa decisión abrupta de abandonar su hogar. Se lamentaba al pensar que había desechado la protección y seguridad que su casa le ofrecía.

Sharisse suspiró, y miró al sol que parecía esconderse tras las púas de un cactus saguaro que había en el patio. Desde allí podía ver una parte del corral, y advirtió sorprendida que la ventana era muy baja. Cualquiera podía haberla visto en la cama.

Cerró las cortinas bruscamente, y se ruborizó. Imaginó quién podía haberlo hecho. Cerró todas las demás cortinas, luego se sentó en la cama para tratar de tranquilizarse. Todo lo que había en el cuarto le hacía pensar en Lucas, la tina que había llenado el día anterior, que aún estaba llena de agua fría, la bandeja con los platos. Se quedó mirando la blusa que tanto había deseado cuidar, y ahora estaba hecha un trapo sobre una pila de ropa, donde la había arrojado en un ataque de furia La había roto para quitársela, ese era un lujo que no podía darse ya que no tenía un vestuario demasiado variado. Pero no hubiera podido pedirle ayuda a él o a Mack. Sola con dos hombres, ¡eso era lo que él consideraba buenos chaperones!

Sobre el escritorio aún estaba la carta que había estado escribiendo hasta muy tarde. ¡Las cosas que había traído! Su papel de carta incluido, segura de que viviría en alguna villa apacible. Esto sí que era gracioso. Camisones, vestidos de lino mañaneros, vestidos para la tarde, ropa de salir, guantes, sombrero, zapatos. Ropa de noche. Jabones, perfumes y talcos. Abanicos, peinetas, medias de seda, enaguas y polisones, hasta más de un corsé. Había traído las maletas repletas de cosas para encontrarse con un clima sofocante, y una región salvaje donde nunca se pondría esa ropa. Era para reír, o para llorar.

Y tenía deseos de llorar, pero no se lo diría a Stephanie. Le había llevado horas escribir esa carta, escoger cada palabra para que su hermana no advirtiera su miedo ni sintiera remordimiento. No había mencionado las joyas, sólo le decía que no las tenía, y esa era la explicación de por qué había llegado a Arizona después de todo. En un breve párrafo describía a Lucas Holt, y lo había descrito con bondad. Con todo, le había explicado claramente que no pensaba quedarse allí mucho tiempo. Tendrían que idear otro plan, y Stephanie se encargaría de eso.

Sharisse se vistió lentamente, tratando de demorarse lo más posible para no volver a ver a Lucas Holt. Charley aún dormía en la jofaina donde se había instalado la noche anterior. Había salido por la ventana para explorar, había recorrido el cuarto hasta que Sharisse se acostó, y luego se había acomodado en la jofaina de porcelana. Sharisse se preguntó si el pobre gato se acostumbraría al calor y dejaría de perder tanto pelo. Se preguntó si ella se acostumbraría a todo esto. Suspiró y salió del cuarto.

Fue un alivio no encontrar a nadie en la sala. Tenía apetito pero no había comida sobre la mesa, ni nada sobre el fuego, ni siquiera una cafetera. Dejó su bandeja al lado del fregadero, y decidió buscar algo en la despensa. Supuso que allí se desayunaba temprano.

Se dirigió al fondo, pero alguien le ganó de mano y abrió la puerta. Entonces, entró Lucas. Se miraron a los ojos un momento. Luego, él la recorrió con la mirada, admiró su vestido color crema con encaje blanco en el cuello y en las mangas. Dos cintas de satén marrón adornaban el polisón y el cuello.

—¿Vas a alguna parte?

Sharisse se sorprendió.

—No estoy vestida como para salir —dijo, como si le estuviera hablando a un niño—. Éste es un vestido mañanero, sencillo.

—Preciosa —dijo él riendo—, ese vestido es más hermoso que el que cualquier mujer de Newcomb puede lucir un domingo. ¿Dices que no puedes salir así?

Ella estaba indignada.

—Creo que no tengo nada más sencillo que esto, con excepción del traje con el que viajé.

—Que es demasiado abrigado —acotó Lucas, meneando la cabeza—. Veo que tendré que comprarte vestidos nuevos.

Sharisse se sonrojó.

—Me bastará con los que tengo.

—¿De veras? ¿Harás las tareas de la casa vestida de esa forma?

¿Tareas de la casa?

—Sí... si tengo que hacerlas —dijo resuelta.

—De acuerdo —dijo, no quería discutir con ella—. ¿Dónde está el desayuno?

—No hay desayuno.

—Ya lo veo —respondió él pacientemente—. ¿Qué esperas?

—¡Yo! ¡Pero yo no sé cocinar!

—¿Que no sabes? Me temo que tendrás que aprender y pronto.

—¿Quién cocinaba antes?

—Yo, Mack, a veces Willow se apiadaba de nosotros y nos preparaba una verdadera comida.

—¿Willow?

—Sí, la esposa de Billy.

—¿Quieres decir que *hay* otra mujer aquí?

—Claro. Está embarazada, y en cualquier momento nacerá el bebé. Ya tiene bastante con Billy y ella misma, así que ni pienses en pedirle ayuda. Me las arreglé solo toda mi vida, Sharisse. Pero ahora que estás aquí...

Sharisse se quedó pasmada cuando comprendió el mensaje.

—Pero, no sé cocinar, quiero decir, nunca cociné. Siempre hubo sirvientes en mi casa. —Hizo una breve pausa. Él la miraba serio, no tenía intención de apiadarse. —Supongo que podría aprender... si alguien me enseñara.

—Billy tiene que ir al pueblo hoy. Puedo pedirle que te traiga un libro de cocina. —Resopló impaciente, y se dirigió a la despensa.

—Lo siento, señor Holt —Sharisse sintió la necesidad de disculparse, aunque no sabía bien por qué.

—No importa —respondió él—, mientras tengas un buen par de brazos para las demás tareas, y aprendas rápido.

Se quedó pensando en esas otras tareas; al rato él regresó cargado de cosas.

Una hora después, el vestido de Sharisse estaba sucio de harina y manchado de grasa, a pesar del delantal que Lucas le había dado. Ésa fue su primera lección de cocina y no le agradó. Pero pudo mirarlo cuando él no la miraba. Se preguntó cómo habría hecho este hombre para adaptarse a esta tierra tan distinta del Este. A veces era rústico; otras veces era encantador.

Después del desayuno, Lucas salió, y Sharisse se sentó a tomar otra taza del café más horrible que había probado en su vida, peor aún que los brebajes que había tomado durante el viaje. El humor de Lucas cambiaba cuando tenía el estómago lleno. Ahora hasta parecía que tenía deseos de reír. En cambio el buen humor de Sharisse desapareció cuando Charley saltó sobre la mesa para meter la nariz en la harina y lo ensució todo.

—¡Quisiera gritar! —dijo Sharisse. Charley saltó al suelo asustado, y desparramó harina por todas partes.

No era su obligación limpiar todo eso, pensó con espíritu rebelde. Pero tenía que hacerlo. Si hubiera sabido que no habría sirvientes, que ella tendría que trabajar como si fuera una criada...

Se sintió aliviada cuando guardó el último plato, y se dispuso a recluirse en su cuarto. Pero cuando estaba por llegar a la puerta gritó al ver a un hombre semidesnudo en la habitación. Sus hombros eran muy masculinos, tenía un trapo atado en la frente, un chaleco de cuero que dejaba descubierto casi todo su torso, y un par de botas que lo cubrían más que el paño rectangular que llevaba sujeto en la cintura.

Era imposible decir quién estaba más sobresaltado, Sharisse, de ver al salvaje, o Billy, quien por primera vez en su vida no pudo pronunciar una palabra. Esperaba encontrarse con una mujer rubia y pequeña que saldría corriendo y gritando en busca de Luke. Pero, por el contrario, se encontró con una mujer fuerte y más alta que él, que gritó pero no salió corriendo.

Lucas apareció de repente, atraído por el grito.

—¿Qué...? —comprendió de inmediato, y reprendió a Billy—: Podrías haberte puesto un pantalón, Billy, por lo menos hasta que te conozca.

Billy se tranquilizó un poco.

—Hace demasiado calor —dijo como si eso fuera suficiente explicación—. ¿Y la rubia?

—No era ésa —respondió Lucas.

—Pero me mostraste la fotografía, y dijiste que...

—Fue un error —le advirtió Lucas—. Bueno, ¿se conocen ya?

Ambos estaban perplejos; Sharisse más aún porque se dio cuenta de que estaba haciendo el ridículo, y de que había confundido a Billy con un salvaje, cuando era obvio que era un amigo de Lucas.

—Soy Billy Wolf, señorita, un buen amigo de Slade Holt y ahora de Lucas —dijo con un gesto altanero.

—Sharisse Hammond —respondió ella, perturbada todavía.

—No quise asustarla —agregó para tranquilidad de Lucas—, sólo quería saber si necesitaba algo del pueblo. Voy para allá.

—Después de que te hayas puesto algo encima —gruñó Lucas.

—En realidad, tengo una carta para despachar si no es mucha molestia. Se la daré.

Ella entró al cuarto a buscar la carta. Billy susurró:

—Cuando viste lo alta que era, ¿por qué no la enviaste de vuelta?

—No es tan alta —sonrió Lucas.

Billy lo miró de pies a cabeza.

—Sí, creo que su altura no te afecta demasiado. Pero por Dios, Luke, es tan delgada.

—¿Te parece? —preguntó Lucas incrédulo.

—Bueno, no quiero verte desilusionado, pero...

Sharisse regresó y le entregó la carta a Billy. Pero Lucas se la arrancó de la mano. Ella no soportó su arrogancia, no imaginó que él la leería antes de despacharla.

—¿Trudi Baker? —Lucas leyó en voz alta, y la miró a la espera de una respuesta.

Sharisse adivinó sus pensamientos. Cuando ella le dijo que no tenía a nadie a quien recurrir en Nueva York, él debió haber supuesto que sólo tenía a su padre y a su hermana.

—Trudi es una amiga de mi hermana, señor Holt. Mi hermana, Stephanie, sólo tiene diecisiete años y aún vive con mi padre. Así que, como verá, no puede ayudarme. —No se sentía cómoda hablando de esto delante de Billy. —Envío la carta a la casa de su amiga porque, bueno, ya le hablé de mi padre.

No dijo más nada. Se preguntó si era necesario que le explicara la carta. Contuvo el aliento mientras él la miraba una vez más. Finalmente, se encogió de hombros y se la entregó a Billy.

—Encárgate de despacharla, Billy, y no te olvides del libro de cocina que te pedí.

Billy saludó, y salió resuelto.

Sharisse se quedó mirando a Lucas; éste le sonrió con timidez.

—Disculpa por haberme entrometido, pero soy muy curioso. No esperaba que escribieras a nadie.

—Mi hermana y yo estamos muy unidas —explicó Sharisse—. Aunque no puedo escribirle directamente por mi padre, me hizo prometerle que le comunicaría que había llegado sana y salva.

—¿Sabe por qué viniste al Oeste —sonrió—, y estuvo de acuerdo con tu decisión?

Sharisse quería culpar a su hermana de todo esto, pero luego se arrepintió, a pesar de la terrible amargura que la invadía.

—¿Qué podía decir ella, señor Holt? Stephanie conoce mi situación.

Pasó eso por alto, y reflexionó:

—Parecía mayor de diecisiete años en la fotografía. Y luego creí que tú tenías más de dieciocho.

—Eso es porque...

Se detuvo de repente. Justo a tiempo se dio cuenta de que debía tener la edad que Stephanie había mencionado en sus cartas. ¿Qué otras sorpresas se llevaría debido a las cartas que Stephanie le había escrito a este hombre? Deseaba poder ver esas cartas antes de cometer algún error más grave.

—¿Sí?

—Porque soy alta —concluyó con dificultad—. Por eso siempre parecía mayor.

—No te agrada ser alta, ¿no es cierto?

Casi se ahogó de la sorpresa. Ningún hombre había cometido la indiscreción de mencionar el tema. ¿Cómo se atrevía a preguntarle semejante cosa? ¿No le habían enseñado buenos modales?

—No es que me desagrade —dijo para defenderse aunque en realidad hubiese deseado contestarle de mal modo—, pero ocurre que muchos hombres se sienten incómodos a mi lado por mi altura.

—No es mi caso.

—Claro que no —dijo ella terminante.

Él rió. La tomó del brazo y la llevó hasta la puerta.

—¿Salimos a caminar un rato? Tus tareas pueden esperar.

Sharisse penso en lo audaz que era este hombre. Ni siquiera esperó que respondiera a esa invitación. Luego comprendió lo que le había dicho.

—¿A qué tareas se refiere, señor Holt? —le preguntó y logró que la soltara. Él se vio obligado a detenerse y mirarla.

—Hay que arreglar el jardín, cortar la maleza, lavar la ropa, acomodar mi habitación. Tareas de ama de casa, señorita Hammond.

Pensó en negarse, pero el tono con que la llamó «señorita Hammond» la hizo vacilar. ¿Estaba enojado? Era imposible saberlo.

—No me había dado cuenta de que...

—Ya veo —dijo él amablemente—. Y haré concesiones por eso. Pero en mis cartas te advertí que la vida aquí no sería sencilla.

¿Podía decirle que había pensado que él se refería simplemente al clima? Nunca se le había ocurrido suponer que la pondría a trabajar como si fuera una criada; sin embargo parecía que ésa sería su ocupación por el momento. Y no podía hacer nada para cambiar las cosas o él la enviaría de regreso a Nueva York. Qué idea tentadora. Pero entonces recordó que tenía que darle una oportunidad a Stephanie. Ella no admitiría que tenía miedo de enfrentar a su padre.

Logró esbozar una sonrisa, aunque en realidad quería llorar.

—Caminemos, señor Holt.

Él hizo una mueca y la tomó del brazo. Ella lo sentía cerca, su brazo sobre el de ella. No advirtió adónde la llevaba hasta que llegaron al corral. Se mostró disgustada, y él preguntó:

—¿Qué ocurre?

—No me agradan los caballos. Y menos todavía los olores de los caballos.

—Preciosa, en este rancho se crían caballos. Tendrás que acostumbrarte a esos olores.

—No veo por qué. —Lo miró con suspicacia. —A menos que espere que limpie el establo. Permítame decirle que...

—Un momento, nadie dijo nada acerca de limpiar el establo, pero sí cabalgarás.

—No, no lo haré —y sacudió la cabeza.

—¿Me estás diciendo que no sabes cabalgar?

—Exactamente.

—Tendremos que solucionar ese problema.

A Sharisse no le agradaba la forma en que la miraba. ¿Estaba ansioso por enseñarle a cabalgar?

—Me trajo aquí en una carreta. Puedo llevar las riendas.

—Pero esa carreta no es mía sino alquilada, y Billy la llevará al pueblo hoy.

Justo en ese momento, el vehículo en cuestión apareció delante del establo, levantando nubes de polvo. Sharisse se cubrió los ojos, y luego vio que ahora el indio estaba vestido como un hombre civilizado, y salía rumbo al pueblo.

Lucas advirtió su asombro y se sintió molesto. La pobre Sharisse estaba viviendo demasiadas cosas nuevas de repente.

—¿Siempre estás tan hermosa después de haber pasado toda la mañana en la cocina?

Ella lo miró sorprendida.

—Se está burlando de mí, señor Holt. Le confieso que es la primera vez en mi vida que paso toda la mañana en una cocina. —No le diría que ese color vivaz y esa belleza eran naturales en ella.

—Entonces parece que te sientes bien en la cocina.

Sin darle tiempo a responder, la llevó a la plantación de algodón. La brisa se llevó los olores del establo, y la sombra era agradable. Había un banco para dos personas, pero él no se sentó a su lado sino que apoyó un pie sobre el banco, y el brazo sobre la rodilla. Así su figura era más imponente aún.

Ella movió la cabeza para mirarlo, y él la sorprendió con un beso. Sharisse trató de apartarse, pero él la tomó de los hombros para que no se resistiera. Así la obligó a que lo mirara a los ojos y viera qué sentía.

Entonces ella advirtió que sus ojos eran suaves. Él le acarició los hombros y el cuello. Sharisse cerró los ojos. Ella movió los labios en actitud provocativa hasta que él aceptó el desafío y dejó que su lengua penetrara entre esos labios.

Sharisse gritó, sobresaltada:

—¡Señor Holt!

Nunca la habían besado de esa manera. Se sentía tan ingenua. Pensar que había estado a punto de hacer el amor con Antoine, y casi no sabía besar. Ni siquiera Antoine la había besado así.

El recuerdo de Antoine le trajo a la memoria una sensación de furia que ya estaba dormida. Todos los hombres eran iguales. Nunca daban nada honestamente. Siempre exigían algo a cambio de sus palabras galantes. En su caso siempre habían deseado su dinero o su cuerpo. Ahora podía agregar algo más a esa lista: servidumbre. Lucas Holt buscaba una sirvienta para toda la vida, que, como agregado tuviera un bonito cuerpo. No había forma más delicada de decirlo.

—Creí que anoche habíamos llegado a un acuerdo, señor Holt —dijo con frialdad.

—Considerando que... —hizo una pausa con total intención, y le sonrió con actitud burlona—, ¿no crees que ya podrías llamarme Luke?

—No. Y habíamos hecho un pacto —le recordó— que usted se empeña en ignorar.

Sus ojos brillaban como los de un niño travieso.

—No, señorita. Si bien recuerdo, tú dijiste que necesitabas tiempo para conocerme y sentirte cómoda conmigo. Pero parece que ya te sientes cómoda, así que... —dijo, y se encogió de hombros.

—Un día de gracia no es lo que tenía en mente.

—No sé a qué se debe tanto alboroto. ¿Te asusto? ¿Es eso?

—No estoy segura.

—Bueno, al menos debo admitir que eres honesta.

Si él supiera, pensó perturbada. Lo vio acercarse al corral. Uno de los caballos se le aproximó al ver su mano extendida. Sharisse observó su cuerpo fuerte, que a pesar de la ropa se adivinaba musculoso. Sus piernas eran largas y musculosas también.

—Es que no lo conozco —dijo ella de repente.

La miró un instante, y volvió a concentrarse en el caballo.

—¿Quieres que te cuente la historia de mi vida? Creo que es razonable que desees saberla. Después, tal vez. Ahora tengo que volver al trabajo.

¿La estaba echando? Claro que sí. ¡Qué tirano! Igual que su padre, aunque Lucas no era tan violento como el señor

Hammond. Este hombre sabía cómo ser arrogante. Esas personas son las más imprevisibles.

Sharisse reconocía que ella también era arrogante, y lo consideraba un defecto. Dos personas arrogantes sólo podían hacer la guerra. Se repetiría la historia de sus padres.

Bueno, si lo que ella estaba buscando era un esposo —aunque no estaba muy segura— Lucas Slade no sería el elegido. Gracias a Dios, la situación no era tan desesperante.

8

Sharisse dejó el último recipiente sobre la mesa, y se secó el sudor de la frente. Lo había logrado, había preparado la comida por primera vez en su vida. No era como la comida que ella solía comer, pero no se preocuparía por eso. Billy le había traído un libro de cocina del pueblo, y así pudo darse cuenta de que la comida del campo era distinta de la comida de la ciudad. Como no había entendido algunas palabras, bueno... esas partes las había saltado. ¿Qué inconveniente habría en omitir algún que otro paso? Había cocinado para tres, pero no le habían dicho si Mack comería con ellos.

Sharisse se acercó a la puerta para respirar un poco de aire fresco. No había aire, pero el cielo rojo y encendido la cautivó. Siluetas negras se recortaban como centinelas: cactus, yucas, el gigante cactus saguaro. Un animalito se escurrió entre las plantas. Un coyote aulló.

Sharisse debía admitir que nunca había visto un paisaje tan calmado y bello como el que ahora tenía ante ella. Durante el viaje se habían bajado las persianas al atardecer, así que no había disfrutado de las bellas puestas de sol del Oeste. A pesar de lo descabellado de este viaje, al menos podía admirar cosas como éstas.

—¿Por qué no me llamaste?

Sharisse se giró sorprendida. Lucas estaba cerrando la puerta de atrás. Llevaba la camisa abierta hasta la cintura y una toalla alrededor del cuello. Tenía el cabello húmedo, y algunos mechones caían sobre la frente. Era tan varonil, tan masculino. Se preparó para defenderse.

—Creo que no tengo que buscarlo por todas partes cuando la comida está lista —su tono altanero era inconfundible.

Lucas se acercó a la mesa.

—Un aullido junto a la ventana te hará bien —le dijo mientras miraba la comida

—No acostumbro a aullar, señor Holt.

—¿Ah sí? ¿Ni siquiera cuando estás furiosa?

—No me enfurezco.

—Preciosa, nunca conocí una pelirroja que no lo hiciera —dijo riendo.

—¡No soy pelirroja! —gritó Sharisse.

—No, no —admitió, admirando su cabello cobrizo—, pero el color se acerca bastante al pelirrojo.

Ella lo enfrentó.

—No sé qué tiene que ver mi cabello con todo esto. Mi padre siempre dice que tengo carácter dulce y que soy sumisa. Quiero creer que así es.

—¿No tienes ningún defecto? —preguntó con tono risueño.

—No me agrada discutir, si eso es lo que se propone —replicó—. Presencié demasiadas peleas y discusiones cuando era niña. Y por suerte no heredé el carácter de mis padres.

Lucas hizo una mueca.

—Bueno, creo que conocí muchas mujeres de mal carácter. Una esposa dócil y dulce será algo nuevo.

Sharisse se sonrojó. Un verdadero hombre nunca habla de las mujeres que tuvo.

—Tome asiento, señor Holt.

—¿Cuándo dejarás de lado ese trato almidonado, señorita Hammond?

—¿Perdón?

—No importa. —Lucas suspiró. —Veo que hay tres platos. ¿Esperamos a alguien?

—No sabía si Mack cenaría con nosotros. Dijo que el señor Wolf tenía esposa, pero no me dijo si Mack comería con nosotros.

—A él lo llamas Mack, pero yo sigo siendo el señor Holt —dijo furioso—, ¿por qué?

Sharisse refunfuñó. Este hombre era muy temperamental. Aparte de sus sonrisas burlonas y su aparente buen humor, tenía carácter fuerte. No sabía cómo tratarlo. Podía darle un ataque de furia.

—Supongo que... podría llamarte Lucas —aceptó Sharisse finalmente.

—Luke me agradaría más.

—Lucas es más correcto.

—Supongo que tu padre diría que también eres terca.

Sharisse no pudo evitar una sonrisa. Algunas veces lograba convencerla. Este hombre tenía un encanto perverso y exasperante. Si se ponía un traje y se cortaba el cabello, las mujeres de Nueva York lo considerarían un bribón encantador. Sí, encantador y atractivo. Si no la hubiera sorprendido tanto su altura, corpulencia y aspecto rústico, se habría dado cuenta de que debajo de esa piel curtida y bronceada había un rostro atractivo. Pero el blanco estaba de moda, no el bronce. No tendría que olvidarlo. No podía considerarlo atractivo.

Lucas corrió la silla para que se sentara, y luego se sentó a su lado.

—Has puesto tres platos, pero has preparado comida apenas para dos, y eso porque no tengo demasiado apetito.

Sharisse observó la carne asada con salsa, las galletas, las papas, las zanahorias y las cebollas. El trozo de carne se había consumido bastante en el fuego, pero...

Miró a Lucas y suspiró. Tendría que haber recordado todos los panqueques que él había devorado esa mañana. Claro, un hombre de su tamaño debía comer mucho.

—Lo lamento —dijo con sinceridad—. Me temo que los hombres que conozco, bueno, no gastan muchas energías. Y tampoco son tan corpulentos. No pensé en eso.

—Claro, supongo que domar un potro despierta el apetito más que bailar en un salón. Pero Mack nos preparó una buena comida, así que no te preocupes.

¿Qué había hecho durante la tarde? Ella había desayunado tan bien que no había pensado en hacer otra comida.

—¿Es eso lo que hiciste hoy? ¿Domaste potros?

Lucas asintió, y se sirvió un plato.

—Tengo que entregar doce caballos al Fuerte Lowell, cerca de Tucson. Domarlos para el viaje no es muy difícil. Pero lleva más tiempo convertirlos en caballos de arreo. Sam Newcomb quiere treinta antes de que finalice el verano. Tengo más pedidos, así que pronto Billy y yo tendremos que ir a la montaña.

—¿Tú mismo atrapas los caballos? —preguntó Sharisse sorprendida—. Creí que los criabas. ¿No es eso lo que suele hacerse en un rancho que cría caballos?

—Hace menos de dos años que me afinqué aquí, Sharisse. No tenía ni un solo caballo. Comencé con un programa de cría, hasta traje un pura sangre, de Kentucky, pero se necesita tiempo para tener muchos. Tengo varios potrillos pastando en la colina, pero ninguno tiene edad suficiente como para venderlo. Falta bastante para eso.

—Ya veo. Pero parece que hace mucho que estás aquí, eso es lo que creí.

—No es muy difícil adaptarse —dijo con toda intención.

—Creo que eso tiene que ver con el medio social del que provienes —murmuró.

—¿Crees que el mío es muy diferente del tuyo? —dijo sonriendo.

—Quisiera que me lo explicaras —dijo con dulzura.

—Dije que lo haría «después», ¿no es cierto? ¿Qué te parece si me dejas que disfrute de esta comida, y después te cuento la aburrida historia de mi vida?

—Si insistes. ¿Café?

—Por favor.

Cuando regresó a la mesa con la cafetera, Lucas estaba saboreando la comida. Sharisse se sirvió el plato. Lo miraba con disimulo para ver qué pensaba de esta primera comida, pero su rostro no decía nada.

Ella probó la carne. Dura y seca. La galleta estaba gomosa, y cuando la miró más de cerca, advirtió algunos trocitos de harina cruda. ¿Estarían todas iguales? Las zanahorias estaban duras, y no se podían comer, las patatas, blandas, aunque las cebollas estaban gustosas. Y el café, bueno, después de cuatro tentativas, había salido delicioso.

Miró a Lucas, avergonzada.

—Está horrible; ¿no es cierto?

—He comido cosas peores —gruñó él.

No permitiría que esto la perturbara, no lo haría.

—Supongo que salté los pasos más importantes.

—¿Quieres decir que improvisaste? —le preguntó sonriendo.

—No, sólo omití las cosas que no entendía. ¿Cómo iba yo a saber lo que significa «amasar»? Nunca había oído esa palabra. Decía «cocer lentamente» la carne, pero no explicaba cómo. Decía «agregar agua», pero no cuánta; «condimentar a gusto», pero no qué condimentos usar. Lo único que encontré fue la sal.

—Las hierbas están en el jardín, Sharisse.

—Bueno, me lo hubieras dicho antes.

—Creo que tendré que pedirle a Willow que te enseñe algo. Puedes preguntarle todo lo que no entiendas. Pero por ahora, por lo menos, puedes agregar más granos al café.

—¡Pero si el café está delicioso!

—Parece agua caliente.

—Ocurre que tú tomas el café demasiado espeso. No sé cómo puedes tomar eso. Parece barro.

—Ya te acostumbrarás.

En otras palabras, tenía que prepararlo a su manera. Sharisse se quedó callada; comió a más no poder, y luego se dispuso a limpiar todo eso.

Lucas se reclinó en su silla. La comida no había sido tan mala, por ser la primera vez. Pensó que lo haría peor. También pensó que estaría exhausta después de un día arduo. Tal vez nunca en su vida había trabajado así. Pero no parecía cansada, sino todo lo contrario.

Se había cambiado la ropa. Ahora lucía un vestido espléndido de seda color verde oliva, con dibujos de hojas verde oscuro, y detalles de encaje oriental de color crudo. El escote era cuadrado, pero no muy pronunciado; las mangas le llegaban hasta el codo. Se había puesto otro delantal para no ensuciar el vestido.

Él la seguía con la mirada mientras ella iba del fregadero a la mesa y de la mesa a la cocina. Había estado pensando en ella todo el día, y para evitar la tentación de salir a buscarla había buscado una ocupación tras otra. Ninguna otra mujer había ocupado su mente y sus pensamientos de esta forma. Ninguna mujer lo había atrapado tanto. Era obvio que la quería. Admitió que así había sido desde el primer momento, desde que vio su fotografía. Lo excitaba. Esto era más de lo que su cuerpo podía soportar.

Tenía dos posibilidades. Si tanto la deseaba después de haber compartido con ella sólo un día, entonces no podría despacharla de regreso sin haberle hecho el amor antes. Esto no era lo que había planeado, pero no podría actuar de otra manera. Si hubiera sido virgen, lo habría pensado dos veces; pero ella no lo era.

—¿Te dije que estás preciosa con ese vestido? —le dijo sin pensarlo demasiado.

Sharisse lo miró por sobre el hombro.

—¿Con este trapo viejo? Por Dios, señor... Lucas. Estoy espantosa. Pensaba cambiarme antes de la cena, pero no tuve tiempo.

Lucas sonrió por dentro. ¡Cómo sería cuando estuviera bien vestida entonces! Las mujeres y el interminable dilema de la ropa, una prenda para cada momento del día. Con tantos cambios de ropa, no les quedaba tiempo para otra cosa. Pero claro, el trabajo no era parte de las tareas cotidianas de una mujer. Esta mujer en especial estaba aprendiendo lo que era el trabajo arduo.

Se sintió un poco culpable por someterla a todo esto. Podía tener sirvientes pero no quería que la gente de Newcomb creyera que era un ranchero acaudalado y holgazán. No era justamente la imagen que quería dar. Era un habitante del Este que había invertido su riqueza, y elegido la vida apacible que ofrecía el Oeste. No quería que nadie sospechara que era sumamente rico.

Lucas se acercó a Sharisse con terribles deseos de tocarla, ahora que podía oler su perfume. Pero, se detuvo y tomó una toalla de cocina.

—Te ayudaré.

Se sorprendió de lo que acababa de decir. No quería que estuviera agobiada de trabajo, no todavía. La sonrisa con que ella le agradeció fue una recompensa. Era adorable cuando sonreía.

Cuando terminaron de guardar los platos, se sentaron a la mesa otra vez. Sharisse trajo la cafetera. Lucas no quiso beber ese «brebaje aguado». Tomó una botella y una copa, y volvió a sentarse.

Sharisse frunció el ceño.

—¿Lo haces a menudo? —le preguntó vacilante, mirando la botella de whisky.

—Puedo asegurarte que no soy un borracho si eso es lo que estás pensando.

—Lo lamento. —Sharisse bajó la mirada, avergonzada por semejante pregunta. —No debí haber preguntado eso.

—Tienes derecho a saberlo.

Lo miró a los ojos decidida.

—Entonces, ¿quizás ahora estás dispuesto a contármelo todo?

Él se acomodó en la silla, pensativo, mirando la copa de whisky que tenía en la mano.

—Mi hermano y yo nacimos en St. Louis. La familia de mi madre era una de las más tradicionales y renombradas de la ciudad. Cuando mi madre murió, nuestro padre, Jake, no quiso volver a ver a la familia de mi madre. Así que nos trajo a Arizona. Lo atrajo la idea de hallar oro y poder hacerse rico.

—¿Era buscador? —preguntó Sharisse sorprendida, aunque eso no era nada inusual. El oro había llevado al Oeste a miles de personas desde la década de 1850.

Lucas asintió.

—Mi hermano y yo vivíamos encerrados en un hospedaje de Tucson mientras él recorría las montañas en busca de oro. El problema fue que lo halló. Fue un gran golpe de suerte. Pero lo llevó a la muerte. Eso ocurrió en 1866.

—¿Quieres decir que lo mataron?

—Lo mataron por sus posesiones.

—Pero, tu hermano y tú tendríais que haber heredado todo eso, ¿no es cierto?

—Por derecho sí, pero alguien se propuso eliminarnos.

Sharisse no podía creer que hablara de eso con tanta tranquilidad.

—¿Qué hicieron, entonces?

—Hicimos que nos siguieran. —Lucas apartó la mirada un instante. —Sloan, el hombre que había matado a nuestro padre, nos perseguía como si fuéramos su presa.

—¡Dios mío! Ese hombre sería un monstruo para querer matar a dos criaturas. Ustedes no tendrían más de doce años en ese tiempo.

—Diez en realidad. Era un asesino a sueldo, un hombre capaz de matar por dinero sin preguntar por qué. Hay muchos como él en el Oeste.

—¿Pudieron escapar?

—No exactamente. Él disparó, y mi hermano cayó a un desfiladero rocoso. Sloan estaba muy cerca, y no pude bajar a ayudarlo. Tuve que seguir cabalgando. Pero después de perder de vista a Sloan, advertí que me había perdido. Tardé algunos días en encontrar el camino de regreso al lugar donde Slade había caído, pero entonces no lo hallé. Lo único que podía hacer era regresar a St. Louis, con la esperanza de que él hubiera hecho lo mismo.

—¿Lo encontraste allí?

—No volví a verlo. —Hizo una pausa. —Me quedé en St. Louis con una tía, pensando que Slade había muerto. Finalmente, después de algunos años él me encontró.

—¿Por qué esperó tanto tiempo?

—Padecía amnesia. Recordaba algunas cosas con claridad, pero no recordaba lo que me había ocurrido, ni que teníamos familiares en St. Louis. No sabía si yo estaba vivo o muerto, ni cómo o dónde buscarme. Y además, no podíamos acercamos demasiado a los pueblos por temor a que Sloan nos encontrara.

—¿Qué hizo entonces?

—Se refugió. Desapareció en las montañas. Las compartía con los apaches.

—Estás bromeando —dijo Sharisse pasmada.

—No. Vivió solo en la montaña durante ocho años. Pero a los diecinueve años, algo le devolvió la memoria, y logró encontrarme.

Sharisse lo escuchaba con atención.

—No pareces muy feliz por eso.

Él sonrió tristemente.

—No era el hermano que yo recordaba. Siempre habíamos sido muy parecidos. Ahora no lo somos. Esos años que pasó solo lo cambiaron notablemente. —Se encogió de hombros y sonrió. —Si tuviéramos una familia numerosa, todos lo considerarían la oveja negra.

—¿Tan malo es?

—Así lo creen algunos.

Él no le dio más explicación, y ella tampoco insistió.

—¿Qué se hizo de la mina de oro de tu padre?

—Nunca la encontraron. Qué curioso, ¿no es cierto?

—¿Que hayan matado a tu padre sin razón? ¡Ya lo creo! ¿Y el hombre que lo mató fue llevado ante la justicia?

—Sloan está muerto. —Respondió con voz áspera.— Pero el hombre que le pagó aún está vivo.

—¿Sabes quién es? ¿Lo conoces?

—Sí, pero no hay pruebas. Lo único que puedo hacer es retarlo a duelo. Y no sabe disparar con una pistola, así que sería un asesinato.

—Ah —murmuró ella—. Debe ser terrible para ti no poder hacer nada.

—Ya lo creo —dijo con amargura.

Sharisse pensó que sería mejor cambiar de tema antes de que él se hartara de tantas preguntas.

—¿Por qué regresaste a Arizona?

—Por un motivo: me cansé de la vida de la ciudad. Pero también hay algo más. Slade no quería afincarse en St. Louis, por eso decidí mudarme cerca de él.

—¿Vive en Newcomb?

—Slade nunca se queda en un lugar demasiado tiempo, pero viene por Newcomb de vez en cuando. Lo veo ocasionalmente, porque viaja por aquí.

Ella pensó en sus palabras un instante.

—Debes de quererlo demasiado para estar dispuesto a hacer semejante sacrificio.

Lucas rió complacido ante tal razonamiento.

—Querida, para mí no es un sacrificio. Me gusta este lugar.

—Lo lamento. No quise decir que... bueno, de todos modos me alegra que hayas encontrado a tu hermano y esteis unidos otra vez. Esos años que pasaron alejados deben de haber sido terribles.

—¿Qué te hace pensar que estamos unidos?

La forma en que le sonreía la ponía nerviosa.

—Bueno, sólo supuse que...

—Nadie puede acercarse a Slade, Sharisse. Nadie, ni siquiera Billy, quien lo conoció cuando vivía solo en la montaña. No estamos tan unidos como cuando éramos niños, a pesar de ser mellizos.

—¿Sois mellizos?

—Así es.

—Recuerdo un par de mellizas que había en la escuela. Eran iguales, hasta se vestían igual, era casi imposible diferenciarlas. ¿Ocurre lo mismo contigo y tu hermano?

—Bueno, no nos vestimos igual, pero sin ropa, creo que no podrías distinguirnos.

—Bueno, menos mal que no vive aquí. Ya tengo bastante como para, además, tener que pensar quién es quien.

—No creo que te resultara tan difícil. Nos parecemos sí, pero somos muy distintos.

—No entiendo...

—Si lo conocieras, querida, entenderías —respondió y con eso dio por acabado el tema—. ¿Hay algo más que desees saber sobre mi vida?

—No, por el momento —dijo ella, y le sonrió—. Después de un día tan arduo, creo que no hay nada más agradable que un buen baño caliente antes de ir a dormir.

—Allí tienes los baldes —dijo señalándolos.

—Pero..., ¿tendré que cargarlos?

—Sí, si quieres bañarte.

—Pero ayer...

—Me compadecí porque estabas exhausta después de un viaje tan largo. Pero no esperes que lo haga todos los días. Ésa es tarea para una mujer.

—Ya veo —dijo resignada.

—¿Quieres poner la tina aquí? —sugirió—, así estará más cerca.

—Creo que no me bañaré —dijo con una voz casi imperceptible.

Sharisse parecía tan melancólica a veces. Él se compadeció una vez más, pero no lograría su objetivo si la consentía, aunque quisiera hacerlo.

—Creo que calentaré un poco de agua, y me iré a dormir —suspiró ella—. ¿Quieres que caliente agua para ti también?

—Me lavé en el establo. Pero sí quisiera agua caliente por la mañana, si te levantas temprano.

¿Otra de sus tareas? Asintió con desgana, y se acercó al fuego. Lucas bebió otro whisky; la seguía con la mirada y pensaba.

—¿Sabes algo, Sharisse? Hay una laguna en la montaña, a ocho kilómetros de aquí. El agua aún debe de estar cálida. Hay luna llena. ¿Salimos a cabalgar a la luz de la luna?

—Te dije que no sé cabalgar —dijo ella.

—¿Y si montas conmigo?

—No sé cabalgar de ninguna manera. Nunca monté un caballo en mi vida.

—Era sólo una sugerencia. Después de todo, aún es temprano. Pero, tendrás que aprender. Es la única forma de trasladarse aquí.

—Podrías comprar una calesa.

El tono de su voz le sacudió el corazón. Pero se mantuvo serio y firme.

—No me agrada malgastar el dinero, y no hace falta que compre una calesa cuando hay media docena de yeguas a tu disposición.

—Lo pensaré.

Lo miró con arrogancia, y fue al dormitorio con una cacerola de agua.

Lucas esperaba junto al fuego cuando regresó.

—Buenas noches, Lucas.

—¿Sólo buenas noches? —preguntó con picardía—. ¿No crees que podrías darme un beso de buenas noches? —agregó—. Puedes tomarlo como costumbre. Me gusta besar.

—Sí, supongo que sí —respondió cortante y suspiró resignada—. De acuerdo.

Se inclinó para besarlo como besaba a su padre. Pero cuando sus labios se encontraron, él la envolvió con sus brazos para que no pudiera escapar.

La besó con increíble ternura y suavidad, lo cual le causaba una deliciosa sensación que hacía que sus piernas temblaran. Se sentía débil, frágil, torpemente frágil. Y lo que era más extraño, no quería que la soltara. Disfrutaba de esos labios que exploraban su boca. Hasta el aroma a whisky de su aliento era excitante.

Le acarició la espalda y ella sintió escalofríos. Le acarició el cuello. El corazón de Sharisse palpitaba cada vez con más intensidad. Sabía qué se proponía, pero no tenía fuerzas para detenerlo. Finalmente, él dejó que sus manos se deleitaran con sus senos. Sharisse pensó que se desmayaría.

Era una locura. Sabía que no podía permitirle más pero las dulces sensaciones que él provocaba la sobrecogían. Él le besó las mejillas y el cuello. Entonces, ella pudo decir:

—Lucas.

Sonó como una caricia. Aunque se proponía detenerlo no tenía fuerzas para librarse de él. Le besaba la oreja, la excitaba más y más. Su lengua penetró en la oreja, y Sharisse creyó que ya no soportaría más.

—Te quiero, Shari. Lo sabes, ¿no es cierto? Permíteme que te haga el amor. —Su voz era ronca y sensual. —Si estuviéramos casados, eso es lo que haríamos toda esta noche. Necesitaría horas para amarte como es debido, y me propongo amarte así, Shari.

Sus palabras eran como el alcohol, la mareaban. Debía controlarlo. Hasta la forma en que pronunciaba su nombre la hacía temblar, sonaba como *chérie* en francés.

—No puedes... no estamos... ¡Lucas! ¡Por favor! —le rogaba que la ayudara porque ella ya no tenía fuerzas para resistir.

Se apartó un poco para mirarlo a los ojos; pero sus brazos no la soltaron. El fuego de su mirada le atravesaba el alma.

—Ya no eres una niña inocente. ¿Por qué te resistes? Sabes que será placentero. Ahora o más tarde, no importa cuándo. Y aunque no nos casemos, no habrá ninguna diferencia. No te resistas, Shari.

No debió haber dicho eso. Lo supo al instante, cuando vio que sus ojos color amatista echaban chispas color violáceo.

—Sólo un hombre puede decir eso. Es obvio que para ti eso es sólo un momento grato. Pero una mujer exige algo más.

—Hablas como si fueras virgen —le dijo con tono acusador—. ¿A quién le molesta que tú y yo hagamos el amor?

Sharisse no podía respirar. ¿Cómo podía hablar de otra forma si era virgen? ¿O una viuda podía darse el lujo de ser liberal? ¿Cómo saberlo?

—No sé por qué lo discuto contigo —dijo para defenderse—, no tendrás derechos de este tipo antes de que nos casemos.

—¿Quieres obligarme a que vaya a buscar al ministro para aliviar mi dolor?

—¿Qué dolor?

—No juegues conmigo, Sharisse. Has estado casada, deberías saberlo bien. ¿Sientes esto? —presionó sus muslos contra los de ella—. ¿Crees que esto no duele si no halla satisfacción?

—Yo... yo... —Se ruborizó, y trató con todas sus fuerzas de que la soltara. —Lo lamento, yo...

—De acuerdo. —La soltó de repente. Luego vio lo atemorizada que estaba, y se arrepintió. —Yo soy quien debe lamentarlo, Sharisse. Sé que estoy precipitando las cosas, discúlpame. Pero eres tan deseable.

—¿No... no irás a buscar al ministro, no? —preguntó vacilante.

¿La atemorizaba eso?

—¡No lo sé! —levantó la voz—, ¡maldición, me frustras, mujer!

Dio media vuelta y salió. Sharisse corrió a su cuarto, y dio un portazo.

¿Qué iba a hacer ahora? Esta escena no podría repetirse. ¿Qué demonios iba a hacer?

9

Lucas ató su caballo y entró al bar a paso lento. Sólo unos pocos lo miraron con curiosidad. Se acercó al mostrador y pidió un whisky. Lucas Holt no venía al pueblo a menudo, y menos de noche.

Lucas terminó su trago, y cuando Ben le ofreció otro, tomó la botella sin decir nada y se sentó a una mesa vacía. Miró a su alrededor lentamente, y vio la misma gente de siempre, los que habitualmente se encontraban en Whisker's, con excepción de un hombre, León Waggoner, que estaba jugando a las cartas en una mesa. Lucas miró al hombre, el capataz del rancho Newcomb, y cuando éste lo miró, Lucas bebió un trago de la botella.

León nunca le había resultado simpático. Newcomb era el rey del pueblo que había fundado, así que cualquiera que trabajaba para él era tratado con respeto, y León se había tomado muy en serio todo eso. Ahora era lo que podría llamarse el «duro» del pueblo, y su fortaleza y robustez lo confirmaban. Nadie se entrometía con León. Aunque parecía desaparecer cuando Slade venía al pueblo, pensó Lucas con cinismo.

León no sabía que un par de ojos verdes y fríos lo miraban. Tenía buena suerte hoy, los tres con quien estaba jugando parecían desalentados. Sin embargo ninguno se atrevía a protestar. Lo conocían, y no tenían intenciones de provocarlo. Estaba de buen ánimo, pero si alguno trataba de abandonar la mesa, León se enfurecería. Ya había ocurrido otras veces. Win Days había terminado con la nariz rota por eso.

Henry Foster, sentado frente a León, se encontraba desesperado. Había perdido más de la cuenta. Si seguía jugando perdería hasta el dinero de la hipoteca, y su esposa lo mataría. Eran dueños de la única armería del pueblo pero el pueblo no era muy grande, y nunca le había ido muy bien con los negocios. Se habían endeudado más y más, y sería casi imposible saldar esas deudas. Pero allí estaba, jugando. ¿Aprendería la lección alguna vez? Deseaba que León diera por terminado el juego.

Henry había visto entrar a Lucas Holt. No era como para estar orgulloso, pero Henry siempre se había sentido intimidado por hombres como Holt. Los que parecían tranquilos eran más imprevisibles que los jactanciosos como León. No conocía a Lucas personalmente, ni le interesaba hacerlo. Le bastaba con haberle vendido municiones a su hermano una vez, ocasión en la que dejó de temblar sólo cuando éste salió del negocio. Con esta clase de hombres, bueno, era mejor no interferir. ¿Quién podía asegurar que Lucas no era como él? No parecía amigable, por cierto.

Henry tuvo una idea. Haría cualquier cosa por terminar el juego, sin decirlo con estas palabras exactamente.

—¿Sabes?, León —dijo Henry, y aclaró la voz con nerviosismo—, el señor Holt te ha estado mirando desde que entró.

—¿Qué Holt? —León se dio vuelta y vio a Lucas. Luego, volvió a mirar a Henry y habló aliviado. —Ah, ése —contó el pozo, pero sin mucho entusiasmo.

Henry insistió.

—Me pregunto por qué te mira así.

—Quizá porque le agrada mi ropa —gruñó León—. Cierra la boca y reparte.

No había resultado. Henry tragó saliva con dificultad. No podía seguir jugando. Tenía que arriesgarse aunque enfureciera a León. Cuanto antes mejor, de todos modos ya casi no le quedaba un centavo.

—Me desplumaste, León —dijo, y se puso de pie—: No puedo seguir jugando.

León no tuvo tiempo de decirle que buscara en sus bolsillos porque los otros dos hombres se pusieron de pie rápidamente y se disculparon de la misma forma.

—Pero, ¿qué se proponen? —exigió saber León—. Gané algunas manos solamente... Vamos —se burló, y llenó sus bolsillos con lo que había ganado.

Los tres hombres salieron del bar. León Waggoner sólo pensó que había sido una noche afortunada. Se alegró de haber venido al pueblo en vez de haberse quedado en el rancho con la gente que trabajaba para él. De lo contrario, tendría que haber esperado hasta el sábado para divertirse un poco. Pensaba pasar la noche en el pueblo, en la habitación que Sam tenía en el hotel. Tal vez conseguiría alguna de las muchachas de Rosa. Seguramente no estaban tan ocupadas los días de semana, y con sumo placer irían a la habitación lujosa de Sam, por cierto muy diferente del prostíbulo.

Se disponía a irse cuando vio que Lucas Holt lo miraba con insistencia. ¿Qué quería? Todo el pueblo desconfiaba de este hombre porque conocían a su hermano, pero ésa no era la actitud de León. Para él era sólo uno de los tantos que había venido del Este. ¿Qué importaba si trataba con Sam? Sam ya no confiaba en él, no después de haber visto la forma en que Fiona lo había manejado.

No dejaba de mirarlo. León se acercó a su mesa, y apoyó la pierna en una silla que había al lado de Lucas.

—Me enteré de que te casas, Holt. Me comentaron que ella es muy bella.

—¿Y?

León sonrió con malicia.

—No sueles venir al pueblo por las noches. ¿Qué ocurrió hoy? ¿Discutieron?

Lucas dejó la botella a un costado. León no lo superaba físicamente, pero era musculoso y fuerte.

—No me gusta que hables de mi futura esposa, León —respondió Lucas en voz baja pero con tono amenazante.

—Todo el mundo habla de ella —replicó León muy tranquilo—, una mujer nueva en el pueblo llama la atención. Y una mujer que ha venido a casarse llama la atención aún más. ¿Es verdad que es tan bonita como dicen?

—Creo que no entendiste.

—Sí te entendí, Holt. Pero no me importa si te gusta o no. Tu hermano puede ser muy rápido con una pistola, pero tú no lo eres. Yo también soy muy rápido, ¿lo sabías? Creo que podría sorprenderte en cualquier momento.

Lucas le sonrió con cara de pocos amigos.

—¿De veras, León? Todo lo que sé sobre armas, lo aprendí de Slade. No creo que te interese ver todo lo que me enseñó. Pero si sacas tu arma, me encargaré de que no vuelvas a hablar de mi futura esposa.

León estaba furioso.

—Creo que viniste a buscar pelea, ¿no es así, cerdo? Bueno, estoy dispuesto. Si quieres regresar a casa con el rostro destrozado, me encargaré de que así sea.

León comenzó a desabrochar su cinturón, y Lucas se puso de pie y lo imitó. Pero antes de que se lo quitara León lo golpeó en la cabeza, y Lucas perdió el equilibrio. Se tocó la oreja y advirtió que estaba sangrando. Sus ojos se encendieron de furia. Se abalanzó sobre León, y ambos cayeron al suelo.

Horas más tarde, Lucas iba camino a casa, montado en su caballo, silbando alegremente. Tenía lastimada la mandíbula; hinchados los nudillos; sentía un dolor punzante en las costillas, pero no estaba arrepentido de lo que había hecho. Ahora, tal vez lograría dormir sin pensar en ella.

10

Lucas se sorprendió de ver que lo aguardaba el desayuno sobre la mesa. Pero no le sorprendió la expresión seria de Sharisse. Le sirvió en silencio, y evitó mirarlo en todo momento. No pronunció ni una palabra durante todo el desayuno.

Lucas estaba un poco preocupado, y a la vez su actitud le causaba gracia. ¿Se debía a su demostración de amor? ¿O lo había oído entrar a su cuarto al regresar del pueblo? Él hubiera jurado que dormía. Sólo había querido asegurarse de que estaba bien. Bueno, no sólo eso. También había querido cerciorarse de que no había huido víctima del pánico. Y no había visto nada que no pudiera ver. Ella estaba tapada hasta el cuello. Incluso dormía con el cabello recogido, así que no había logrado descubrir qué tan largo era

Sharisse lavó los platos y las tazas lentamente, deseaba que él se fuera antes de terminar con esa tarea. Debía reunir mucho coraje para decirle lo que quería, cosa que aún no había logrado. Si al menos él dijera algo, sería más sencillo. Pero él permanecía muy callado.

Uno de los dos debía decir algo. No podía permitir que se repitiera la escena bochornosa de la noche anterior. Ese pensamiento le dio valor.

—Tenemos que hablar, Lucas.

—¿Sobre lo de anoche?

—Sí.

Ella tomó asiento, pero antes de que dijera algo él le tomó la mano.

—Primero, quisiera disculparme —dijo él.

Su actitud y el tono ronco de su voz eran desconcertantes. No podía mirarlo a los ojos; sólo miró su mano que acariciaba la de ella. Advirtió que tenía lastimaduras y los nudillos inflamados.

—Estás lastimado —dijo, y al mirarlo de frente vio que tenía hinchada la mejilla izquierda.

—No es nada —respondió Lucas un poco confundido—. Tuve una leve discusión con el capataz del rancho Newcomb.

—¿Aquí o en el rancho?

—En el pueblo.

—Ah, no me di cuenta de que habías salido. ¿Quién ganó? —preguntó ansiosa.

—Ninguno de los dos. Creo que no me esforcé lo suficiente.

—¿Por qué? —preguntó pero se corrigió en seguida—: Quiero decir, si te viste obligado a pelear, deberías haber tratado de ganar, o, al menos, evitar que te hirieran.

—No salí a herir a nadie, Sharisse. Y además, no estoy herido. No es nada. Pero, gracias por preocuparte.

Su sonrisa era burlona. Qué engreído. Sharisse estaba indignada de ver que había confundido su curiosidad con otra cosa.

—Con respecto a lo de anoche, Lucas...

—Ya sé, estás enojada conmigo, no te culpo.

—Es más que eso —dijo incómoda al recordar su descaro, y lo que ella sentía por él—, lo que hiciste es...

—... imperdonable, lo sé.

Sharisse lo miró fijo.

—¿Me dejas que lo diga yo? Sí, es imperdonable. No tienes derecho a intimidarme así, ni tampoco a enfurecerte cuando me resisto. Además, me hiciste sentir culpable de todo, a pesar de que no hice nada para provocarte.

—Creo que te olvidas de algo —le dijo tranquilo.

—¿De qué?

—Viniste aquí para casarte conmigo. Muchas novias por correo se casan el mismo día que llegan, y ahora entiendo por qué. La única razón por la que tú no lo hiciste fue porque preferimos conocernos primero.

—Tú dijiste que era para ver si me acostumbraba a vivir aquí —le recordó de mal modo.

—Sí, tienes razón. Pero el hecho es que yo podría haber insistido en que nos casáramos ese mismo día.

Se sentía incómoda, pero no permitiría que la apabullara.

—Eso no cambia las cosas.

—¿Ah, no?

—No, porque... cambié de opinión, Lucas. Volveré a casa.

—Pero, qué rencorosa eres.

—No se trata de eso.

—¿De qué se trata, entonces?

—Es sólo una cuestión de gusto, eres demasiado fuerte.

Él la interrumpió.

—Preciosa, si fuera tan fuerte hubieras dormido en mi cama anoche. ¿Comprendes?

Sharisse se puso de pie nerviosa, y se acercó a la ventana. Se quedó de espaldas.

—No estoy acostumbrada a conversar sobre este tema. —Él casi no la oía. —No sé a qué clase de mujeres tratas a menudo, Lucas, pero no vine aquí para ser tu amante. Es una imprudencia de tu parte pedirme eso. No puedo quedarme aquí un sólo día más, porque lo de anoche podría repetirse.

Él no respondió. Ese silencio era más inquietante que las palabras. Tomó coraje y vio que él tenía la mirada baja, clavada en la mesa. ¿Por qué no decía nada?

—Me comprendes, ¿no es cierto, Lucas? —dijo.

Era imposible leer el mensaje de su mirada.

—No puedes irte, Sharisse —le dijo simplemente.

—¿No puedo? —repitió ella—, ¿qué quieres decir?

—No puedo enviarte a Nueva York ahora.

—¿Por qué no? —preguntó atemorizada y nerviosa al mismo tiempo.

—Se necesita bastante dinero para hacer ese viaje, Sharisse. Todo el dinero que tengo está invertido en este rancho. Me costó mucho traerte. Ya no tengo más.

Estaba demasiado pasmada como para decir algo.

Lucas pensó poco complacido que estaba aprendiendo a mentir y era convincente. Pero nunca pensó que lo enfrentaría así. No podía echarse atrás. La gente sabía acerca de ella. Era demasiado tarde para traer otra joven.

Sharisse miraba por la ventana. Estaba tiesa.

—Podrías olvidar tu decisión precipitada, y comenzar de nuevo —sugirió Lucas—. Puede que cometiera un error anoche, pero te deseaba, y no puedes culpar a un hombre por tratar de conseguir lo que desea. Si te asusté, lo lamento. Pero no te lastimé, ¿no es cierto?

Sharisse respiró profundo.

—No, creo que no. Pero no toleraré eso otra vez, Lucas.

—Si te molesta tanto que te desee, bueno, no volveré a demostrártelo.

—¿Podrías olvidar tus deseos? —preguntó tímidamente.

La pregunta lo dejó boquiabierto.

—¿Cuánto tiempo estuviste casada?

—¿Por qué lo preguntas?

—Porque no sabes nada sobre los hombres.

—En realidad, no estuve casada mucho tiempo —dijo, sin mirarlo a los ojos. Él imaginó que estaba simplemente perturbada.

—¿No te explicó tu esposo que a veces un hombre no puede controlar su cuerpo? Puede excitarse al ver a una mujer hermosa, y no puede hacer absolutamente nada para detener su instinto.

—No, no lo sabía —confesó—. ¿Eso fue lo que ocurrió anoche?

—Me temo que sí. Pero no corres peligro, mi amor. Nunca lastimé ni forcé a ninguna mujer. Nunca hice el amor con una mujer que no estuviera dispuesta a hacerlo. Nunca te obligaría, Sharisse. Me crees, ¿no es cierto?

—No sé qué responderte —admitió con franqueza.

—Bueno, acércate y lo demostraré —dijo.

—¿Qué?

—Sólo acércate. Por favor, no voy a lastimarte.

Ella se acercó lentamente. Él deseaba que ella confiara en él, no podía esperar más.

La tomó entre sus brazos, sin prestar atención a sus objeciones y protestas. La besó apasionadamente hasta que ella no se resistió. Entonces, la soltó.

—¿Ves? —dijo Lucas—, no es fácil separarse de ti pero lo haré.

Y así fue. Lo vio alejarse. Sharisse estaba furiosa. Él había vuelto a encender sus emociones, y ella no quería que se apagaran.

11

La invitación para ir a cenar al rancho de Samuel Newcomb esa noche la inquietó. La recibieron al atardecer. Ella quiso rechazarla, porque no podían aceptar una invitación que había llegado con tan poca anticipación. Sin embargo Lucas la aceptó de todos modos, despidió al mensajero, y avisó a Sharisse.

¿Y qué podía decir?

Samuel Newcomb era el hombre más rico de la región. Había visto su nombre en todas partes: en el mercado de carnes, en el almacén, en la talabartería, en el banco, hasta en los periódicos. Ya que tendría que quedarse allí, por lo menos tendría la oportunidad de conocer al fundador del pueblo. Tal vez él la ayudaría si tenía problemas.

Lucas carecía de los medios para enviarla de regreso a casa. Eso había sido una terrible desilusión. Estaba atrapada allí, y sentía una gran culpa. Este hombre había invertido todo su dinero para conseguir una esposa, mientras que ella no tenía intenciones de casarse con él. Si Stephanie no le enviaba dinero, se vería obligada a pedirle a Lucas que le pagara el viaje lo antes posible. Pero eso significaba que él tendría que conseguir otra novia por correo. ¡Qué bochornoso usarlo de esa manera! Comenzaba a preguntarse si había valido la pena hacer semejante sacrificio.

Lo único agradable de esa invitación era que no tendría que cocinar. A Lucas no le causaba demasiado placer ir a la casa de Newcomb, pero probablemente era porque había peleado con uno de sus hombres la noche anterior, y la situación sería un tanto incómoda.

Sharisse se demoró un poco. Tuvo que prepararlo todo ella misma, hasta el baño. Pero cuando estuvo lista, sintió placer. Su vestido estaba impecable, y se habla arreglado el cabello como Jenny se lo hacía. Para darle un toque especial al peinado, lo adornó con rosas blancas. Ese vestido era uno de sus favoritos, estaba hecho de distintas sedas combinadas color azul y marfil. El escote era redondo, y las mangas, cortas. Se puso guantes color marfil hasta el codo, y una cinta de terciopelo en el cuello, nada más. Completó el conjunto con una esclavina color marfil con detalles de visón.

Se estaba poniendo la capita cuando Lucas llamó a la puerta. Abrió esperando que dijera algo al verla. Él la miró de pies a cabeza. Estaba recién afeitado, y se había puesto una chaqueta de ante que no era muy elegante o apropiada para la noche pero que, al menos, estaba limpia. La camisa era de seda blanca, los pantalones, grises y los llevaba metidos dentro de las botas negras. No estaba armado como de costumbre.

—¿Bueno? —dijo ella para interrumpir el silencio.

—Fiona se pondrá verde de envidia —comentó él.

Sharisse no entendió bien.

—No me digas que estoy demasiado arreglada. Éste es un vestido de noche sencillo. Por lo general lo uso para estar en casa.

—¿Para estar en casa?

—¡Lucas!

—Estás hermosa. No estás demasiado arreglada para ir a casa de los Newcomb. En lo que a él respecta, cuanto más elegante, mejor.

—¿Quién es Fiona? —preguntó ella mientras se dirigían al coche que Sam había enviado.

—La esposa de Sam. Se casaron hace menos de un año.

—¿Hay algo que deba saber sobre ellos antes de que lleguemos?

—Sólo que a Sam le gustan las mujeres bonitas, así que ten cuidado.

—Pero es casado —dijo indignada.

—¿Y qué hay con eso?

Esa respuesta le trajo a la memoria una experiencia que había vivido con un hombre casado, y guardó silencio. El cochero, un mexicano, se puso en marcha. Esos recuerdos la asolaban, ya que no eran precisamente placenteros.

Había conocido a Antoine Gautier en una fiesta a la que había asistido con su tía una semana después de haber llegado a Francia. Antoine era tan jovial, tan atrevido, tan elegante, tan cortés: el primer hombre que la había subyugado. Creyó que se había enamorado de él. Él le había confesado que también se había enamorado. Entonces ella tenía dieciocho años apenas, y Antoine era un hombre de mundo.

El amor no inspira el pensamiento lógico. Tendría que haberse dado cuenta de que algo especial ocurría: él nunca había intentado besarla, sólo le besaba las manos. Tendría que habérselo preguntado. Qué tonta; creyó que la amaba. Hasta permitió que la llevara a un dormitorio deshabitado durante una fiesta.

Antoine le había confesado varias veces que la deseaba, y ella estaba dispuesta a permitirle que la poseyera. No le había propuesto matrimonio, pero era lógico suponer que se lo pediría; hacer el amor era una consecuencia del matrimonio. Claro que se casaría con ella, no había ninguna duda.

Más tarde comprendió que él había contado con esa suposición.

Esa noche, ella se desvistió tímidamente, mientras él la observaba sentado en la cama, y la instaba a que se diera prisa. Él se quitó sólo los pantalones, pero ella no se detuvo a pensar por qué no se había quitado toda la ropa.

Allí se acabaron las caricias y las palabras dulces. Antoine la tomó entre sus brazos, y se acostó sobre ella, dispuesto a despojarla de su virginidad sin esperar un instante más. Afortunadamente, la puerta había quedado entreabierta, y entró una mujer.

Antoine se puso furioso.

—¡Dos minutos, Marie! ¿No puedes esperar dos minutos más?

—Pensé que ya habías terminado, *mon cher* —respondió dulcemente la hermosa morena —. ¿Cuánto tiempo necesitas para ganar una apuesta?

¡Una apuesta! Todas sus ilusiones se hicieron añicos. Quiso llorar, estaba desnuda delante de esas dos personas. Pero, sin embargo, no lo hizo. Logró abandonar el cuarto con cierta dignidad.

Más tarde se enteró de que esa mujer era la esposa de Antoine. Pero ya no tenía importancia. Había aprendido una lección: no se podía confiar en los hombres.

Lucas no estaba de muy buen ánimo tampoco. Siempre sucedía lo mismo cuando se veía en el compromiso de tener que soportar la compañía de Samuel Newcomb. Debía tolerarlo. Por eso estaba allí. Pero odiaba las actuaciones, odiaba ponerse esa máscara con una sonrisa amistosa dibujada, cuando en realidad lo único que quería era matar a ese hombre. Pero Sam lo había previsto todo en un testamento en el que dejaba una cuantiosa recompensa para el que capturara a su asesino. Esa suma crecía a medida que pasaban los años.

Lucas sabía que Sam los había invitado sólo para satisfacer su curiosidad porque quería conocer a Sharisse. Lucas aprovecharía la situación para poner en marcha su plan. Tendría que hablar a solas con Sam para poder darle la mala noticia.

Se acercaba el final. En pocos meses, Samuel Newcomb tendría que aceptar que estaba en la ruina. Esta noche tenía que morder el anzuelo, eso era todo.

Fiona había colaborado sin saberlo porque ocasionaba muchos gastos a Sam. Sam no le diría nunca que había invertido todo su capital, y que había vendido algunas de sus propiedades en Newcomb para comprar lo que ella quería. Ésa era la forma de hacerla feliz.

12

A Sharisse le fue difícil recordar los nombres de todos los presentes. La cena resultó ser una fiesta en su honor, y medio pueblo estaba invitado.

El señor Newcomb en persona la presentó a los invitados. Su esposa, Fiona, la saludó, y luego la ignoró por completo con total descortesía. A Samuel Newcomb le pareció muy graciosa su actitud.

—Está celosa, pero no se preocupe —dijo a Sharisse en voz baja—. Usted le ha quitado el trono, Fiona era la más hermosa del lugar. Debo admitir, señorita Hammond, que envidio a Lucas.

Ella se sonrojó; el hombre le pareció agradable. Era muy distinguido, tendría alrededor de cuarenta años; su cabello era castaño claro, y los ojos grises revelaban todo lo que pensaba. Disfrutaba de las buenas cosas de la vida. Su casa era imponente. Como Lucas se lo había advertido, a Sam Newcomb le agradaban las mujeres.

Sus miradas apreciativas no disgustaron a Sharisse. Estaba muy a gusto con Sam. No le prestó demasiada atención cuando le sugirió que la aguardaría en un lugar apacible si algún día se cansaba de Lucas.

¡Qué ocurrente! Samuel Newcomb podía ser su padre. Estaba bromeando, seguramente. Era obvio que amaba a su esposa, porque la buscaba con la mirada cuando no estaba cerca de él. Fiona era una mujer hermosa de cabello negro y ojos azules. Bastante más joven que su esposo, y no mucho mayor que Sharisse en realidad.

La cena fue informal porque había muchos invitados. La gente se sentaba donde gustaba, y apoyaba el plato sobre la falda. Sharisse lo estaba pasando bien. La comida era sencilla y abundante. También se bebía mucho *champagne*.

Lucas la dejó sola para que conversara con las demás mujeres. Él estaba ocupado: todo el mundo lo felicitaba; una y otra vez tuvo que contar cómo se habían conocido. Ella escuchaba el relato con atención, para no cometer errores si le hacían las mismas preguntas.

La gente era agradable, y pareció alegrarse realmente de su suerte. Pero lo que la tranquilizó más que nada fue que Lucas siempre estaba cerca. Era difícil explicar por qué se sentía incómoda cuando estaba a solas con él, y ahora esa presencia era bienvenida. Sólo tenía que mirar alrededor, y allí estaba siempre. No se dio cuenta de que muchas veces lo buscó con la mirada.

Él sobresalía, y no sólo por su estatura. Lucía la ropa a la perfección; su cuerpo corpulento y robusto no permitía arrugas en la chaqueta ni defectos en el pantalón. A su alrededor había una aureola de fortaleza; era muy varonil. Sharisse advirtió que la gente del pueblo lo trataba con respeto.

—Es el hombre más atractivo que he visto.

Sharisse estaba mirándolo cuando Naddy Durant le hizo ese comentario.

—¿Quién? —le preguntó.

—Su esposo, por supuesto.

—Ah —Sharisse se sorprendió ante la franqueza de la jovencita.

Naddy tenía sólo dieciséis años. Su madre, Lila, estaba sentada a su lado, pero el comentario no le llamó la atención. Lila estuvo de acuerdo con su hija, al igual que las otras damas.

—Aún no es mi esposo —explicó Sharisse para evitar malos entendidos.

—Querida, es como si ya estuvieras casada —dijo la señora Landis—. Antes, cuando el ministro no venía por aquí tan a menudo, las parejas jóvenes no esperaban. Si eran libres y se amaban, bueno, pues vivían juntos y recibían la bendición después. Ahora, casi todos los pueblos tienen un ministro. Aquí teníamos uno, pero murió, y nadie lo ha reemplazado.

—Entiendo —respondió Sharisse con tono amable.

—No me avergüenza confesar que esperaba que Luke se fijara en mí —dijo Naddy con toda confianza—. Él o su hermano, Slade. Ambos son tan...

—¡Nadine Durant! —la reprendió Lila—. Una cosa es admirar a un hombre respetable como nuestro Luke, pero otra cosa es pensar en un hombre como Slade. Creo que te eduqué para algo, niña.

A Naddy no le afectaron las palabras de su madre.

—¿Conoce a Slade? —preguntó a Sharisse.

—No, todavía no —respondió Sharisse.

—Entonces, prepárese.

—Para un susto —acotó Lila, era obvio que ese hombre no le agradaba.

—Ese muchacho no es tan malo, Lila —dijo la señora Landis.

—Sí que lo es —intervino otra señora, quien compartía la idea de Lila.

—Bueno, no veo por qué estamos hablando de Slade.

—¿Por qué no habríamos de hacerlo, Lila? —Su esposo, Emery, se acercó con John Hadley. —No todos los pueblos pueden jactarse de tener un pistolero tan famoso.

—Sabes muy bien que Slade Holt no es de Newcomb —le dijo Lila a su esposo.

—No, pero desde que su hermano se afincó aquí, Newcomb es su hogar más que cualquier otro pueblo.

Sharisse miraba a Emery Durant con curiosidad.

—¿Qué es un pistolero?

—Un hombre que es rápido con la pistola.

—¿Trabaja para alguien? —preguntó sin entender muy bien.

—No sé —respondió Emery—. Nunca se comentó que trabajara para alguien. ¿Quiere decir que Luke no le habló de su hermano?

—No mucho —admitió ella.

—¡No me diga! —El rostro de Emery se encendió como el de un niño a punto de confesar un secreto. Vio que Lucas no estaba cerca, y se sentó al lado de su esposa. —Bueno, le contaré lo que ocurrió el día que Slade Holt vino por primera vez a Newcomb.

Las mujeres suspiraron al unísono porque habían escuchado esa historia cientos de veces. Sharisse no sabía si quería escucharla, en realidad.

—Estaba vestido de indio —dijo John Hadley antes de que Emery abriera la boca para decir algo—. Parecía un indio, tenía el cabello largo hasta los hombros...

—¿Me permites que lo cuente yo, John? —dijo Emery furioso.

—Bueno, yo estaba allí —gruñó John—, tú no.

—¿Qué hizo Slade? —Sharisse interrumpió el comienzo de una discusión.

—Mató a Feral Sloan. Sloan era un tipo peligroso, un asesino a sueldo.

—¡Sloan! —dijo Sharisse, quien recordaba el nombre.

Miró a Lucas, y se preguntó por qué no se lo había dicho. Lucas salió del lugar con Newcomb. Ella miró a Emery Durant con la esperanza de haber malentendido.

—¿Quiere decir que Slade Holt es un asesino?

—Bueno —respondió Emery—, al único que mató fue a Feral. Eso fue hace siete años, era muy joven, entonces. Sin embargo, se decía que ya había matado una docena de hombres. No sé si mató a alguien más desde entonces.

—¿Por qué no lo han arrestado? —preguntó Sharisse, pálida.

—¿Arrestarlo? —preguntó Emery.

—Usted acaba de decir que mató a un hombre en este pueblo.

—Fue un enfrentamiento justo, señorita Hammond. Nadie puede decir lo contrario. —Los demás asintieron—. Slade incluso dejó que Feral disparara primero. Pero, Slade fue más rápido. Nunca vi a nadie tan rápido como él.

¿Sabía esta gente que Sloan había matado al padre de Slade? Lo dudaba. Ahora necesitaba beber algo. No quería oír más historias sobre el hermano de Lucas. La oveja negra. Así lo había llamado él. Y no se había equivocado.

En el escritorio de Sam Newcomb, el tema de conversación también era Slade. Fue Sam quien lo nombró.

—¿Has visto a tu hermano últimamente?

—No, hace un tiempo que no lo veo —respondió Lucas serio.

Sam siempre preguntaba por Slade cuando se encontraban. Le agradaba tener pistoleros rápidos, y ambos sabían que León Waggoner no era tan rápido.

—Bueno, la oferta sigue en pie. Díselo cuando lo veas.

—Lo haré.

—¿Qué es eso tan importante que tenemos que conversar en privado? —preguntó Sam y encendió un cigarro.

—Malas noticias, me temo —dijo Lucas sin rodeos—. Se trata del ferrocarril que estamos financiando. Hay problemas.

—¿Qué quieres decir?

—Hubo un error. Parece que se agotaron los fondos, y sólo se construyeron tres cuartos de la obra. Se detuvo el trabajo, y no pueden conseguir a nadie que quiera invertir para así poder terminarlo. Yo no tengo más dinero, lo invertí todo. Sólo me queda el rancho. Espero poder saldar mis deudas pronto. Por suerte te advertí que no invirtieras demasiado. Parece que no obtendremos ganancias.

Sam se quedó mudo. Lucas sabía por qué. Cuando le mencionó lo del ferrocarril sabía muy bien que Sam no aceptaría su consejo. Y así había sido. Había invertido mucho dinero para tener una mayor participación, pero no había dicho nada a Lucas. Sam había vendido sus inversiones, pero no en Newcomb. Hasta había vendido el activo de su banco, con la esperanza de convertirse en un empresario de ferrocarriles. Sólo había visitado la obra una vez, y aceptaba sin objeciones la rendición de cuentas que sus abogados le enviaban. El dinero no había sido malgastado. Se había destinado bastante al proyecto original.

—Pero... tiene que haber alguna forma de...

—No, a menos que conozcas a alguien que quiera comprar una parte —respondió Lucas con naturalidad—. Están pidiendo a los inversores originales que aporten el dinero que falta, pero es una suma muy grande. Yo no tengo un centavo. No puedo aportar nada. ¿No recibiste la carta todavía?

—No —dijo Sam.

—Ya la recibirás. Así te enterarás con más detalles de lo que falló. Bueno, voy a buscar a Sharisse. Buenas noches, Sam.

Sam sólo asintió. Se sentía mal, mareado. Todo lo que había construido en años se desmoronaría a menos que consiguiera más dinero. Tendría que recurrir a ese abogado de St. Louis, el que había escrito sobre algunos clientes europeos que andaban buscando un rancho en esta zona. Quizás alguno de ellos también querría comprar un hotel. Era una buena solución. Pero, ¿qué más podía hacer?

Tenía que hacerlo, no había otra solución. Y ya no tenía edad como para volver a empezar. Las épocas habían cambiado. Ya no era sencillo hacer fortunas. La ley había llegado a Arizona.

Se quedó solo, con la mirada perdida. Sabía lo que debía hacer. Sabía que no tenía otra alternativa.

13

Sharisse estaba borracha. Pero nadie se dio cuenta porque podía caminar erguida y con naturalidad. Ni siquiera Lucas lo había notado. Lo advirtió cuando subieron al coche, y ella lanzó una carcajada, y se quedó dormida en su hombro.

A Lucas le causó mucha gracia. Nunca pensó que la orgullosa joven de la ciudad sucumbiría ante la bebida. Estaba sorprendido y complacido de ver que Sharisse se había soltado un poco y actuaba sin tantas inhibiciones por fin. Pero así y todo, nada podría haberlo perturbado esa noche, no después de la conversación mantenida con Sam.

Había notado que Sam sentía pánico. ¡Cuánto había esperado para verlo así!

Hasta le causaba gracia pensar en la manada de caballos que Newcomb había ordenado. Cuando llegara el momento de entregárselos no tendría con qué pagarle. Pero Lucas tendría que atrapar los caballos y enviárselos como si no supiera nada de todo eso.

Sharisse se estremeció, y acurrucó la cabeza en el hombro de Lucas. Se le entreabrió la capa, y él pudo ver su pecho. La tenía tomada de la cintura, y acariciaba sus curvas suavemente.

¿Qué podía hacer con ella? Ella era mucho más de lo que él había esperado. Deseaba que algún día esta joven durmiera a su lado. Y ese deseo era tan irresistible, parecía haberse despertado años atrás, no sólo en estos tres días que habían pasado juntos. Tres días, y él ya pensaba en seducirla.

Estaba enojado consigo mismo por no poder controlar sus instintos. Podía llegar a equivocarse. Lo sabía, pero, ¿qué otra cosa podía hacer? Le había mentido, y seguiría haciéndolo. Ya era suficiente haberla involucrado en el plan para arruinar a Newcomb; la estaba usando para lograr su cometido.

Ella le temía, aunque no podía explicar por qué. Por esa razón, había decidido que no se casaría con él. Si la llevaba a su cama, ¿seguiría pensando igual? ¿Podía comparar hacer el amor con la entrega total? Él deseaba que fuera más transparente y previsible. Y deseaba que no le temiera.

El coche se detuvo frente a la casa. Sharisse aún estaba profundamente dormida. Lucas trató de despertarla.

—¿Sharisse?

Ella entreabrió los ojos, y se aferró a su chaqueta.

—No quiero casarme con él, padre. Stephanie ama a Joel, yo no.

Lucas se preguntó de qué estaría hablando.

—Sharisse, despierta.

Ella abrió los ojos, pero estaba desorientada.

—¿Quién...? Ah, eres tú. —Miró alrededor. —¿Qué estamos haciendo aquí?

—¿La fiesta? ¿Recuerdas? Llegamos a casa.

Sharisse no podía mantener el equilibrio, y se apoyó en él.

—¿Puedes caminar, o te llevo en brazos?

—¿Llevarme en brazos? ¡No seas ridículo!

Se dirigió a la puerta, caminando sobre una línea imaginaria. Lucas saludó al cochero. Ella tropezó al llegar a la puerta, pero Lucas la rescató a tiempo.

—No sabía que había un escalón aquí —dijo indignada, y miró a Lucas.

—No hay ningún escalón —dijo él riendo.

—Ah.

La luz de la luna había invadido la casa, y no fue necesario encender una lámpara. Él la tomó en brazos, y sintió algo especial. Así podía dominarla, así quería tenerla. Pero no poseía poder para controlarse, no podía resistirse a sus labios.

Sólo quería probar ese sabor, pero los labios de Sharisse, cálidos y vivos, encendían el fuego dentro de él. Él gimió, Sharisse suspiró, y apoyó la cabeza en su hombro, inconsciente de lo que estaba haciendo.

Lucas se dio cuenta de que podía poseerla en ese mismo momento si lo deseaba. No se resistiría en el estado en que estaba. Pero él no quería que las cosas ocurrieran así. Tenía que estar dispuesta a recibirlo, tenía que desearlo. Pero ahora la bebida había borrado su capacidad de elección, no recordaría nada de lo ocurrido. Si recordaba, lo despreciaría por haberse aprovechado de ella. Él no quería culpas ni recriminaciones. Y era importante que ella recordara.

Pero, ¿de dónde provenían todos estos sentimientos nobles? No había perdido la intención de seducirla. Si no tenía escrúpulos, debía hacerlo.

Sharisse suspiró, y volvió a quedarse dormida. Lucas sonrió. «No esta noche, querida, pero pronto». Le besó la frente, y la llevó a su habitación.

Ella se despertó cuando él la acostó y comenzó a quitarle los zapatos.

—Puedo hacerlo sola —protestó.

Se sentó abruptamente, pero volvió a recostarse porque todo le daba vueltas.

—Piensa que soy tu doncella —le dijo, y le quitó los zapatos—. Estoy seguro de que tenías una doncella.

—Pero no te pareces a Jenny—. Sus propias palabras le resultaron muy graciosas, y rió. Él le quitó la capa casi sin que se diera cuenta. —Me alegra que no esté aquí, me daría un tirón de orejas Ella no aprueba que beba, y... —De repente se detuvo—. ¿Por qué no me dijiste que tu hermano era un asesino?

—Porque no lo es.

—¡Pero mató a cientos de hombres!

—¿Cientos?

—Bueno, decenas, pero, ¿cuál es la diferencia?

—Has estado escuchando tonterías, Sharisse. —La levantó un poco para poder quitarle el vestido. Ella no se dio cuenta.

—No pude evitarlo. ¡Mi Dios, pensar que lo llamaste la oveja negra! Creo que no es suficiente. Deberías habérmelo dicho.

—¿Que mató a un hombre?

—¡Muchos hombres!

—Sólo mató a un hombre, Sharisse. Todo lo demás son mentiras. Son sólo rumores. Eso es lo que la gente inventa.

—¿Sólo uno? ¿De veras?

—Sí. —Le desató el corsé.

—Pero...

—Ese hombre era un asesino de sangre fría que merecía morir.

Se había olvidado de que ese hombre había querido eliminar a Lucas y a Slade cuando eran niños, después de haber matado a su padre. Si la ley no había hecho justicia, ¿qué tenía de malo que Slade la tomara por sus propias manos?

—Dicen que fue un enfrentamiento justo —dijo Sharisse en voz baja.

—Así fue. Slade podría haber muerto

—Lo lamento.

—Olvídalo. —Le quitó el corsé, y con sumo placer comenzó a quitarle las medias de seda.

Sharisse suspiró, y se desperezó.

—Me alegra saber que no es tan temible como dicen.

Lucas también suspiró. Se preguntaba cómo podía soportar todo esto. ¿Cómo podía desvestirla para que durmiera cómoda cuando tenía algo totalmente diferente en mente? ¿Por qué habría bebido tanto?

—Slade es lo que es —dijo Lucas con voz ronca. Ya no quería resistir más, era demasiado.

—Qué bien.

Lucas meneó la cabeza. Ni siquiera había entendido lo que le había dicho. Se estaba quedando dormida otra vez.

La cubrió con la sábana, y la besó en la frente.

—Buenas noches, Shari.

—Antoine... mi amor.

Apenas se podía entender lo que decía. ¿Antoine? ¿Era el nombre de su esposo tal vez? Era la primera vez que la oía pronunciar ese nombre. Le había dicho que amaba a su marido. Él lo había pasado por alto en ese momento, pero ahora se daba cuenta de que no le agradaba la idea.

¡Maldición! Lo estaba confundiendo. ¿Tendría que ir a la montaña antes de lo planeado? Decidió que cuanto antes partiera sería mejor.

14

Sharisse se despertó cuando sintió un cosquilleo en el rostro. Abrió los ojos, y se encontró con la mirada color cobre de Charley. El gato ronroneaba con insistencia. Movió la cabeza, y le hizo cosquillas con los bigotes en la mejilla. Ella sonrió: muchas mañanas la despertaba de la misma forma. Era su manera de decirle que tenía hambre y estaba impaciente.

—Buen dí...a.

Se incorporó de repente, y sintió fuertes palpitaciones en la cabeza. Llevó las manos a las sienes, y pensó que estaba enferma. Pero no era así. Recordó la noche anterior aunque no con mucha claridad. Nunca debió haber bebido así. Ahora sabía a qué se refería Jenny cuando hablaba de los males de la bebida. ¡Qué dolor de cabeza! Podía soportarlo sólo si se quedaba quieta.

Algunas imágenes no podía recordarlas con claridad.

Recordó que había tropezado, y Lucas la había tomado en sus brazos y la había besado. Eso lo recordaba claramente. Habían hablado sobre Slade, pero ¿por qué no podía recordar los detalles de esa conversación? ¿Qué habían dicho?

—¿Señorita Hammond?

—¿Sí? —preguntó. Una mujer estaba al otro lado de la puerta—. ¿Eres tú, Willow? Pasa.

Sharisse quiso cubrirse con la sábana porque creyó que tenía puesto el camisón. Sin embargo no era así: todavía tenía puesta la enagua de muselina. Más recuerdos pasaron por su mente.

—¿Se siente bien?

—¿Qué? —Sharisse apenas logró sonreír a la joven india. —Sí, estoy bien. Sólo que... recordé algo desagradable. ¿Así que eres la esposa de Billy Wolf?

La joven asintió. Tenía rasgos exóticos, su rostro era ovalado; sus ojos, rasgados; el cabello negro le llegaba hasta los hombros, y tenía la piel suave y oscura. Vestía una falda azul descolorida larga hasta los pies, y una camisa azul suelta. Estaba descalza. Sharisse no esperaba encontrarse con una joven tan angelical, sobre todo después de haber visto lo salvaje que era su esposo.

—Luke dijo que no la despertara, pero me preocupé. Ya es casi mediodía —dijo Willow.

—Dios mío, no tenía idea de la hora.

Los rayos del sol penetraban entre las cortinas que debería haber cerrado. Eso confirmaba que Lucas la había llevado a la cama, y luego se había ido. *Se había ido, ¿no es cierto?*

—¿Está segura de que se siente bien? —se animó a decir Willow con voz dulce y melodiosa, para tranquilizar a Sharisse, que estaba nerviosa por los efectos de la borrachera.

—Sí, en realidad, ...me duele un poco la cabeza.

—Si quiere, le daré algo para eso —ofreció Willow.

—¿Podría? Se lo agradecería. Me vestiré de inmediato.

Cuando Willow cerró la puerta, Sharisse se puso a pensar en lo que había ocurrido la noche anterior. ¿Lucas la había desvestido? No sentía que la hubiera despojado de su virginidad, pero tampoco sabía si se notaba la diferencia. ¡Tenía que tratar de recordar!

Momentos después Sharisse abrió la puerta vacilante, temerosa de encontrar a Lucas en la sala. Pero sólo Willow estaba allí.

—Dios mío —dijo Sharisse a modo de saludo—, no lo había notado, pero tu bebé nacerá pronto, ¿no es cierto?

Willow acarició su vientre con ternura.

—Nacerá pronto, sí.

—¿Hay algún médico por aquí?

—¿Para qué un médico?

—Bueno... seguramente... —Sharisse se quedó en silencio, no sabía qué decir.

Willow le sonreía

—¿Para qué un médico? Ya sé lo que tengo que hacer.

—¿Quieres decir que no necesitas ayuda?

—Ese momento será sólo mío. Ni siquiera quiero que Billy esté presente, eso si regresa antes de que nazca.

—¿Si regresa? ¿Adónde fue?

—A la montaña. Él y Luke salieron a buscar caballos salvajes para el señor Newcomb.

Sharisse hizo lo imposible por disimular su asombro.

—Lucas me habló sobre eso. Pero no imaginé que... se iría tan pronto.

—Ah, ya sé por qué no se lo dijo. A ningún hombre le gusta decir adiós a una mujer a la que todavía no conoce bien. Billy era igual cuando nos casamos. Nunca me decía adónde iba, ni cuándo.

—¿Seguramente porque está acostumbrado a vivir solo? —preguntó Sharisse.

—No. Estuvo casado. Por supuesto, su esposa era una arpía, y él la evitaba siempre que podía. Quizá tenga razón, y sea porque estaba acostumbrado a vivir solo. Ahora le agrada decir adiós, porque le sirve como excusa para...

Willow sonrió, a Sharisse le sorprendió la naturalidad con que había hecho la insinuación. Era difícil imaginar que el salvaje de Billy pudiera demostrar amor.

—¿Esto es para mí? —dijo Sharisse señalando el vaso que había sobre la mesa. Willow asintió, y Sharisse entonces tomó algunos sorbos del líquido espeso, que tenía un sabor algo amargo.

—Siéntese —le dijo Willow, y tomó el vaso—. Le preparé el desayuno.

—No, de ninguna manera. Deberías estar en cama, alguien debería atenderte. Y no te preocupes por el almuerzo. Siéntate, que yo lo prepararé.

—¿Por qué tendría que quedarme en cama?

—¿Por qué? Por tu estado, claro.

—No estoy enferma —respondió Willow sonriente—. Sólo voy a tener un bebé.

—Pero no puedes hacer las cosas de todos los días como si nada. Las mujeres embarazadas que yo conocí no salían de sus casas una vez que se notaba el embarazo. Pasaban los últimos meses en cama. Mi madre, por ejemplo, tenía a todos los sirvientes a su alrededor cuando estaba por nacer mi hermana.

—Tal vez estaba enferma de verdad.

—No, por lo que recuerdo, estaba muy saludable —dijo Sharisse pensativa—. ¿Quieres decir que no es necesario estar entre algodones?

—Una mujer india se sentiría muy inútil si no pudiera seguir atendiendo a su familia por su embarazo. No hacer nada, descansar, así se debilita el cuerpo, cuando lo que se necesita es estar fuerte para el nacimiento.

—Nunca pensé en eso, no lo sabía.

—Cuando tengas un hijo, verás que es una felicidad, no una carga. Al principio tendrás malestares, pero eso se soluciona con algunas hierbas. Después sentirás la inmensa alegría de saber que traerás un nuevo ser al mundo.

¿Cómo habían llegado a hablar de este tema? ¡Hablar de su propio hijo! Eso era algo que aún tenía que pensar, y no lo haría ahora.

—Bueno, prepararé el almuerzo, si me guías. Supongo que te has enterado de que no sé cocinar.

Willow sonrió.

—A Billy le causó gracia. Se imagina a Luke arrepentido de haberte traído.

—¿Sí? —preguntó Sharisse con orgullo—. Bueno, ya verá cuando lo haga engordar.

15

Fue una semana tranquila y apacible. Sharisse pudo descansar, ya que Lucas no estaba en casa. Se dio cuenta de que lo estaba pasando bien a pesar del calor y las tareas cotidianas. La compañía de Willow era agradable. Nunca había tenido una amiga sin que hubiera resquemores. La rivalidad, sutil o no, siempre había estado presente entre su amigas del Este.

Willow era franca y abierta. Sharisse advirtió que también era pura, y admiraba la actitud que la india tenía frente a la vida. Willow daría a luz a su primer hijo, pero no estaba preocupada. Sharisse olvidó sus temores al ver la serenidad con que actuaba.

Pasaban el día haciendo velas y jabón, o preparando conservas. Sharisse aprendió a enlatar vegetales. Dejó a un lado su libro de cocina; era más sencillo anotar las explicaciones de Willow. Los resultados eran buenos. Le gustaba aprender, y deseaba que Lucas se quedara en la montaña. No quería volver a soportar la tensión que su presencia causaba.

Trató de no pensar en él en absoluto. Eso no era difícil de lograr mientras estaba ocupada durante el día. Por las noches, sin embargo, la soledad de la casa era una pesada carga. Cualquier ruido la perturbaba. En esos momentos, deseaba que Lucas regresara pronto. En esos momentos, podía imaginarlo.

Y lo que veía era inquietante. Recordaba las deliciosas sensaciones que él había despertado en su cuerpo.

Una noche, Sharisse se quedó dormida mientras pensaba en todo esto. Tuvo un sueño agradable. Se despertó de repente y sobresaltada cuando Charley maulló.

—¿Qué ocurre, Charley?

Como Lucas no estaba, había dejado las cortinas abiertas. Había luz suficiente como para adivinar que la silueta que vio cerca de la cama era la de un hombre. Lucas había regresado. Ésa era una buena manera de anunciar su regreso.

—Creo que pisé al gato. —Por eso había gritado Charley. El gato saltó a los brazos de Sharisse en busca de refugio. Ella lo calmó con caricias; el descaro de Lucas la enfurecía.

—¿Qué haces aquí? Estaba durmiendo.

Lucas encendió una cerilla; Sharisse cerró los ojos al resplandor. Entonces él encendió la vela que había sobre el escritorio.

—Creo que debo preguntarte qué estás haciendo aquí —dijo él con voz monótona.

La asaltó un presentimiento. Sin afeitar, con el cabello despeinado, estaba cubierto de polvo. Pero esas ropas no eran como las que él siempre usaba: pantalones negros metidos en las botas negras. La camisa azul marino suelta; un cinto con la cartuchera a un costado, y allí, una pistola con la culata color perla. Un pañuelo de seda negra anudado al cuello completaba su aspecto amenazante.

Tenía que ser Lucas, tenía que ser él.

—¿Lucas? —preguntó Sharisse temerosa.

Él asintió, y esbozó una sonrisa irónica. Se acercó a la cama con paso decidido pero silencioso.

—Si le pertenecieras a Luke, no estarías aquí, sino en su cama. —La miraba con interés. —¿Quién eres?

Sharisse se puso pálida. ¡Dios mío! ¡Dios mío! ¡Era Slade! Esa mirada la hipnotizaba.

—¿No vas a responderme? —Se desató el pañuelo y lo arrojó sobre la cama. Luego, se quitó el cinturón. —Bueno, como quieras, no necesito saber tu nombre para compartir esa cama contigo.

El corazón de Sharisse palpitaba a toda velocidad; ella no podía moverse. No podía creer lo que ocurría. El hermano de Lucas se estaba desvistiendo delante de ella.

Arrojó la camisa sobre la cama, luego se sentó para descalzarse. Sharisse saltó al otro lado de la cama con Charley en brazos, y arrastró la sábana con ella. Pero se equivocó: la puerta estaba del otro lado del cuarto.

Se quedó mirándolo. No tenía idea del papel ridículo que estaba haciendo, aferrada a Charley y a la sábana. Apenas tapada, el camisón dejaba ver lo que la sábana no cubría.

Slade no se movía.

—Si tienes algún inconveniente en compartir la cama conmigo, dímelo ahora.

Sharisse señaló la puerta.

—¡Fuera!

Nunca debió decir eso. Se arrepintió al instante. Él se le acercó, amenazador, semidesnudo. Ella retrocedió hasta que chocó con la pared.

—¿Por qué?

Estaba tan cerca que sus hombros anchos no le permitían ver más allá. Esa palabra equivocada se repetía en su mente. No se animó a mirarlo a los ojos. Sólo apreció ese pecho musculoso que la atemorizaba. Estrechó a Charley, tanto que el pobre animalito saltó. Tuvo que dejarlo ir, porque de lo contrario hubiera soltado la sábana.

—Yo no... yo... no tiene derecho de entrar a mi habitación.

—Ésta es mi habitación, preciosa. Ésta es mi habitación cuando vengo a visitar a Luke.

—Entonces, lo hizo a propósito...

Los labios de Slade dibujaron una sonrisa de lobo.

—Preciosa, soy una sorpresa para ti, al igual que tú lo eres para mí. Una hermosa sorpresa, debo admitirlo.

Le tocó la mejilla, y eso fue suficiente para hacerla temblar. Sharisse no tenía fuerzas para darle una cachetada.

—Debo... debo pedirle que se vaya, señor Holt.

—Puedes pedírmelo, pero tendrás que darme una buena razón. —La tomó del mentón. —Preferiría quedarme.

—¡No puede! —Trató de escapar, pero no pudo. —Por favor, señor Holt.

—Creo que sería mejor que me dijeras quién eres —le sugirió.

—Soy la novia de su hermano.

—Podrías inventar una excusa mejor.

—¡Es la verdad!

—No lo dudo, preciosa —respondió con voz ronca—, pero tendrías que darme una mejor explicación para que yo busque otro lugar para dormir.

—¡No puede estar hablando en serio!

—¿Por qué no?

—¡Él es su hermano!

—Y tú eres la mujer más hermosa que he visto en mi vida —dijo sin rodeos—. ¿Qué tiene que ver el hecho de que Luke sea mi hermano con lo que siento en este momento?

—Voy a casarme con él —dijo ella. ¿Qué le ocurría a Slade? ¿No podía entenderlo?

—Todavía no estás casada —dijo, y se encogió de hombros.

La tomó del cuello, y la atrajo hacia él.

—No —susurró ella—, no, por favor. —Apenas podía respirar.

Sus labios se cerraron sobre los de ella; su boca ardía de pasión. Sharisse sintió escalofríos. Slade le separó las piernas, y ella no pudo detenerlo. Una llama recorrió todo su cuerpo, y gimió contra su voluntad.

Fue tan sencillo imaginar que era Lucas. Otra vez se despertaban las mismas sensaciones. ¿Cómo podía ser posible que los dos le hicieran esto? Pero éste era Slade, no Lucas, y era tan peligroso como se decía.

Sharisse logró empujarlo.

—¡No!

Él retrocedió. La pasión encendía su mirada. La sábana se había caído, y Slade la devoraba con los ojos.

—No deberías usar ropa tan fina. Podría quitártela en un segundo.

—No me toque.

—Podría hacerte mía, ¿sabes?

—No lo haga —repitió ella en voz baja

La miró un instante con actitud pensativa, parecía no saber qué hacer. Ella contuvo la respiración.

Entonces, deslizó sus dedos por el cuello de Sharisse, y por su pecho. Sus dedos estaban calientes. Ella se sintió desfallecer. Esa mirada despedía llamaradas.

—Gritaré y Mack me oirá.

Él sonrió, y con voz ronca y sensual le dijo:

—Mack no oye bien, ¿lo sabías? ¿Por qué pensaste en el viejo? ¿No vendrá Luke a rescatarte?

—¿Es necesario?

—Depende de cómo lo mires.

Era obvio que creía que Lucas estaba en la otra habitación.

—Podría irse y dejarme tranquila —sugirió ella esperanzada.

—Ya te dije, preciosa, que prefiero quedarme.

—Pero Lucas...

—... no tiene que enterarse.

—Se lo diré —dijo apenas con un susurro—. No logrará lo que se propone.

—Grita entonces, y él vendrá. Pelearé con él si es necesario. —Ella no respondió, y él rió. —¿No vas a llamarlo? Tal vez no quieres que venga.

Sharisse estaba al borde de la histeria.

—No está aquí. Salió a cazar caballos salvajes con Billy Wolf.

—¿Así que estamos solos? Entonces, ¿por qué perder el tiempo hablando?

Él se inclinó para besarla, pero ella lo detuvo.

—Le advierto, Slade Holt. ¡Se lo diré a Lucas, y él lo odiará.

—¿Se supone que debe importarme?

—¡Lo desprecio! —dijo sin aliento—. Si está tan desesperado por una mujer...

—... ¿debo buscar otra? —le preguntó mirando sus senos—. ¿De verdad quieres que busque otra?

—Porque me asusta.

—No creo que sea por eso.

—¡Basta! —gritó.

Él la miró con apreciación.

—¿Por qué te reprimes? ¿O es que sólo quieres a Luke?

—Sí —respondió, y luego con más énfasis—: ¡Sí!

Él retrocedió de repente, y ella cayó de sus brazos. Le pareció que él había suspirado, pero no estaba segura. Él se acercó a la cama. Ella no podía apartar los ojos de él, sentía que las piernas le temblaban.

—¿Cómo te llamas? —preguntó mientras recogía la ropa.

—Sharisse Hammond.

—¿Cuánto hace que conoces a mi hermano?

—No hace mucho. —En ese momento sólo deseaba que se fuera y la dejara en paz. —Tal vez Lucas podrá satisfacer su curiosidad, señor Holt.

—¿Mi presencia te pone tan nerviosa?

—Sí.

Él rió.

—Bueno, entonces me voy. —Se detuvo antes de abrir la puerta, y la miró con sus ojos verdes y brillantes. —Me quedaré por aquí hasta que Luke regrese. —Siguió hablando con voz amenazante. —Esto no termina aquí, preciosa. Dame tiempo. Ya verás que puedo reemplazar a Luke. Antes de que me vaya, te lo demostraré.

Cerró la puerta. Sharisse se quedó inmóvil, hasta que oyó que cerraba la puerta del cuarto de Lucas. Entonces, corrió a trabar su puerta.

16

Sharisse se levantó al amanecer, se puso el salto de cama de seda, preparó café y regresó a la cama. Eso era todo lo que haría por el hermano de Lucas. No pensaba cocinar para él, y cuanto menos lo viera, mejor.

Cuando volvió a despertarse, ya era de mañana. Ese día sería como cualquier otro, ni se preocuparía por ese huésped inesperado que daba vueltas por el rancho.

La puerta del cuarto de Lucas estaba abierta, pero nada indicaba que Slade hubiera dormido allí. La cama estaba hecha. Tal vez había dormido en el establo.

Agregó agua fría a su café para suavizarlo. De repente, alguien la tomó de la cintura, y la estrechó contra su pecho. Le acarició el cuello. Estaba tan sobresaltada que no podía reaccionar. No había oído nada, ningún ruido que indicara que allí había alguien. Pero respiró aliviada cuando advirtió el rostro afeitado.

—Ah, Lucas, me asustaste. Creí que eras...

—No veo la diferencia. No tienes que cerrar los ojos para darte cuenta de que soy yo.

Lo empujó.

—¡Usted! Puede que se parezca, pero no es como él. Usted es inescrupuloso y cruel.

—Ya sé, un verdadero hombre —dijo él suavemente—, por eso mismo no tienes que ponerme nervioso.

—No me asusta, señor Holt —respondió ella con tono altanero.

—Veo que tienes agallas.

Tomó una silla y se sentó frente a ella. Ahora que estaba aseado y limpio se parecía mucho a Lucas. Eran idénticos, hasta tenían el mismo tono bronceado en la piel. Pero Slade no poseía la sonrisa agradable de Lucas ni su encanto inquietante, lo cual era bastante diferencia. Este hombre era frío, irónico, quizá cruel, inescrupuloso. Pero a pesar de todo eso... Lucas tenía algo de su hermano también. Algunas veces Lucas era frío y carecía de sentimientos. Pero era humano. Slade no parecía serlo.

Sharisse le dio la espalda, y se sirvió café.

—Te molesto, ¿no es verdad? —se animó a decir.

—Sí.

—Ya te acostumbrarás a mi presencia.

—Lo dudo mucho; señor Holt.

—Puedes llamarme Slade. Después de todo serás de la familia.

Ella se dio vuelta y lo miró con furia al recordar lo que había ocurrido la noche anterior.

—Estoy aquí para casarme con su hermano, no con usted.

—Los apaches tienen vínculos familiares muy sólidos. Cuando muere un guerrero, su viuda se casa con el hermano de su marido.

—No soy apache, y usted tampoco. —Sharisse recordó que él había vivido como si lo fuera.

—No eres de aquí, ¿no es cierto? —le preguntó.

—No, soy de... St. Louis —dijo perturbada, y recordó la historia que había inventado Lucas.

—¿Cómo conociste a Lucas? Hace años que él no viaja al Este.

—Lucas se lo explicará mejor que yo.

—¿Fue amor a primera vista?

—¡Señor Holt!

—No me digas que no es asunto mío. Después de todo, él es mi hermano, y toda la familia que tengo.

—Debería haberlo recordado anoche —dijo terminante.

Él sólo se encogió de hombros.

—Eso no tiene nada que ver. Como te dije, aún no estás casada con él.

Era demasiado esperar que se disculpara por su comportamiento tan bochornoso. Debería haberlo imaginado. Él se puso de pie, y la miró con ojos brillantes. Sharisse sintió el mismo escalofrío que la noche anterior, y tuvo que respirar profundo.

Él se le acercó lentamente.

—No se me acerque —lo previno, y le mostró la taza de café caliente. La advertencia era obvia.

—¿Vamos a pelear?

—Todo el tiempo —dijo ella.

—Pero no puedes vencerme, aun cuando tuvieras una pistola. ¿No comprendes?

Él le tomó la mano con tal fuerza que Sharisse soltó la taza.

—Te felicito por intentarlo, preciosa. —El tono con que le hablaba demostraba que se estaba divirtiendo con ella. —Pero, no vuelvas a intentarlo. Y esta noche, ponte ese camisón azul.

La besó con rudeza, y luego se acercó a la puerta sin volver a mirarla.

17

—¡Mack!

—¡Aquí! —gritó el hombre.

Sharisse pasó por el establo, y se tapó la nariz. El olor era desagradable. Cuando encontró a Mack, éste estaba dándole dulces a dos potrillos.

Había tenido el valor de llegar hasta allí, pero no tenía alternativa. La amenaza de Slade no era sólo palabras. Si se quedaba allí, se apoderaría de ella.

Lucas era el único que podía protegerla. Pero ya era tarde para enviar a Mack en su búsqueda. Sería aún más tarde cuando él y Lucas regresaran al rancho. No podía correr ese riesgo.

—¿Puede ensillarme un caballo, Mack?

Él la miró vacilante.

—Luke dijo que usted nunca había montado.

—Es verdad, pero también dijo que tendría que aprender algún día.

Le diría que había una calesa por allí. Ella tenía pánico de montar un caballo.

—Es verdad. ¿Va a practicar, o quiere ir al pueblo?

—En realidad, quisiera buscar a Lucas. Esperaba que usted me ayudara.

—¡Qué! Eh... están a tres o cuatro horas de aquí —exclamó—. Y no sé dónde habrán acampado. Tardará días en encontrarlos. No puedo dejar el rancho tanto tiempo. ¿Qué es tan importante que no puede esperar uno o dos días? Debe de estar por regresar.

Sharisse no podía explicarlo muy bien, y se estaba poniendo nerviosa.

—¿Puede ensillarme un caballo, por favor?

—No, si va a cometer alguna tontería. Pero, si quiere, puede ir al pueblo y conseguir algún vaquero. Él lo encontrará en menos de un día.

—¡Sí! Eso es lo que haré. —No sabía con qué le pagaría al hombre; lo pensaría después.

—¿Así que eso es lo que se propone? —le preguntó con suspicacia.

—No soy una tonta, Mack. No sabía que podía contratar a alguien para encontrar a Lucas. Ahora que usted me lo explica...

—De acuerdo. Le ensillaré a Sally. No le será difícil montarla.

Mack se dirigió a la parte trasera del establo a paso lento. Ella deseó que se diera prisa, estaba muy ansiosa.

Se había puesto una falda pesada, era la única prenda que podía servirle para montar. También se había puesto varias enaguas, como acolchado. No tenía una blusa adecuada, y antes que pedir prestada una a Willow y tener que darle explicaciones, se puso una camisa de Lucas que podía abotonar hasta el cuello. La había arremangado porque era demasiado holgada.

También se había puesto un sombrero de él, y se había recogido el cabello. Nunca se había visto tan ridícula. Pero eso no importaba, comparado con las cosas que le estaban ocurriendo.

—¿Te escapas de mí, hermosa?

Sharisse se dio la vuelta sobresaltada, y vio a Slade.

—Yo... yo sólo...

—Quiere ver a Luke por no sé qué cosa —explicó Mack, que traía a Sally—. Yo le dije que esperara, que él volverá pronto, pero la joven es testaruda. Quiere contratar a alguien en el pueblo para que encuentre a Luke.

Slade la miraba con expresión insondable.

—No le importa a dónde voy —le dijo a Mack.

—No veo por qué, ya que es el hermano de Luke —gruñó Mack—, y conoce las montañas mejor que nadie, podría encontrar a Luke hoy mismo, antes de que se ponga el sol. ¿Por qué no le pide que la lleve?

Sharisse empalideció, y negó con la cabeza.

—Ni lo piense.

—¿Por qué? —preguntó Slade con tono sensual—. No tengo nada que hacer. No me molestaría en absoluto.

—No se moleste.

—No sería ninguna molestia.

—Pero...

—No discutamos, señorita Hammond —la interrumpió Slade—, no permitiría que saliera de aquí sola. No sabe con quién puede llegar a encontrarse en el camino. Por supuesto —agregó con una mueca—, puede quedarse aquí y esperar hasta que mi hermano regrese.

La insinuación era obvia. Si se quedaba allí, Slade volvería a entrar a su cuarto. Le estaba tendiendo una trampa. Si se quedaba, estaría perdida. No permitiría que saliera sin él. Podía llevar a cabo sus amenazas en el camino. ¿Dónde corría menos peligro?

Él entendió que su silencio era una respuesta afirmativa, y fue a buscar su caballo.

Se alejaron de Mack algunos pasos, y ella le dijo:

—Sabe por qué me iba. ¿Por qué no me deja en paz? —Él no respondió, ni siquiera levantó la mirada. —Quiero que me deje en paz. ¿No lo entiende?

Como si no hubiera escuchado sus palabras, se dio la vuelta, y le gritó a Mack:

—No es necesario que ensilles ése, Mack. Montará conmigo.

—¡No lo haré! —dijo Sharisse.

—No puedes montar con esa falda tan ajustada, bueno, no a menos que te la recojas. No creo que estés dispuesta a hacer eso.

—No iré con usted —susurró furiosa.

Ella quiso escapar, pero él la tomó de la cintura.

En un sólo instante la sentó en la montura. Ni siquiera tuvo tiempo para bajar; él montó de un salto y tomó las riendas.

—No grites, preciosa —dijo en un susurro—, el viejo creerá que tienes miedo al caballo.

Mack no era tan suspicaz como para imaginar lo que ocurría. Salieron al galope. Sharisse tenía miedo del caballo en realidad. No podía controlarse. Él rió, pero a ella no le importó. Era la primera vez que subía a un caballo, y la experiencia era como la había imaginado: terrible. Cuando el caballo empezó a trotar fue peor aún. Se sacudía tanto, que le castañeteaban los dientes.

A varios kilómetros del rancho, Slade detuvo el caballo.

—No me molesta que te aferres a mí, pero no es necesario. No dejaré que te caigas.

La sujetó de la cintura, y buscó algo.

—Levanta el trasero —le dijo.

—¿Qué?

Él habló con la misma naturalidad de siempre.

—Sujétate del pescuezo del caballo y levántate, así puedo poner esta manta abajo. Será un largo viaje, y quiero que estés cómoda.

—Ah —y se animó a preguntarle—, ¿quiere decir que me llevará adonde está Lucas?

Cabalgaron todo el día sin hablar. ¿Podía confiar en él? ¿La llevaría realmente hasta donde estaba Lucas?

Sólo se veía tierra, rocas rojizas, y los cactus amarillo verdosos. Las flores eran maravillosas en esta tierra que ardía bajo el sol.

El aire era un poco más fresco aquí. Después de cabalgar durante varias horas, el cielo azul se fue tornando violáceo en el Este y dorado en el Oeste. Sharisse se preguntó si hallarían a Lucas antes de que oscureciera, y si Slade la llevaba adonde estaba él realmente. Entonces la sorprendió al decir.

—Hemos llegado.

—¿Adónde?

No se veía nada. Habían seguido un sendero en la montaña, flanqueado por arbustos y rocas que impedían ver más allá.

—No crees que dejarían una manada suelta, ¿no es cierto? La reserva San Carlos no está lejos de aquí. Los apaches renegados exploran esta región.

—¿Renegados? —dijo temerosa, y lo miró—. Pensé que todos los indios estaban en la reserva.

—A algunos no les agrada vivir así. Arizona ha estado plagada de guerreros insatisfechos durante los últimos veinte años. Suelen recorrer esta zona para atacar al otro lado de la frontera.

—Entonces, podríamos haber encontrado indios en cualquier momento.

—¿Te asusta?

—Claro que sí.

—No debería asustarte, el único indio que hay por aquí es Billy, y es inofensivo.

—¿Cómo lo sabe? ¿Dónde está?

—Debe de estar al otro lado del sendero, ahí arriba —respondió él, pero sólo a la segunda pregunta. Desmontó, y extendió los brazos para ayudarla—. Vamos.

Ella se aferró a la montura.

—¿Cómo lo sabe? ¿Fue tan sencillo seguir sus huellas?

—Billy sabe cómo no dejarlas.

—Entonces, ¿cómo pudo...?

—Viví en estas montañas un tiempo. Yo mismo atrapaba los caballos salvajes. Billy y yo solíamos quedarnos en este lugar.

Por supuesto que conocía el lugar. Lucas le había contado que Slade había pasado ocho años allí, aislado. ¿Y los renegados de los que había hablado? ¡Tal vez los conocía!

Sharisse se apoyó en sus hombros, y dejó que la ayudara a bajar. Él no la soltó. La estrechó apasionadamente, y devoró su boca. Ella no pudo reaccionar. Su cuerpo la traicionó. Encontró placer en sus brazos, y lo tomó del cuello.

Él gimió, y de repente la soltó. Ella casi perdió el equilibrio. ¿Qué lo detenía ahora? Sus ojos brillaban amenazantes. ¿Era eso deseo, o furia?

Sin decir nada, la tomó de la mano, y la arrastró por un pasillo rocoso.

No podía librarse de él. No podía controlarlo, ni dominar la situación. Deseaba que Lucas estuviera allí, de lo contrario su hermano se apoderaría de ella.

18

Cuando Sharisse vio los caballos se sintió aliviada. Billy estaba cerca del fuego, asando carne. Se sorprendió cuando de repente Slade empujó a Sharisse, y ésta apareció ante sus ojos.

Allí terminaban las paredes rocosas del establo improvisado. Luego seguía la ladera escarpada. Enormes rocas marcaban otra salida. Toda la escena estaba iluminada por la luz roja del sol que se ponía.

Billy se puso de pie. Tenía puesta la misma ropa que el día en que Sharisse lo conoció, y también el mismo aspecto salvaje.

—¿Para qué la trajiste aquí? —preguntó Billy de mal humor.

—Quería hallar a Luke —respondió Slade con voz monótona.

Sharisse se apartó de él, como si buscara la protección de Billy. La presencia de Billy la intimidaba un poco menos que la de Slade.

—¿Dónde está Lucas?

—Está loca —le dijo Billy sin rodeos—, mañana íbamos a iniciar el regreso.

—Bueno, ¿cómo podía saberlo —se defendió Sharisse—, por favor, ¿dónde está Lucas?

Slade se le acercó antes de que Billy pudiera responder.

—Es una alegría volver a verte, Billy.

—Comenzaba a preguntarme si volverías algún día —Billy estaba tranquilo, y sonrió.

Slade se encogió de hombros con indiferencia.

—Creo que Lucas está muy bien solo. Con tu ayuda, por supuesto —agregó, mirando a los caballos que habían atrapado—. ¿Cuántos de ésos le pertenecen?

—Más de la mitad —rió Billy—, le enseñaste cosas muy útiles antes de partir.

—Billy, ¿dónde está Lucas? —preguntó Sharisse, esta vez con insistencia.

—Por allí atrás —señaló el lugar por donde ella había aparecido—. No lo vi en todo el día —explicó Billy—. Atrapó un padrillo que andaba dando vueltas por aquí. No podíamos tenerlo con todas estas yeguas. Las molestaba demasiado, y habiendo tantos caballos, no podía quedarse. —Pensó que este tema era demasiado para sus oídos delicados sin saber que ella no tenía idea de lo que estaba hablando. —Tuvimos que alejarlo para que no lo perturbara el olor de las yeguas. Creo que Luke se quedó a hacerle compañía.

Sharisse tenía los ojos fijos en el corredor rocoso. Ya estaba oscureciendo. ¿Qué haría si Lucas no regresaba al campamento en toda la noche?

Miró a Slade vacilante, y advirtió que él la miraba con burla. Se apartó de él otra vez. Esa risa le daba escalofríos.

—Ocúpate de mi caballo, Billy, por favor —dijo Slade sin dejar de mirarla—, ha sido un día agotador.

Sharisse contuvo la respiración ¿Se quedarían a solas? Ni soñarlo.

—Creo que iré a buscar a Lucas —se apresuró a decir.

—Bueno, espere. —Billy la detuvo, recogió un trozo de carne y lo envolvió en un cuero sin curtir. —Ya que irá usted misma, llévele esto y me ahorraré el esfuerzo. Tal vez piensa quedarse allá con el animal.

—Vendrá con nosotros cuando se entere de que estoy aquí —dijo Slade—. Estoy ansioso por verlo, así que no lo entretengas mucho, preciosa. Tenemos que arreglar cuentas, y no quiero dejarlo para mañana.

Sharisse corrió entre las rocas y la vegetación. No se sentía a salvo, ni siquiera ahora que Slade no estaba a su lado. El camino se ensanchó, pero casi no había luz para ver. Todo estaba a oscuras, había sombras espeluznantes sobre todo del lado donde bajaba la ladera.

Aminoró el paso, y avanzó con cuidado. Por supuesto, no tenía idea de dónde estaba Lucas, rezaba para que esa débil luz la acompañara hasta que lo hallara. Casi chocó con un árbol de tan oscuro que estaba. A la izquierda había un bosque tupido de pinos. Hacia adelante vio más paredes rocosas. De repente se detuvo. El camino se dividía en dos: un sendero parecía volver al lugar de donde había venido. Al menos así parecía.

—¿Lucas? ¿Lucas? —dijo con la esperanza de recibir una respuesta.

Aguardó sin respirar, pero no hubo ninguna respuesta. Con el cielo a sus espaldas, en lugar de seguir por el camino de la derecha, se internó en el bosque. Al menos, así aún podía ver el sol.

Pasó un rato, y no lo encontró. Regresó hasta el lugar donde se dividía el camino, y dudó otra vez. ¿Podía correr el riesgo de perderse, o debía seguir por el sendero que conocía? Si no encontraba a Lucas, tendría que pasar la noche con Slade y Billy.

Tomó el sendero desconocido, que doblaba a la izquierda, y llevaba al corazón mismo de la montaña. Entonces, alcanzó a ver la luz del fuego. Corrió hacia ahí. Luego vio el caballo atado con una soga a una estaca. Había un lugar rodeado de piedras, y para llegar allí debía trepar por la roca lisa. Había que ser ágil para llegar ahí.

Y Lucas lo era. Estaba recostado sobre las rocas, y le apuntaba con una pistola. Sharisse se quedó inmóvil.

—¿Sharisse? ¿Qué estás haciendo aquí?

Con toda agilidad dio un salto, y se acercó a la manta que había junto al fuego. Guardó el arma, y se acostó al lado de sus alforjas. Tenía el torso descubierto; y llevaba los pantalones dentro de las botas, igual que Slade.

—¿Lucas? Eres tú, ¿no es cierto?

—¿Qué pregunta es ésa?

—Es necesaria —respondió cansada. Comenzaba a sentir las consecuencias de las últimas horas.

—¿Conociste a mi hermano? ¿Por eso dudas de mí, Shari?

Shari. Eso era todo lo que necesitaba oír. Slade no podía saber que Lucas la llamaba así, y que lo pronunciaba con acento francés.

—¡Ah, Lucas! —corrió hacia él y lo abrazó, a pesar de su torso desnudo—, ¡no te imaginas lo feliz que estoy de verte!

—Ya veo —murmuró él, y la abrazó—, creo que merezco una explicación.

Ella no lo soltaba, se sentía segura y protegida.

—Es horrible, tengo que contarte algo. Además no soporto a tu hermano.

La miró a los ojos.

—¿Qué te hizo?

—Él... —hizo una pausa. Ahora que estaba a salvo, le daba vergüenza haber tenido tanto miedo.

¿Se reiría de ella si le contaba lo ocurrido?

—¿Tenemos que hablar de eso ahora? Creo que... ah, tengo tu cena. —Le entregó la carne. —Billy no sabía si volverías, por eso te envió esto.

—Pero, ¿cómo llegaste aquí?

—Me trajo Slade.

—¿Quieres decir que está aquí? ¿Por qué no lo dijiste antes?

Se acercó al fuego, y lo apagó con tierra.

—¡Lucas, espera! —Gritó ella; él se dio la vuelta y la miró de frente. —¿Es necesario que regresemos? Él... aún estará allí en la mañana.

Él parecía confundido.

—¿Me estás diciendo que quieres quedarte aquí?

—Sí.

—Sólo tengo una manta.

Ella ignoró la advertencia. Sólo quería posponer un encuentro.

—No hace frío —le respondió con naturalidad.

Lucas vaciló. ¿Sabía lo que hacía? ¿Tenía idea de lo que le ocurriría? Ella ahora le temía a Slade. Eso era lo que él había esperado. Le debía a su hermano un favor. Ya se lo agradecería.

—Entonces, haz de cuenta que estás en tu casa. Ponte cómoda. —Le sonrió, y le dio un trozo de carne. —Cómela, hay algunas galletas en mi alforja.

Sharisse se sentó cómodamente sobre la manta, y se quitó el sombrero. Luego se sonrojó, tal vez él había reconocido ese sombrero y la camisa.

—Tomé algunas de tus cosas. Espero que no te moleste.

—Esa camisa te queda mejor, debo admitirlo.

Él volvió a encender el fuego. Acomodó la comida y vaciló un instante antes de partir la carne con las manos. Estaba muerto de hambre.

—¿Quieres contármelo ahora? —le preguntó en voz baja, y se sentó a su lado.

—¿Qué?

—Sobre lo que te impulsó a montar un caballo y venir aquí. Hubiera jurado que no montarías nunca.

—Ah —dijo ella solamente.

En realidad, no quería decirle que despreciaba a su hermano. Tal vez no le creería, y entonces, ¿qué?

—No fue tan difícil como creía. Además, yo no llevaba las riendas... monté con Slade.

—¿Me equivoqué, entonces? Creí que estabas aquí por su culpa.

—Bueno, así es.

—A pesar de todo, ¿dejaste que te trajera, y hasta montaste con él?

—Lucas —dijo ella—, él no me dio otra alternativa. Me vio cuando salía del rancho, y quiso venir conmigo. Hasta me sentó en la montura. No me dio tiempo para nada. No quería que él me trajera. Por Dios, quería escapar justamente porque...

Ella vaciló, y Lucas dijo:

—¿Querías librarte de él?

—¿Te parece gracioso?

—Slade es así, querida. Nunca pide permiso antes de hacer algo. No lo conoces.

—Ni quiero conocerlo.

—¿No te parece que eres demasiado dura con él?

—¡No!

—No te lastimó, ¿no es cierto?

—Bueno... no.

—De acuerdo, Sharisse. —Ya estaba impaciente. Ella sólo le respondía con evasivas. —¿Qué fue lo que hizo?

No pudo mirarlo a los ojos.

—Me besó.

—¿Eso fue todo?

—¡Lucas! —gritó, y el eco rebotó en las piedras—. ¿No te parece suficiente? Sabía que era tu prometida, y me besó de todos modos.

—Querida, entiendo que te haya molestado, pero no puedo culparlo. Quizá no sabes que eres muy provocativa —le dijo.

Ella apartó la mirada. Hubiera sido lógico que se enfureciera, no que le causara gracia. ¿Habría reaccionado ella como una histérica? La amenaza había sido real. Pero, a pesar de todo, Slade la había traído hasta aquí, hasta Lucas, y no la había obligado a hacer nada que ella no quisiera hacer. Sólo la había amenazado.

—No lo soporto —dijo agitada.

—A mucha gente le ocurre lo mismo.

¿Hablaba con amargura? Parecía estar tan triste.

—Lo lamento. No estás enfadada conmigo, ¿verdad?

—No.

—No habría venido si él no me hubiera puesto tan nerviosa. No podía quedarme sola con él allá.

—Está bien, Shari —le sonrió para tranquilizarla—. No te preocupes, no volverá a molestarte.

No mientras esté contigo, pensó ella.

—Me alegra que no seas como él —agregó de repente. Y él la miró de una forma extraña. Pero ella no logró descifrar el mensaje.

19

No estaba dormida, y él lo sabía. Estaba inquieta, daba vueltas y vueltas. Lucas estaba allí también, luchaba contra sus instintos, y se preguntaba qué le ocurriría.

Sharisse protestó cuando él se acostó a su lado, pero sólo había una manta, y no podía elegir. Entonces, apoyó la cabeza sobre su brazo. Estaba muy nerviosa. No cabía duda de que la inquietaba su presencia. Pero él se sentía igual. En realidad, estaba sorprendido de ver que podía controlarse tanto. Así quería tenerla. Hasta era lógico pensar que la haría reaccionar, pero no obstante, no lo hizo.

Tendría que ir hacia él. Confiaba en que la protegería, por eso no podía aprovecharse de ella. Esa confianza le causaba satisfacción, no podía fallarle.

Sharisse estaba furiosa con ella misma. Estaba mirando el fuego; no podía conciliar el sueño. Nunca antes había dormido al lado de un hombre, y no sabía que eso podía ser tan perturbador. ¿Era deseo tal vez? ¿Quería a este hombre hasta la desesperación? Desde el momento en que él se acostó a su lado sintió una sensación inquietante. ¿Cómo terminaría todo esto? ¿Cuál sería la respuesta a todos estos interrogantes? Había estado a punto de entregarse a Antoine sin sentir estas sensaciones. ¿Por qué razón se resistía tanto ahora? Nadie podía responder por ella. Su amiga Sheila siempre decía que había formas de hacerle creer a un hombre que se era virgen a pesar de que una no lo fuera. Pero, ¿y si la situación era al revés? ¿Cómo convencer a un hombre de que no se es virgen cuando una lo es? No podía entregarse a Lucas, y darle la posibilidad de que él se diera cuenta, además sabría que no había estado casada. Ahora ya era demasiado tarde para confesar la verdad.

—Shari, no estás dormida.

No fue una pregunta, sino una afirmación.

Se quedó quieta un momento, luego lo miró.

—¿Lucas? ¿Pasa algo malo?

Qué vacías sonaron esas palabras. Sabía muy bien qué ocurría. Él no se molestó en responderle.

—Shari —fue todo lo que dijo.

En sus ojos pudo ver qué iba a hacer. Y ella quería que lo hiciera.

Su mirada era una caricia. Contempló sus labios, y entonces la besó. Su sabor y su olor eran embriagadores. El tiempo se detuvo. Sólo existía ese beso que la transportaba por un mundo mágico. Le soltó el cabello, y sus dedos se enredaron allí. Ella lo tomó del cuello; era una forma de decirle que estaba bien. La lengua de Lucas penetró en su boca, y ella lo imitó, vacilante. El placer fue infinito.

Él suspiraba. Le besó el rostro y descendió hasta su pecho. Ella lo abrazó fuerte. La estaba desnudando. Le quitó la camisa, luego la falda, las enaguas, y hasta los broches del corsé se rindieron ante sus dedos ansiosos.

La ayudó a ponerse de pie, y así la ropa cayó al suelo. La sujetó con un brazo, y terminó de desvestirla con la otra mano. Ella quiso detenerlo, pero ya estaba desnuda, y él la estaba acostando sobre la manta otra vez. Sus besos ardientes invalidaron sus objeciones, y se rindió.

La acarició, hasta hacerla temblar de deseo. Se apartó un instante, y ella quiso gritarle que no la abandonara. Se quitó la ropa y se acercó a ella otra vez.

La devoraba con la mirada, la pasión que ardía en esos ojos encendía sus emociones. Ésta era la última posibilidad que tenía de detenerlo. Pero no pudo decir nada. Sólo admiraba ese cuerpo masculino y fuerte. Ella quiso que se acercara más todavía; él vaciló un instante, pero finalmente se rindió y la cubrió con su cuerpo. La besó otra vez con el ardor de siempre, pero lentamente para poder saborearla. Sintió un leve dolor cuando él quiso penetrar. Sharisse quiso ayudarlo, pero él prefirió seguir besándole los senos y moverse dentro de ella. Su beso era mágico y cuando por fin penetró el dolor fue como una cuchillada pero efímero.

Ya había pasado. Sharisse sintió un inmenso alivio. Se había librado de una pesada carga. Él la tocaba de tal forma que con cada caricia el deseo crecía. Sintió fuego en las piernas; y después sólo placer con cada renovado intento. El placer fue casi intolerable, cada vez más intenso. Olas poderosas la envolvían, la devoraban. Estaba débil y temblaba. Lucas estaba tenso, y se preparó para un nuevo intento. Ella sentía cómo vibraba, y la invadió un profundo sentimiento de ternura por él. Lo abrazó lo más fuerte que pudo.

20

Sharisse se despertó sobresaltada. Se sentó, y se le cayó una enagua; eso era lo único que la cubría. Seguramente Lucas la había tapado. Se ruborizó de sólo pensarlo. La había contemplado mientras dormía. ¡Qué atrevido!

—Buen día, hermosa.

Ella se dio vuelta, e intentó cubrirse con la manta.

—¿Lucas?

—¿Todavía no estás convencida? —rió.

—No me llames así —le dijo indignada y atemorizada.

—Pero eres realmente hermosa.

Se arrodilló a su lado, y le robó un beso. Logró excitarla un poco, pero en seguida se apartó. Tomó un mechón de su larga cabellera y lo dejó caer. La miró a los ojos. Ella recordaba claramente todo lo que había ocurrido la noche anterior.

—¿Lucas?

Él meneó la cabeza porque sabía en qué estaba pensando.

—Tenía una gran curiosidad por saber qué tan largo era tu cabello —dijo con naturalidad—. ¿Por qué lo usas recogido? Parece que no quisieras mostrarlo.

—No soy una niña para llevarlo suelto.

—¿Cómo que no eres una niña?

—No se usa, Lucas.

—Y tú sigues la moda, incluso aquí.

Su mirada burlona y la sensación de desnudez la turbaban.

—Lucas, no creo que éste sea momento para discutir mis gustos y la moda. Quisiera vestirme, si por favor me dejas sola un momento.

—Ah, eso es otra cosa —dijo él y tomó el corsé— ¿Para qué usas esto? No lo necesitas.

—¡Lucas! —Se lo arrebató de las manos muy molesta. —Lo que uso o dejo de usar no es asunto tuyo.

—Sí, me preocupa, porque no quiero que mueras sofocada. Las mujeres del Oeste...

—No quiero oír hablar de las mujeres del Oeste ahora, Lucas. Por favor, quiero vestirme.

—De acuerdo, querida —le dijo con tono burlón—, sólo pensaba en ti.

¡Qué atrevido! Sugerir que no se pusiera corsé.

—Hay agua en la cantimplora y una toalla en mi alforja si quieres refrescarte. Tienes diez minutos, así que date prisa. Necesitaremos todo el día para llevar las yeguas al rancho. Billy puede hacerlo solo, pero no se irá sin nosotros.

«Nosotros» quería decir que Slade no se había ido ¿Cómo podía mirarlo de frente después de lo que había ocurrido la noche anterior? ¿Adivinaría Slade lo que había pasado entre ella y Lucas?

Una llama de fuego le corrió por la espalda. Por suerte, Lucas la había dejado sola; tenía la privacidad que quería. No había hecho ningún comentario sobre la noche, hasta había evitado que ella lo mencionara. Ésta era la experiencia más increíble de su vida, y se estaba comportando con suma naturalidad, como si nada hubiera pasado. Bueno, no era tan así. ¿No la trataba con más intimidad y confianza? Era como si se hubiera adueñado de ella.

Entonces se dio cuenta de que no había tocado el tema porque no sabía que era virgen. Se había preocupado sin motivo.

Se sintió más tranquila, y no sólo por el hecho de que él no supiera acerca de su decepción. Tal vez, ahora sentía la obligación de casarse con ella Después de todo la había despojado de su virginidad. Pero no debía preocuparse ahora. Trató de no volver a pensar en eso. Sólo tenía diez minutos. Se llevó una inesperada sorpresa cuando descubrió una mancha de sangre en la toalla. La escondió en la tierra. Pero también había pruebas en la manta. Y no tenía tiempo de borrarlas. Tendría que guardarla para que no la viera.

Se estaba poniendo las botas cuando Lucas regresó.

—¿Lista? —le preguntó.

—Sí.

Rápidamente enrolló la manta mientras él recogía sus cosas.

—Creo que usaré esto como almohada.

—¿Slade te enseñó a cabalgar así?

—Sí.

—Qué ingenioso, ¿no?

—Sí, creo que sí —dijo con renuencia.

—¿Te molesta volver a verlo? —le preguntó tomándola de los hombros.

—Yo... —titubeó, la perturbaba tenerlo tan cerca—, ...no... si estás conmigo.

—Bueno. —La acarició y fue en busca de sus cosas. Se acomodó la cartuchera, y cargó las alforjas sobre su hombro. —Sus visitas son cortas y poco frecuentes. Así que nunca tendrás que soportarlo por mucho tiempo.

No parecía preocupado por lo que su hermano le había hecho a Sharisse ni por cómo la había tratado.

—Eso me tranquiliza.

No comprendió el sarcasmo con que lo dijo, o tal vez lo pasó por alto. Desató al caballo, y este trató de escapar.

—Sígueme, Sharisse. Este animal puede desbocarse y quizá no logre detenerlo.

Lucas tuvo que arrastrarlo hasta el lugar donde estaban los demás caballos.

Cuando Sharisse llegó al campamento, Lucas ya le había entregado el caballo a Billy, quien tendría que ocuparse de él y de las yeguas al mismo tiempo. Ella montaría con Lucas. Fue él quien entonces preguntó:

—¿Dónde está Slade?

Billy ni levantó la mirada.

—Estaba furioso porque no regresaste anoche. No le pareció bien que te quedaras con ella cuando él había venido a visitarte. —A Billy le parecía muy graciosa la situación. —No, me parece que no le gustó en absoluto.

—¿Eso dijo?

—No. Pero creo que por eso estaba tan molesto. Bueno, en realidad, no habló demasiado. Ya sabes cómo es cuando se enfada. Es como hablar con una mula.

—Billy, ten cuidado con lo que dices.

El indio rió. Le arrojó a Lucas algo de comer.

—Toma, ahí tienes. No tenía otra cosa que hacer mientras esperaba.

Billy se estaba burlando, y eso no le agradó a Lucas. El indio montó, Lucas desató la soga y Billy guió los caballos por el camino. Sharisse se sentó a esperar sobre una roca. Los dos hombres no se dijeron más nada. ¿Estaba enojado Lucas? Cuando terminaron de sacar a la tropilla, Lucas la ayudó a montar. Su expresión le recordó a Slade, y eso no le agradó en absoluto. Sintió que debía decir algo.

—Lamento que no te haya esperado, Lucas.

—¿De veras? —dijo él con la misma expresión.

—No soy hipócrita. Por suerte no volveré a verlo. Pero si se fue por mi culpa, entonces lo lamento. Es decir, lamento que no hayas podido verlo.

—¿Realmente se fue por tu culpa, Sharisse?

—¿Cómo podría saberlo? —le preguntó indignada.

—Tal vez no me contaste todo lo que ocurrió entre él y tú.

Ella se sintió muy incómoda.

—Te dije que me deseaba y creo que estaba dispuesto a... pelear contigo por mí. Tal vez se fue porque cambió de opinión, y no quería pelear contigo.

—¿Mi hermano? ¿Dispuesto a pelear conmigo por una mujer? ¿Qué hiciste para que reaccionara así, para que te deseara tanto?

—¿Cómo te atreves a acusarme? ¡Yo no tengo culpa de nada!

Lo miró con odio por no darle una bofetada. Pero a Lucas le pareció graciosa su actitud y la envolvió en sus brazos a pesar de su resistencia.

—De acuerdo, acepto que no tengas nada que ver. Sé muy bien lo que es dejarse llevar por el deseo cuando se está contigo, Sharisse.

Era increíble cómo podía cambiar de actitud con tanta rapidez, como si su ira hubiera sido fingida, como si se hubiera propuesto provocarla.

—Lucas... ¿vamos?

—Te dije que Billy podía encargarse de los caballos sin problemas. No hay apuro.

El tono sensual de su voz era una advertencia. Sabía qué estaba pensando. Nunca se le había ocurrido pensar que era posible hacer el amor a plena luz de día. La estrechó de tal forma que logró excitarla. Ella le dijo:

—Lucas... ¿vamos?

—¿Debo suponer que estás preocupada por tu gato? —le dijo, y retrocedió.

La pregunta fue sorpresiva; pero le sirvió de excusa.

—Sí, nunca lo dejé solo tanto tiempo.

—Bueno, vamos entonces. El camino es largo. Tal vez Slade regresó al rancho.

Hizo que montara delante de él para poder protegerla, no sólo con la excusa de tocarla y perturbarla como había hecho Slade. Qué alivio regresar al hogar con Lucas. Sí, esa casita ya se estaba convirtiendo en su hogar.

Cabalgaron en silencio, pero conscientes de que estaban juntos, y disfrutaban de esa compañía.

21

Sharisse tenía al bebé en brazos y lo acunaba. Esa criatura era adorable, con su pelo negro y sus rasgos perfectos. Había nacido la noche en que regresaron de la montaña; era como si Willow hubiera esperado que su esposo regresara al hogar para dar a luz.

Sin embargo, Billy Wolf no había ayudado durante el nacimiento. Sharisse escuchó cuando le confesaba a Lucas que había dormido durante el parto. Y lo había despertado el llanto del bebé.

Era increíble, tan increíble como ver a Willow levantada y de un lado para otro al día siguiente. Ella no comprendía ni aceptaba todo lo que Sharisse le decía. Para ella esto era algo normal y natural. El bebé era fuerte y saludable; verlo era un placer.

Sharisse había dejado de lado sus tareas por unos días para estar con Willow y el bebé. A Lucas parecía no importarle que la comida se sirviera más tarde que de costumbre o que su ropa no estuviera lavada y limpia. Se mostraba tolerante. Sharisse sólo hablaba del bebé.

Lucas estaba muy ocupado tratando de domar a las yeguas que habían traído. Estaba tan exhausto cuando llegaba la noche que no tenía energías para demostrarle pasión. ¿Cuánto tiempo duraría esto?

El problema era que no sabía cómo actuar, ni qué esperar de Lucas. Al principio se preocupaba porque era tan atrevido. Ahora le preocupaba que fuera tan reservado y no tratara de acercarse a ella otra vez. Estaban solos en la casa, pero él no le había sugerido que durmieran juntos. ¿Era sólo porque estaba exhausto? Si sólo se animara a preguntárselo, pero ni deseaba sacar el tema.

Para colmo de males, no había tenido noticias de Stephanie. Unas líneas le habrían dado una tremenda paz.

Esa mañana, Lucas había ido a hacer compras al pueblo. Ya era media tarde y aún no había regresado. Comenzaba a preocuparse cuando oyó que se acercaba la calesa. Lucas se detuvo frente a la casa.

—¿Qué haces?

—Vamos al pueblo. Pensé que te gustaría cenar en el hotel.

Qué buena idea. Sabía cuál era el motivo de esa invitación, pero no podía culparlo. Ella no cocinaba nada bien.

Bajó de la calesa de un salto, y con una sonrisa brillante le entregó dos paquetes.

—Son para ti, pero no para esta noche. Hoy ponte el mejor vestido que tengas. Hay alguien en el pueblo que quiero que conozcas.

—¿Y quién es esa persona?

—Un amigo del Este, de St. Louis en realidad. Llegó hoy.

—Pero, me dijiste que hasta el más sencillo de mis vestidos era demasiado elegante para este lugar. No quiero verme ridícula, Lucas.

—No te preocupes.

—¿Quieres lucirte conmigo?

—¿Qué tiene de malo? A cualquier hombre le gustaría decir que su novia es la mujer más hermosa del lugar.

—Lucas, habla en serio, por favor.

—Hablo en serio, hermosa.

—Ya te dije que no me llamaras así.

—¿Piensas quedarte allí, o vas a arreglarte? Creí que te agradaría salir. No creo que haya demasiada gente un día de semana. Emery Buskett es un hombre de ciudad, quedará encantado contigo.

—¿Le dijiste que soy de St. Louis como a todo el mundo? Por Dios, Lucas, ¿se supone que debo hablar de un lugar en el que nunca estuve?

—No, no tengas miedo. En realidad, no sabe nada sobre ti. Hablamos de otras cosas.

—¿Por eso llegas tan tarde?

—Hablas como si ya fueras mi esposa —se quejó.

—¡No! —dijo indignada, aunque sabía que sólo estaba bromeando.

—Fue una sorpresa encontrarme con Emery. No sabía que vendría por aquí.

—¿Y ahora quieres sorprenderlo... conmigo?

—¿No te agradan las sorpresas?

¿Qué podía hacer cuando se comportaba así? Tal vez había tomado alguna copa de más con su amigo.

—Voy a cambiarme, Lucas.

—Así me gusta —le pellizcó la mejilla—, tienes la casa a tu disposición. Si quieres puedes bañarte en la cocina. Yo limpiaré el establo.

—¿No vendrás hasta que te llame?

—Te lo prometo, hermosa. —Rió, y la siguió con la mirada. ¿Por qué seguía llamándola así si sabía que no le agradaba? ¿Cómo podía enojarse tanto cuando él era tan encantador?

22

El Palace Hotel la deslumbró, era más hermoso de lo que había imaginado. Tenía tres plantas. La superior estaba ocupada por la *suite* exclusiva de Samuel Newcomb. El frente de madera escondía un lugar lujoso. Había arañas, lámparas de cristal, y eso la hacía sentir como en casa. Claro que un restaurante distinguido de Nueva York nunca hubiera estado tan vacío; tampoco se habría puesto un vestido tan sencillo si hubiera estado en esa ciudad.

Había sólo una pareja, y un camarero en el comedor que miraba a Lucas con disimulo. Estaban sentados a la mesa esperando a Emery.

Sharisse no quiso mencionar los paquetes que él le había traído del pueblo. Los vestidos de percal eran para que se los pusiera cuando hacía las tareas del hogar; los pantalones y las camisas de algodón eran para montar. A juzgar por la ropa, no se iría de allí por un tiempo.

Mientras aguardaban a Emery, Lucas la miraba. Estaba deslumbrado. Le había dicho que se vistiera con elegancia, eso significaba que quería que luciera un vestido ostentoso. Pero ella se había puesto uno negro y rojo, con una blusa de encaje drapeado que dejaba ver el satén negro. El color del vestido hacía resaltar el rojizo vibrante de su cabello. Estaba preciosa. Siempre estaba preciosa para él. Pero lamentaba que le mintiera.

No sabía muy bien cómo actuar. Era tan ingeniosa como él para inventar historias. Y él había sido tan ingenuo como ella, y le había creído todo lo que le había contado. Ni había sospechado que fuera virgen. ¡Debería haberlo imaginado! Se comportaba como tal.

El hecho lo enfurecía, pero al mismo tiempo le provocaba placer. Esa noche de la sorpresa no había podido dormir. Pasó horas tratando de descubrir qué la había llevado a inventar el cuento de la viudez cuando en realidad habría sido mucho más sencillo decir la verdad. Todo eso no tenía sentido.

A la mañana siguiente, había logrado disimular lo que sentía después de haber perdido su virginidad. La jovencita inocente había creído que su ardid había pasado desapercibido. Pero, ¿por qué? ¿Cuál era su verdadera historia? ¿Se escapaba de alguien? ¿De la ley, tal vez? ¿Era verdad que no tenía intenciones de casarse con él? ¿Era esa otra mentira? Lo devoraba la curiosidad.

Un par de ojos hermosos color amatista lo miraron; también le sonrió tímidamente. Nada le impedía retenerla todo lo que quisiera. Cinco minutos después llegó Emery pero no estaba solo. Lucas puso mala cara cuando vio a los Newcomb. Estaba confundido. Emery le había dicho que Sam no quería que nadie se enterara de la venta del rancho al menos por ahora. ¿Cómo actuaría Sam si lo veían con el abogado? Por eso Emery se sentía incómodo. Manejar las cosas desde afuera era una cosa, pero involucrarse en una estafa de semejantes dimensiones era otra cosa. A Lucas le había resultado difícil encontrar un abogado que no tuviera escrúpulos para llevar a cabo el plan que tenía en mente. No había pensado que Emery y Sam Newcomb podían encontrarse frente a frente.

Samuel Newcomb hubiera deseado estar en cualquier otro lugar. Fiona había tenido la idea de venir a cenar al hotel con su socio. Eso era lo que él le había dicho a Fiona sobre Emery Buskett, que era simplemente un socio. Ella divisó a

Holt y a su prometida, y ahora se acercaba a la mesa. Dios los cría y ellos se juntan.

No quería que Lucas se enterara de que el hombre que manejaba sus inversiones comunes estaba en el pueblo. Era obvio que se preguntaría por qué estaba allí, ataría cabos y se daría cuenta de lo que se proponía Sam. Sam compraría el paquete de acciones con el nombre de soltera de Fiona, así ninguno de los inversores capitalistas sabría que él estaba detrás de esos intereses. Si alguien se enteraba de ese plan haría lo mismo. Sam había actuado cautelosamente, ¡y ahora esto! No le preocupaba que Holt hiciera una gran inversión, pero existía la posibilidad de que conociera a los demás inversores y les contara lo que se proponía Sam.

Cuando llegara el momento de la expansión, Sam la dirigiría hacia Newcomb. Soñaba que el pueblo que había fundado llegaría a ser una gran ciudad algún día. Cuando recogiera las ganancias, volvería a comprar todas las propiedades.

Eso sería bastante sencillo, una vez que los compradores ficticios descubrieran que Newcomb se estaba convirtiendo en un pueblo fantasma. Sam le había prometido a Emery una buena suma para mantener esa información en secreto. Por eso había insistido en que Emery viniera a Newcomb. No estaba dispuesto a tratar un asunto tan delicado por correo. Si no hubiera podido «comprar» al abogado, Sam se habría librado de él y trataría con otra persona. Pero Emery se había encargado de todo. Le había asegurado a Sam que él y Luke no eran amigos. Además, el negocio que estaba haciendo Sam rescataría la inversión de Holt, así que no podía quejarse demasiado.

—Qué sorpresa tan agradable —dijo Fiona—. No pensamos que te encontraríamos aquí, Luke... con tu encantadora prometida —Sus ojos celestes miraron a Sharisse con desprecio. —¿Cómo te llamas, querida? —preguntó, y le sonrió a Lucas—. Pobre hombre, creo que éste es el único lugar donde puedes saborear una buena comida.

Sharisse se sobresaltó ante semejante insulto. Quería mostrarse amable con Fiona. Eso era lo correcto. Pero no le agradó la forma en que Fiona Newcomb devoraba a Lucas con los ojos, y no pudo sino dejar a un lado la amabilidad.

Afortunadamente, Lucas dijo algo y no le dio tiempo a atacar.

—No necesito ninguna excusa para venir a cenar aquí con mi prometida. Pero si te interesa saber cómo cocina te diré que sus platos internacionales son mucho mejores que los que tú preparas.

—Qué bien —respondió Fiona cortante.

Fue una hermosa mentira, pensó Sharisse.

—En verdad, señora Newcomb, Lucas prometió que me presentaría a un amigo suyo que trae las últimas noticias de St. Louis.

—¿No será el señor Buskett? —preguntó Fiona, y vio que éste se acercaba con Sam.

—¿Cómo te enteraste de que Emery estaba en el pueblo, Luke? —preguntó con suspicacia.

—Lo vi hoy por casualidad. Pero ya sabes cómo son los abogados cuando están de viaje por negocios, trabajan y trabajan. Y ya que sólo está de paso, decidí traer a Sharisse para que lo conociera. Pero, ¿cómo supiste tú que él estaba en el pueblo?

—Él... mmm... vino al rancho para saludarnos, para hacernos una visita de cortesía. Después de todo, yo no lo conocía, y él es el hombre que se encarga de mis asuntos.

—¿Es así, Emery? —preguntó Lucas con tono amistoso—, no aceptaste mi invitación, pero fuiste a ver a Sam.

Emery estaba demasiado perturbado para hallar una respuesta, pero Sam ya tenía una lista.

—Estoy seguro de que habría ido a tu rancho si no te hubiera visto en el pueblo, Luke.

—Bueno, por supuesto, Lucas, no sabía que te casabas. De lo contrario habría ido a felicitarte.

A Lucas le causó gracia la reacción rápida del abogado. Los presentó. Fiona, furiosa, observó cómo Emery besaba la mano de su rival.

—¿Hammond? —dijo Emery pensativo—, escuché ese nombre, pero, ¿dónde?

Sharisse estaba tensa y cambió de tema. Era imposible que la conociera.

—Supongo que tendremos que dejar la charla para otro momento, señor Buskett, si ya tenía un compromiso para cenar. —Miró a Sam y a Fiona. —Pero, si regresa a Newcomb, podríamos vernos.

—Si es para disfrutar de su compañía, claro que regresaré —respondió Emery amablemente.

—¿Por qué esperar? —intervino Fiona, que imaginó que tendría toda la velada para seducir a Lucas—, no veo por qué no podemos cenar todos juntos, ¿no les parece? —Fiona se sentó al lado de Lucas antes de que Sam pudiera negarse. —No queremos que nuestra querida jovencita se quede con las ganas de enterarse de las últimas noticias de su ciudad. Pueden haber pasado muchísimas cosas en estas dos semanas.

La ironía de Fiona era evidente, pero Sharisse la ignoró.

—Es muy amable de su parte, señora Newcomb, y no solamente por compartir con nosotros la compañía del señor Buskett. Hace mucho tiempo que no me llamaban «querida jovencita». Comenzaba a sentir que estaba envejeciendo.

—Debe de ser porque eres alta y delgada. Eso es lo que engaña —dijo Fiona con sarcasmo—, pero es obvio que eres muy joven. Cualquier mujer se daría cuenta.

—Señora Newcomb, es muy amable, pero a los veinte años no se es tan joven —respondió, y no se animó a mirar a Lucas, quien seguramente pensaría que estaba mintiendo—, estoy segura de que cuando tenga su edad no tendré ese problema, nadie me dará menos edad. Usted no tiene ese problema; ¿no?

Sam estuvo a punto de soltar una carcajada, Fiona no sabía qué decir. Él y Emery acercaron otra mesa. Sabía qué se proponía su esposa. Había sido muy cruel con Sharisse Hammond. No podía acostumbrarse a la idea de que ya no era la más bella del territorio. Además de eso, la nueva estrella del lugar tenía al hombre que Fiona deseaba, Sam quería que Lucas se casara con esta joven de una vez por todas, y así se desvanecerían las esperanzas de Fiona. Llamó al camarero y ordenó una vuelta de tragos.

Emery Buskett tenía escasamente treinta años y era admirado por las mujeres. Olvidó por completo la razón de su presencia allí, y se sentó al lado de Sharisse. Encontrar una dama como la señorita Hammond en este lugar era un placer inesperado. Pensaba conquistar su atención si la señora Newcomb dejaba de acosarla.

Era como él, lo sabía. Sin duda Sharisse pertenecía a alguna familia acaudalada de St. Louis, de esas que aparecían en los periódicos. Pero no creía haber oído el nombre de Hammond en St. Louis. Pero, ¿dónde había oído ese apellido? Qué desagradable no poder recordar las cosas.

El camarero trajo los tragos: whisky para los hombres, y una botella de vino blanco para las damas. Sam ordenó la cena para todos. Disfrutaron de la comida. Fiona concentró su atención en Lucas, mientras que Sharisse trató de hacerle creer a Emery Buskett que sabía de qué estaba hablando cuando mencionaba a los miembros de la sociedad de St. Louis.

No sabía que Lucas prestaba más atención a esa conversación que a Fiona. Le causaba gracia su actitud. La clara admiración de Emery era más de lo que ella había esperado. Este hombre era bastante bien parecido, y tenía un aire caballeresco que le recordaba a su ciudad. Le recordaba todo lo que había dejado atrás. ¿Por qué se le había ocurrido presentarle a Emery? ¡Qué tontería!

—¡Marcus Hammond! —exclamó Emery de repente y todos lo miraron—, lo lamento, lo tenía en la punta de la lengua y no podía recordarlo. Ese era el nombre que no podía recordar.

—Bueno, no se detenga ahora, señor Buskett —dijo Fiona terminante.

—Eh, no era nada importante —respondió Emery.

—¿Pariente tuyo, querida? —preguntó Fiona, por supuesto sin ningún interés.

—No —dijo Sharisse en voz alta. Había logrado disimular la expresión de su rostro pero su voz la delató. Bajó la mirada y siguió hablando—. Me temo que nunca he oído el nombre de Marcus Hammond.

Emery se dispuso a contar la historia. Podía resultar entretenida.

—Es un acaudalado excéntrico de Nueva York. Un amigo mío y otras personas se hallan en peligro de perder el empleo si no encuentran a la hija de ese hombre. Mi amigo, Jim, trabaja para una de las más importantes agencias de detectives de Nueva York. La recompensa que se ofrece es tan cuantiosa que su jefe sólo quiere resultados concretos.

—¿Nueva York? —dijo Lucas pensativo—. ¿Cómo se llama la joven?

Sharisse quiso esconderse debajo de la mesa.

—No sé, nunca lo pregunté —respondió Emery.

—¿Fue raptada la joven, señor Buskett? —se animó a preguntar Sharisse, porque si no mostraba un poco de interés Lucas desconfiaría.

—No, escapó. Por eso Jim se quejó de su misión cuando vino a verme la semana pasada. Tiene que cubrir cuatro estados, y eso no es nada sencillo. Uno puede perderse en un país tan grande como éste. Puede que la joven haya cambiado, tenga otro nombre. Saben que abandonó Nueva York en tren con una fortuna en joyas, suficiente para viajar adonde quisiera. Pero Jim supone que regresó a Nueva York y está escondida en alguno de esos hoteles lujosos. Ésa es su teoría.

—¿Por qué piensa eso? —preguntó Fiona.

—Nació en Nueva York y ha vivido allí toda su vida. Viajó una vez a Europa, pero nada más, nunca volvió a salir del estado. ¿Por qué abandonaría su hogar? ¿Por una simple discusión con su padre? Eso fue lo que la llevó a escapar. Jim dice que regresará por su cuenta y que nadie cobrará la recompensa; es decir, que lo enviaron al Oeste sin sentido.

—Qué fascinante, señor Buskett —dijo Fiona inocentemente—, en especial cuando tenemos a una señorita Hammond entre nosotros. Si Luke no nos hubiera dicho que es de St. Louis, bueno, creería que es la joven acaudalada y malcriada de la que nos está hablando.

Sharisse hizo un esfuerzo por mantenerse tranquila. Quería estallar. Esta mujer era una víbora y estaba causando más daño del que creía. Lucas así lo entendía. Sharisse la miró con frialdad y le sonrió:

—¿Por qué dice eso, señora Newcomb? Una persona mayor hablaría así, o alguien que ha bebido más de la cuenta. Pero usted no es tan mayor, y apenas probó el vino. ¿Con qué razón puede especular así?

Fiona estuvo a punto de saltar de la silla.

—Pero, jovencita...

—Bueno, bueno —interrumpió Sam riendo—, ¿por qué no lo olvidas, Fiona?

—Pero...

—Olvídalo —dijo con insistencia—, ve a empolvarte la nariz mientras ordeno tu postre, así te calmarás.

Fiona se retiró de la mesa indignada. Sharisse también se puso de pie.

—Creo que yo también iré a empolvarme la nariz. Permiso, caballeros.

—Sharisse.

Ella pasó por alto el tono preocupado de su voz.

—No te preocupes, Lucas, no me perderé. Sé cuál es la puerta que acaba de cerrarse.

Sonrió y se fue sin darle tiempo a que la llamara. Quería ver cómo actuaba la señora Newcomb cuando alguien la enfrentaba a solas.

Lucas frunció el ceño, y tamborileó con los dedos sobre la mesa. Sam, por el contrario, apenas podía contener la risa. Emery estaba perplejo.

Después de un momento, se oyó una conversación que provenía del *toilette*. Hablaban en voz bastante alta, y Lucas se puso de pie de un salto.

—Déjalas —lo detuvo Sam, a quien la situación le parecía muy graciosa—, ¿qué puede ocurrir?

—Eso quisiera saber —dijo Lucas.

—No te preocupes —Sam trataba de calmarlo—, si Fiona no estalla tendré que soportarla. Además, las mujeres no recurren a la violencia. Se gritan, nada más.

Lucas comprendió que tenía razón y se sentó. Los gritos se apagaron. Se oyó un portazo, señal de que la discusión había terminado. Sin embargo, ninguna de las dos había regresado a la mesa. Lucas se preocupó otra vez.

Iba a ponerse de pie cuando un empleado de la casa avisó a Sam de que la señora Newcomb se había retirado a la *suite*.

—¿Sin dar explicaciones? —preguntó Sam.

El empleado conocía bien a su jefe, y sonrió.

—Bueno, señor, creo que no le gustaría escuchar todo lo que la señora Newcomb dijo.

Sam tosió para aclarar la voz.

—No, creo que no. —Le indicó al hombre que podía retirarse, y se volvió hacia Emery y Lucas. —Les ruego que disculpen a mi esposa, caballeros. No acostumbra a actuar así.

—¿Así que te quedas en tu hotel esta noche, Sam? —preguntó Lucas.

—Sí, estoy pensando en mudarme al pueblo —contestó—, creo que Fiona está molesta porque se aburre en el rancho, no sabe qué hacer ni cómo ocupar su tiempo.

Lucas pensó que Sam era muy hábil por haber inventado esa excusa. Se había preguntado varias veces cómo explicaría Sam la mudanza sin decir que había vendido el rancho.

—Podrías despedir a los sirvientes —dijo Lucas riendo—, así Fiona tendría algo que hacer.

—¡Ja! Se iría con ellos. Creo que he malcriado a esa mujer. No cometas el mismo error con esa joven, Luke.

—¿Malcriar a Sharisse? Tendría que llevarla al Este para eso. No está acostumbrada a esta vida.

—¿Piensas mudarte, entonces? —preguntó Sam interesado.

—Así que me aconsejas que no la malcríe.

—Sí —Sam dijo desilusionado al no obtener respuesta.

El empleado se acercó otra vez a la mesa. Esta vez el mensaje era para Lucas.

—Su prometida envía sus disculpas por no regresar a la mesa, señor Holt. Creo que no se siente bien.

—¿Dónde está?

—Lo espera en el coche.

—Espero que no sea por culpa de Fiona —dijo Sam, y los tres hombres se pusieron de pie.

Lucas dijo furioso:

—Estoy seguro de que ella tuvo la culpa. Tú y yo sabemos por qué. Estoy harto de eso. Ahora es tu esposa. No importa lo que haya ocurrido entre ella y yo. Eso ya terminó. Haz que lo entienda, Sam. Porque si es necesario, le retorceré el pescuezo, especialmente después de lo que acaba de hacer.

Lucas dejó que Sam le explicara a Emery de qué se trataba.

23

Sharisse no podía dejar de llorar. Era una tontería llorar, hacía mucho que no lo hacía. En realidad, no había llorado desde aquella nefasta experiencia con Antoine. ¿No se había comportado como una tonta esta noche? Nunca había actuado así en toda su vida. Estaba desconocida; temía que esta aventura alocada la estuviera cambiando en muchos aspectos. Seguramente era la razón por la que no podía controlar las lágrimas.

Lucas la encontró sollozando, con la cara hundida entre las manos. Si hubiera estado llorando a gritos tal vez habría pensado que sólo quería llamar la atención y atraparlo. Pero ese sollozo apagado lo perturbaba. Despertó en él un deseo sobrecogedor de protegerla, deseo que durante mucho tiempo había estado dormido en él.

—¿Sharisse?

Ella levantó la cabeza al oír su voz. La tomó por sorpresa, no quería que la viera así. ¿Por qué se le había acercado tan silenciosamente? Estaba mortificada. No quería que él viera su mejilla izquierda. Pero, aquí estaba, y ocurría lo que ella no quería que ocurriera. Cuando vio la marca en su mejilla se enfureció.

Por un instante, Sharisse no comprendió a quién iba dirigida esa furia. Entonces estalló.

—¡La mataré!

—Pero no me lastimó, Lucas —le aseguró Sharisse.

—Entonces, ¿por qué lloras así?

—Por lo que hice. Fue horrible. No debí haberla seguido. Tendría que haberte escuchado. Nunca creí que me atacaría.

Se sentó a su lado y la abrazó.

—Fiona tiene sus propias reglas de comportamiento, dulzura, y son diferentes de las tuyas. Creí que te habías dado cuenta.

—¿Cómo podría haberme dado cuenta? Sólo conozco mujeres civilizadas y educadas. Sólo quería saber por qué se comportaba así conmigo. Debía decirle que mi paciencia y tolerancia tienen un límite. Pero cuando me abofeteó, bueno, no sé qué me pasó. Yo... la golpeé también, Lucas. Lo lamento tanto.

Él estaba perplejo.

—Fue tu instinto, nada más —le dijo suavemente—, no debes llorar por eso. Es lo que Fiona se merecía, nada más ni nada menos.

—¡No lo comprendes! ¡Creo que le rompí la nariz! —Él soltó una carcajada. —¡Lucas Holt, no le veo la gracia!

—Sí, es muy gracioso. Te insultó, te golpeó, y lloras porque le diste su merecido. Ya lo creo que es gracioso.

—Pero le rompí la nariz, Lucas.

—¿Oíste el ruido del hueso roto?

—Bueno, no. Pero sangraba. Y me miró como si la hubiera matado.

—Claro, es lógico. No esperaba que una jovencita culta la golpeara. No te preocupes más, querida. Si la hubieras lastimado tanto, se habría desmoronado el hotel con sus gritos.

—¿De veras lo crees? —preguntó esperanzada.

—Sí, claro que sí.

Sharisse tomó su pañuelo. Estaba más tranquila.

—Perdona que me haya retirado de esa forma. Espero que hayan aceptado mis disculpas.

—Hice más que eso. Le dije a Sam que controlara más a su esposa. ¿Por qué te abofeteó?

Sharisse pensó en todo lo que se habían dicho. Miró a Lucas con ingenuidad.

—Todo lo que hice fue sugerir que si había sido tan buena amante como se considera, entonces tendrías que haber seguido con ella en lugar de buscar una esposa.

—¿Qué dijo ella?

—En realidad, bueno, ella dijo que te había conquistado una vez, y podía conquistarte otra vez si quería. Creo que fue un poco... grosero de su parte.

—¿Le creíste?

—No veo por qué habría de desconfiar de su palabra. —Hablaba con seguridad y cierta frialdad.

—Maldición, estás celosa, ¿no es cierto? Por eso la golpeaste.

—No seas ridículo —dijo Sharisse enardecida—, pero podrías haberme prevenido, Lucas. En mi ciudad, ningún hombre comparte una mesa con su prometida y su ex amante.

—Ella nunca fue mi amante, Sharisse. La veía de vez en cuando, no era una relación firme. Ella dijo muy claramente que lo aceptaba así, y pasamos buenos momentos. Eso fue todo. Cuando se casó con Newcomb terminó nuestra relación. Eso de que puede volver a tenerme es un error. No acostumbro a entrometerme con la esposa de nadie.

—¿Y si no fuera casada?

—¿Por qué habría de quererla si te tengo a ti?

Sharisse se sonrojó y apartó la mirada. Luego, dijo con firmeza:

—Si pasabas tan buenos momentos con ella, ¿por qué no os casasteis?

—Si un hombre se casara con todas las mujeres con las que pasó momentos agradables, bueno, terminaría con un harén. ¿Quieres que te cuente todo lo que ocurrió antes de que vinieras aquí?

—No respondiste mi pregunta, Lucas. ¿Por qué no te casaste con ella si tenías la posibilidad?

—Podría decirte que me pareció que no sería una buena esposa, pero la verdad es que en ese momento no buscaba una esposa. ¿Te satisface esa respuesta? ¿Ya no tienes motivos para estar celosa?

—No estoy celosa —insistió ella.

—Por supuesto que no —dijo él con tono burlón.

—¡Lléveme a casa, señor Holt! Ya no soporto esta conversación.

—Sí, señora —dijo y se pusieron en marcha.

Ninguno habló durante el viaje. Cuando llegaron al rancho, dejó que Mack se ocupara de la calesa y acompañó a Sharisse a la casa. Esperó que Lucas encendiera una lampara para poder ir a su habitación. Entonces, le hizo una pregunta.

—¿Quién es Joel?

—¿De dónde sacaste ese nombre?

—Tú lo mencionaste.

—No hablo cuando duermo, ¿no?

—No cuando duermes, sin embargo sí cuando bebes de más.

A Lucas no le causaba ninguna gracia este hecho. Estaba serio.

—Joel es un amigo, Lucas. Crecimos juntos. ¿Por qué lo preguntas? ¿Qué dije?

—Le dijiste a tu padre que no querías casarte con él. Que Stephanie lo amaba, no tú. —Se le acercó, y la obligó a que lo mirara a los ojos. —¿Por eso huiste, Sharisse?

—No —dijo casi sin darse cuenta, luego comprendió lo que había querido preguntarle—. Crees que soy la joven de la que habló el señor Buskett, ¿no es cierto?

—¿Eres esa joven?

—Creo que respondí esa pregunta esta noche —respondió seria—. Pero para que no dudes más, te diré que mi padre se llama John Richards. Hammond es mi apellido de casada.

Estaba aprendiendo a mentir. —Supongo que debí decírtelo antes, pero no creí que fuera necesario.

—¿Antoine Hammond?

—No. ¡Desprecio a Antoine! —dijo enfurecida, pero luego se controló—. ¿Supongo que también mencioné a Antoine la noche que bebí de más?

—Sí.

—¿Qué dije exactamente para que pensaras que era mi esposo?

—Lo llamaste «mi amor».

—Ah —dijo solamente. ¿Cómo podía explicarlo?

—Explícate, Sharisse. ¿Amabas a Antoine o lo despreciabas?

Le acarició el rostro, el cuello y el hombro. Allí se detuvo su mano para evitar que escapara. No la soltaría hasta que le respondiera. Quizá había llegado el momento de confesar la verdad, o una parte de la verdad.

—Antoine es un hombre que conocí hace mucho tiempo, Lucas. Era joven e ingenua, él era un hombre de mundo, romántico y sumamente atractivo. Creí que estaba enamorada de él. Pero sólo tenía edad como para enamorarme. Así que por eso me cautivaba cualquier hombre que demostraba interés por mí. Ahora lo comprendo, pero en ese momento estaba demasiado ilusionada como para pensarlo. —Hablaba con amargura, y sus ojos perdieron brillo al recordar esa experiencia. —Antoine resultó ser un bribón, un mentiroso, de lo peor. Él...

Sharisse se detuvo porque se dio cuenta de que acababa de describirse a sí misma. Si Lucas llegaba a enterarse de que le había mentido, de que lo había engañado...

—No te detengas.

Ella bajó la mirada.

—Él... él sólo quería una cosa de mí. Afortunadamente me enteré de su perfidia a tiempo.

—Quieres decir que salvaste tu virginidad a tiempo.

Ella lo miró a los ojos.

—Sí —le respondió

—Pero entregaste tu corazón por nada. Creí que tu esposo había sido el único hombre en tu vida. ¿De cuántos hombres te enamoraste además de Antoine?

Esta burla era insoportable. ¿Cómo se atrevía a hablar así de esa experiencia tan humillante? Recordó a Fiona, y la naturalidad con que él hablaba de su flirteo. ¿Cómo se atrevía a pedirle explicaciones?

Ella sonrió y se encogió de hombros.

—¿No esperarás que responda a esa pregunta, Lucas? No soy de esas mujeres que llevan la cuenta.

—¿Tantos hubo? —se burló.

Ya era demasiado. Qué desvergonzado. El sabía muy bien qué se proponía ella. Pero ya era tarde para que cambiara su actitud. Aún quería lograr su cometido.

—Sí, tantos. ¿Qué puedo hacer si soy inconstante?

Él fingió comprenderla.

—¿Tantos amores, y un solo esposo? ¿A quién amas ahora, Shari?

La besó. No esperaba una respuesta. El amor no tenía nada que ver con ellos. Él era de esos a quienes no les importa si los aman o no, siempre que consigan lo que quieren. Pero, ella no se lo permitiría, no otra vez. No quería que... le hiciera el amor.

Cuando ella lo abrazó, rendida, Lucas la levantó en brazos y la llevó a la cama. Su pequeña virgen. Tal vez no lo amaba, y podía mentir muy bien, pero su cuerpo no mentía. Era suya. Al menos, por ahora.

24

Sharisse se desperezó y abrió los ojos. Se dio cuenta de que ese cuerpo masculino ya no era el de un extraño. Sabía que se sentiría exhausta y muy mal. Había compartido la cama con un hombre toda la noche, y se despertaba a su lado como si fueran marido y mujer. No tenía la obligación de casarse por el solo hecho de haberla despojado de su virginidad. Ni siquiera sabía la verdad.

Ella debería haberse sentido indignada por hallarse en su cama, por ser tratada como esposa aunque nada los unía; pero la verdad es que se habría sentido muy desilusionada si se hubiera ido después de haber hecho el amor esa gloriosa noche. Además, no era tan desagradable acurrucarse a su lado.

Sabía que sería peligroso ponerse a pensar por qué se sentía así. Si llegaba a la conclusión de que se estaba enamorando de Lucas, sería terrible. Ningún hombre arrogante como su padre controlaría el resto de sus días; ni siquiera un hombre cuya arrogancia fuera tan sutil como la de Lucas.

No, era preferible pensar que era inmoral. Bueno, no en el estricto sentido de la palabra. Por Dios, tenía veinte años, y capacidad para pensar y decidir. ¿Por qué habría de esperar hasta encontrar un marido para experimentar el éxtasis que Lucas le había enseñado?

¿Por qué habría de negarse al placer? ¿Por el sólo hecho de no estar casados?

Sonrió al pensarlo. No actuaba de acuerdo, con la moral que le habían inculcado. Miró el pecho varonil de Lucas, y concluyó que esa moral no tenía sentido.

Qué diferente parecía cuando dormía. Era la primera vez que lo veía dormido, la primera vez que podía mirarlo todo lo que quisiera. Le agradaba hacerlo: su pecho y sus brazos eran musculosos y muy varoniles. Era fuerte aun ahora que estaba relajado. Algunos mechones de su cabello renegrido le caían sobre la frente; le estaban creciendo patillas.

De repente, advirtió que ahora que no sonreía como lo hacía siempre, se parecía mucho a su hermano. Podía ser su hermano quien dormía a su lado.

¿Por qué se le había ocurrido pensar eso? No había pensado en Slade desde que ella y Lucas habían regresado de la montaña. Por suerte, Slade no los esperaba en el rancho. Pero era verdad. Con los ojos cerrados y el rostro relajado, no se los podía diferenciar.

Mellizos. Era increíble cómo las diferentes experiencias de la vida habían marcado a estos dos hermanos. Uno era peligroso como una víbora cascabel; y el otro era un sinvergüenza encantador. Uno daba importancia a sus sentimientos; el otro, los despreciaba.

Sharisse apartó la mirada, no quería seguir pensando en eso. Vio a Charley en el recipiente de porcelana y sonrió, se lo veía disgustado. Bueno, Charley nunca había considerado simpático a Lucas, le mostraba los dientes cuando éste se le acercaba. Seguramente, no aceptaba que Lucas ocupara lo que él consideraba su territorio.

En ese momento, Charley salió del recipiente y saltó por la ventana. Era como si hubiera esperado hasta que Sharisse despertara para llamar su atención, y hacerle sentir su disconformidad, y decirle, a su manera, que no toleraría ese comportamiento libertino. ¡Dónde se ha visto! ¡Ser censurada por el propio gato!

—Buen día, hermosa.

—¿Cuántas veces debo decirte que no quiero que me llames así? —dijo furiosa.

—No me trates así, dulzura, no desde tan temprano.

La acostó, y en un instante se acostó sobre ella. Su sonrisa era temeraria.

—¿Y por qué no puedo llamarte hermosa?

—Porque así me llamó tu hermano, y me lo recuerdas —respondió con arrogancia.

Apenas le rozó los labios, y luego besó sus senos suaves y perfectos.

—Bueno, no quiero que lo recuerdes, al menos cuando te hago el amor. No quiero estar celoso de mi propio hermano.

—¿Eres celoso, Lucas?

—No sé —murmuró entre un beso y otro.

—Entonces, ¿por qué dijiste eso?

—Digamos que cuando estás conmigo quiero que seas totalmente mía. ¿Me entiendes?

—Apenas puedo pensar ahora, Lucas —murmuró ella.

Cerró los ojos y gimió. El la sujetó de la cintura y se deslizó para besar su vientre. Sharisse dejó caer la cabeza hacia atrás. Estaba perdida en esa sensación, dentro de ella se había desatado un torbellino.

Cuando él se detuvo tuvo deseos de gritar. Cuando abrió los ojos, advirtió que la miraba como si la idolatrara, la adorara, la deseara. Este hombre no se proponía conquistar su dinero ni su virginidad. Su único objetivo era hacerle el amor. Sólo la quería así, como era. Ese pensamiento la hizo estremecer; él había despertado algo en su interior que nunca antes había sentido.

—Dios, eres hermosa.

—Comienzo a pensar que realmente lo crees así —le dijo sin aliento.

Lo miró a los ojos.

—¿No lo crees tú?

—Lucas, no digas nada más —le acarició la cabeza y lo abrazó.

Él rió. Lo quería por fin, y él quería saborearla y explorar su interior. Quería ofrecerle todo el placer posible.

Sus labios la reclamaron con ardor, mientras que sus manos recorrieron las partes más sensibles de su cuerpo. Aprendió qué le causaba más placer. La llevó cada vez más alto. También se dio cuenta de que ella entregaba además de recibir. Antes de que terminara la mañana había acabado con todas sus inhibiciones. Fue una experiencia que ninguno de los dos podría olvidar.

25

Sharisse dejó la enagua que estaba lavando cuando Lucas apareció en el patio. Traía a Charley en brazos. Él sonreía y Charley ronroneaba. Sharisse no pudo creer lo que veía.

Cuando Charley olió el perfume de Sharisse, maulló, trató de librarse de los brazos de Lucas, y saltó por la ventana de la habitación.

—Sabía que haría eso —dijo Lucas, y se sentó en la baranda que había para sacudir las alfombras—. No podía entender por qué Charley y yo no nos llevamos bien. Nunca tuve problemas con los animales. Toda mi familia siempre tuvo animales. Pero al fin comprendí.

—¿Qué?

—¿Cuánto hace que Charley no ve una gata?

—¡Lucas!

—Hablo en serio. Es macho y necesita una hembra como cualquier macho. Pero ya que no tiene ninguna, te usa como sucedáneo.

—No seas ridículo.

—Ese gato cree que cualquiera que se te acerca es su enemigo.

—Tonterías —insistió ella—, te dije que no le agradan los desconocidos.

—Entonces, ¿por qué se me acercó en el establo en actitud tan amistosa? Porque tú no estabas allí.

—¿De veras se te acercó?

—Viste que no se opuso a que lo llevara en brazos.

—Pero si lo que dices es verdad, ¿dónde puedo encontrar una gata?

—No sé si habrá gatas en Newcomb, pero puedo enviar un pedido a los pueblos cercanos y ver qué ocurre. Tengo que ir a devolver esa calesa, así que cámbiate y ven conmigo.

—¿Y cómo volveré del pueblo?

—A caballo. Ya es hora de que aprendas a montar.

Le dio la espalda, y siguió lavando la enagua.

—Creo que me quedaré aquí. No me necesitas para llevar esos anuncios.

—Pero necesito tu compañía.

—Tengo mucho que hacer, Lucas.

—Ve a ponerte esos pantalones que te traje, Sharisse.

—¡No me pondré esos pantalones, y menos para ir al pueblo! —¿Cómo se atrevía a darle órdenes?

—Los compré para que te los pusieras. Y te los pondrás.

—No —respondió ella con firmeza.

Él se puso de pie y se le acercó lentamente. Ella retrocedió. Tenía la enagua empapada en la mano, como si fuera un arma con la que se defendería.

—¿Quieres hacer una apuesta, dulzura? —le preguntó—. Apuesto a que yo mismo te los pondré.

—No serías capaz —replicó ella.

Él dio un paso adelante, y ella giró hacia la casa, pero la atrapó antes de que llegara a la puerta trasera.

—De acuerdo —gritó—. Me los pondré, pero bájame.

Él obedeció. Sharisse estaba completamente furiosa, pero él sonreía.

—No tardes mucho, o creeré que necesitas ayuda.

—¡Lucas Holt eres un tirano! —gritó.

Se alejó, y le respondió:

—No, ocurre simplemente que hoy no puedo separarme de ti.

—¡Estoy furiosa! —gritó.

Dos horas más tarde devolvieron la calesa a la cuadra de Pete, y montaron para regresar al rancho. Sharisse se había puesto el traje de montar, la chaqueta sobre la camisa que Lucas le había comprado, y esos horribles pantalones debajo de la falda.

Pero a pesar de todo no podía estar enojada con él. Algo lo diferenciaba de otros hombres. Podía estar furiosa, pero una sonrisa suya y algunas palabras podían hacer que lo olvidara todo.

Lucas la dejó en la oficina de correo mientras fue a averiguar si la diligencia de Emery había salido en horario esa mañana.

—Olvidé decirle algo, y si la diligencia se retrasa, como de costumbre, podré verlo a tiempo.

—¿Qué se supone que debo hacer mientras te espero?

—Haz tres copias del anuncio, y yo luego las pagaré. Nadie mejor que tú para describir la clase de gata que puede agradarle a Charley. Wilber te dará papel y pluma. Averigua si llegó correspondencia para nosotros.

—¿No tendrían que haberla llevado al rancho?

—No, aquí las cartas se recogen en el correo.

—¿Quieres decir que tal vez hay alguna para mí y yo ni lo sabía? —preguntó asustada.

Lucas se alejó, y Sharisse se acercó al escritorio de Wilber. Sus esperanzas se desvanecieron. No había ninguna carta de Stephanie. Había dos cartas para Lucas, una de Monsieur Andrevie, de Nueva Orleans, y la otra de Emery Buskett de Newcomb. Supuso que Emery también se había olvidado de decirle algo a Lucas.

Se dispuso a preparar los anuncios. Qué ocurrencia, pedir una compañera para Charley. ¿Qué otra idea se podía esperar de un hombre que había solicitado una novia por correo? Bien podía pedir una gata de la misma manera. Sólo un hombre podía tener en cuenta las necesidades de un gato. A ella nunca se le había ocurrido buscar una compañera para Charley. Una dama no piensa en esas cosas.

Lucas encontró a Emery, en el momento en que la diligencia estaba a punto de partir.

—Gracias por venir a despedirme, Lucas.

—No vine a despedirte —dijo Lucas sonriendo—. Tenía que devolver una calesa que había alquilado. —Ayudó a Emery a cargar el baúl en la diligencia.

—Dejé una carta para ti —dijo Emery—, para explicarte con detalles mi entrevista con Newcomb.

—Bien, pero hay algo más que quiero que hagas, aparte de lo que tienes entre manos.

—Lo que gustes, Lucas —respondió Emery dispuesto—, para eso me pagas.

—Ese amigo tuyo, el detective...

—¿Jim?

—Sí. Quiero que lo veas no bien regreses.

—No sé si aún estará en St. Louis, Lucas.

—No me importa si ya está de regreso en Nueva York, encuéntralo. Quiero conseguir toda la información que tenga sobre esa joven Hammond. Quiero su nombre, descripción, todo lo que sepa sobre ella.

—¿Es pariente de tu prometida, entonces?

—Sharisse no está segura, pero tiene algunas primas en Nueva York a quienes hace mucho que no ve. Quiere averiguar todo lo que pueda sobre esa joven.

—Será un gusto complacer a una señorita tan hermosa —dijo Emery—. Lamento que no la hayas traído al pueblo para que se lo dijera personalmente. Me hubiera encantado volver a verla.

—¿Te olvidas de que está comprometida? —dijo Lucas terminante.

—Vale la pena arriesgarse por una dama así, aunque le pertenezca a un amigo, Lucas. —Sonrió al ver a Sharisse. —Ah, la trajiste.

Lucas miró a la calle. Sharisse se había detenido a un costado. León Waggoner se le acercaba.

—Que tengas buen viaje, Emery —dijo Lucas y se alejó.

—Pero, Lucas...

Emery se quedó en silencio, sabía que había terminado el diálogo. Lucas Holt era un hombre extraño. Agradable algunas veces, frío e indiferente otras. Pero no se detendría a pensar qué clase de hombre era Lucas. Lo único que le interesaba era que le pagara bien por su trabajo. Y en ese sentido estaba satisfecho.

26

La luz del sol le castigó la vista. Sharisse se dio vuelta y vio que se acercaba un vaquero al galope. Era robusto, de mediana edad. Algo en su mirada la perturbaba. ¿Lo había conocido en la reunión de Samuel Newcomb? Si así era, no lo recordaba.

—¿Señorita Hammond?

—¿Nos conocemos, señor?

Enganchó los pulgares en el cinturón, se lo veía tranquilo aunque su actitud era algo desafiante.

—No, creo que soy la única persona de este pueblo que no ha tenido el placer de conocer. Pero eso se puede solucionar muy fácilmente. Mi nombre es León, señorita. Soy el capataz del rancho Newcomb. Y usted es más hermosa de lo que se comenta. Sí, señorita, creo que es hermosa.

Sharisse sabía que había oído ese nombre, pero, ¿dónde? Qué forma de presentarse, qué modales.

—Señor León, si no hemos sido presentados como es debido...

—Soy León Waggoner. Y me estoy presentando. Podría haberla conocido en la reunión, pero no pude ir, por culpa de su prometido y los golpes que me dio. Tenía todo el ojo negro. No pude salir en casi una semana.

—¡Usted es el hombre con quien Lucas peleó! —exclamó sorprendida.

—Se lo contó, ¿no es cierto? Supongo que él debe de haber creído que ganó esa pelea. Fue sólo un golpe de suerte. Apuesto a que no le dijo que yo había tomado de más. ¿Qué le hizo para que viniera al pueblo en busca de pelea?

—¿Yo? ¡Cómo se atreve, señor! No apruebo las peleas.

—¿Qué quiere decir, señorita?

—Buen día, señor Waggoner.

La tomó del brazo.

—No me dé la espalda, señorita, es de mala educación.

—Creí que el maleducado eras tú, León.

Al oír esa voz se detuvo. Allí estaba Lucas, de pie, desafiante, y con las manos en la cintura. Estaba inmutable.

León la soltó.

—Tu mujer no es muy amigable, Holt.

—Quizá sólo habla con ciertas personas.

León se puso tenso. Lucas estaba tranquilo, demasiado tranquilo tal vez.

—No he terminado contigo, Holt. Si la dama no estuviera aquí...

—Eso no debe detenerte, León. Si quieres golpearme, adelante, hazlo. Si prefieres usar tu pistola, no me opondré. Como gustes.

León negó con la cabeza. Estaba transpirando.

—¡Estás loco! Has cambiado desde que ella llegó. No eres el mismo. Te enfrentaré cuando hayas recuperado el sentido común. No pelearé con un loco.

Lucas observó cómo León se alejaba a paso rápido. Quizás estaba un poco alterado. Lo comprendió cuando vio que León tocaba a Sharisse. Hubiera querido volarle la mano de un disparo.

Se acercó a Sharisse para tranquilizarla después de semejante escena. Pero sus ojos color amatista lo miraron furiosos. Eso fue lo que menos esperaba. ¿No había tenido miedo?

Sharisse estaba furiosa realmente, pero esa reacción era hacia Lucas, no hacia León. Ahora que lo había visto actuar frente a León, comprendía qué imprevisible era. ¿Había sido engañada por sus atenciones y gentilezas? ¿Seria tan salvaje como su hermano?

—¿Cómo lo haces? —le preguntó Sharisse con tono acusador.

—¿Cómo hago qué, Shari?

—Algunas veces eres como Slade.

—¿Sí? A Slade le agradará saberlo.

—¿Por qué?

—Él me enseñó todo lo que sé. No creerás que un novato como yo podría sobrevivir aquí sin algunas lecciones.

—¿Quieres decir que todo eso fue un engaño?

—Por supuesto. ¿Qué otra cosa podía ser?

—No sé por qué, pero creo que no me dices la verdad.

Él no respondió, entonces ella le preguntó:

—¿Por qué la mitad de los habitantes de este lugar te trata cordialmente, y la otra mitad evita pasar a tu lado?

—Imaginas cosas, Sharisse.

—No, no —insistió ella. No estaba en absoluto satisfecha con sus explicaciones—. ¿Por qué te temen, Lucas? ¿Hay alguna razón?

—No me temen a mí, ya lo sabes.

—¿A Slade, entonces? ¿Y la gente no os distingue?

Él no le respondió.

—Lo que quisiera saber es por qué piensas tanto en Slade.

—No pienso en Slade.

—¿Ah no? Creo que mi hermano te impresionó demasiado.

—Lo que me impresionó fue su arrogancia, su soberbia, su frialdad...

—Veo que te impresionó de verdad.

—¡Tonterías! Ya te dije que no me agrada. Espero no tener que volverlo a ver. Pero no puedo dejar de recordarlo cuando veo que te comportas igual que él.

La miró directo a los ojos. ¿En qué estaba pensando? ¿Sospechaba que ella había sucumbido a la seducción de Slade?

—*Soy* como él en algunas cosas, Sharisse —dijo Lucas finalmente—, tendrías que entenderlo.

Y ahora, ¿qué había querido decirle?

27

Sharisse dejó el almuerzo que había preparado para Lucas en el establo. Él le había dicho que saldría rumbo a la montaña con Billy esa mañana para ver a los potros. No le había pedido que le preparara el almuerzo, pero estaba segura de que se lo agradecería.

Si tres semanas atrás hubiera pensado que tarde o temprano trataría de complacer a este hombre, esa idea le habría parecido absurda. Por el contrario, había hecho todo lo posible para que se hartara de ella y la enviara de regreso a Nueva York. Claro que no le había agradado esa discusión con León Waggoner, ni esa conversación sobre Slade. Apenas le había hablado en los últimos cinco días; tampoco la había tocado.

Eso no le preocupaba en absoluto. Uno de estos días recibiría una carta de Stephanie y el dinero para regresar a su hogar. Así que, ¿por qué se preocupaba por Lucas?

¡Qué situación insostenible! Sus sentimientos eran tan contradictorios. Ya no estaba segura de lo que quería. Desear a un hombre con quien no pensaba casarse era algo terrible. ¿Qué le estaba ocurriendo? Tenía que poner punto final a todo esto, debía ignorar esos sentimientos, controlarse.

Lucas no estaba en el establo, pero Mack sí. Ensillaba su caballo.

—No va a la montaña con Lucas y Billy, ¿no es cierto, Mack?

—No, señorita. Voy al pueblo a buscar algunas cosas que Luke olvidó traer la semana pasada.

—¿Quiere decir que Willow y yo nos quedaremos solas?

—No se preocupe; jovencita —dijo Mack—, Luke estará cerca si lo necesita. Si viene alguien desconocido, simplemente dispare el rifle que está sobre la chimenea y él la oirá.

—Ah, bueno, no sabía que los potros estaban tan cerca de aquí.

—Si estuvieran más lejos, desaparecerían. Los indios, sabe.

—Entonces, supongo que no hay nada por qué preocuparse. Pero, volverá pronto, ¿no es cierto?

—Sí. Aquellos días en que me quedaba en el pueblo por motivos que no puedo mencionar ya pasaron. Tengo todo lo que quiero aquí en mi propia reserva de whisky.

Sharisse entendió que este hombre siempre recordaba el pasado con melancolía.

—¿Puede recoger la correspondencia mientras está en el pueblo? Espero una carta.

—Claro, señorita.

Mack salió, y Lucas entró por la parte trasera del establo con dos yeguas. Billy venía detrás. Billy montó una. Ninguna de las dos estaba ensillada.

—¿No es peligroso montar así? —preguntó ella sólo por decir algo y romper el silencio.

—Es la primera vez que las monta alguien. Tienen que acostumbrarse a eso antes de soportar una montura pesada.

Era indudable que estaba acostumbrado a cabalgar así. No debía preocuparse; él no se caería. De todos modos, no quería hablar de caballos. La única experiencia que había tenido aquel día cuando regresaron del pueblo había sido desagradable. Aún le dolía el trasero.

—Te preparé el almuerzo.

Se lo entregó ansiosa, y él lo guardó en sus alforjas de cuero. Tenía puesta una camisa de cuero liviano que hacía resaltar sus músculos. Se ruborizó de furia, no podía permitir que eso la perturbara. Si no se iba de inmediato, no resistiría la tentación de dejarse llevar por su instinto, y dar rienda suelta a sus emociones.

Por suerte había poca luz en el establo. Lucas se dio la vuelta y la miró a los ojos. Ella se inquietó, aguardó que le dijera algo. Pero no pudo leer el mensaje oculto tras esa mirada.

—No tardaré todo el día —dijo con naturalidad.

—Entonces, ¿llegarás a tiempo para la cena?

—Antes. —Antes de montar, la miró una vez más. —¡Será posible!

La estrechó entre sus brazos, y la besó con ardor. La miró, y esta vez el mensaje fue claro.

—Hace días que no duermo bien. Creo que es hora de que hablemos.

—Creo que tienes razón.

Era obvio que no quería dejarla, pero tenía que hacerlo.

—No te canses demasiado —le dijo mientras montaba.

—¿Puedo sugerirte lo mismo?

Él rió satisfecho y se alejó. Sharisse se quedó en la puerta del establo, sonriendo.

Lucas se alejó al galope hasta alcanzar a Billy.

28

Sharisse había tratado de no pensar en su padre desde que Emery Buskett lo había mencionado. Pero ahora que el rancho estaba casi deshabitado y tenía tiempo libre, recordó a Marcus.

Aun cuando recibiera el dinero alguno de esos días, no podría regresar a su casa; no todavía. Su padre debería de estar muy furioso para haber ofrecido tanto dinero en recompensa. No podía enfrentarlo, no hasta que no se tranquilizara un poco. Pero sería peor que la encontrara uno de esos detectives y la llevara a su casa. Así que no podía retornar a Nueva York.

Podría quedarse con su tía. Seguramente ya la habían buscado en la casa de la tía Sophie, y no regresarían allí. Su tía se pondría de su parte cuando se enterara del casamiento que su cuñado quería concretar entre su propia hija y Joel. La tía Sophie era muy romántica.

Otro problema que preocupaba a Sharisse era el de las joyas. Tendría que enfrentarse a Stephanie por eso. Todo este plan le había costado caro, más de lo que había imaginado. Y todo por ayudar a Stephanie. Sin embargo, comprendía lo desesperada que estaba su hermana. Sharisse había perdido la inocencia, la ingenuidad. Pero, a decir verdad, no echaba de menos nada de eso.

Lucas apareció en sus pensamientos. Quería que el tiempo pasara lentamente. Sabía lo que ocurriría cuando regresara.

Sharisse fue a la casa de Willow. Pero madre e hijo estaban durmiendo, seguramente aprovechando que el día era apacible y tranquilo.

Quería dormir, pero sabía que no lograría descansar.

Suspiró, y fue hacia el fondo de la casa. Tal vez había que regar el jardín. La tierra de la montaña era buena, pero tendía a secarse bajo el sol ardiente, y hoy hacía calor. El cielo estaba azul, no había una sola nube.

El balde estaba en el pozo. Lo recogió, y tomó un poco de agua. Pero de repente, vio que en la superficie del agua se reflejaba otro rostro además del de ella.

Sharisse se incorporó de repente, y su cabeza chocó con el mentón del hombre. Se miraron de frente. Estaba tan atemorizada, que no pudo ni siquiera gritar. Un indio sucio y de baja estatura la miraba como si nunca hubiera visto una mujer. ¿Estaba tan sorprendido como ella?

Parecía fascinado por su cabello. Sharisse se lo había soltado después de que Lucas partiese. Recordó que a él le gustaba que lo llevara así. Y ahora este salvaje tomaba un mechón con sus dedos sucios. ¿Le cortaría la cabellera?

No podía hablar, pero sí actuar. Se libró de la mano del indio, pero entonces vio que otro indio se acercaba a caballo. ¡No! ¡Había dos más, muchos más se acercaban!

Corrió hacia la casa, y se encerró. Pero advirtió que todas las ventanas estaban abiertas, y que sería inútil trabar la puerta. El rifle sobre la chimenea era lo único que podía salvarla. Por supuesto, no sabía cómo usarlo, pero tenía que hacer algo.

Alguien derribó la puerta trasera. Sharisse levantó el rifle y apuntó. Tuvo que hacer un esfuerzo terrible, pues el arma era muy pesada. Cuando logró sostenerla, ya había siete apaches en la sala. Su aspecto era temerario.

La sobrecogió el pánico, y llevó el dedo al gatillo. Si lograba herir a uno de ellos, tal vez los otros se irían. Pero no fue así, sino todo lo contrario. Cuando los indios vieron qué trataba de hacer soltaron una carcajada.

—Sería mejor que apretaras el gatillo, no el seguro.

Sharisse se dio la vuelta y miró a la puerta. Estaba abierta, y allí estaba.

—¡Lucas! ¡Gracias a Dios!

Pero cuando observó cómo estaba vestido, se dio cuenta de que no era Lucas. Claro que se sintió aliviada de todos modos. Quien estaba allí, era Slade.

Avanzó y le quitó el rifle.

—Qué mujer tonta —dijo en voz baja, sólo ella lo escuchó—. ¿Querías que te mataran?

—Trataba de defenderme —dijo ella, tensa.

Guardó el rifle en su lugar, y maldijo para sí. Luego, les dijo algo a los indios en su lengua, y éstos se marcharon. Ya más tranquila Sharisse se apoyó contra la pared. Lentamente, el color volvió a su rostro.

—¿Sabías que vendrían? —preguntó a Slade.

—Sí, yo los envié. Algunos de sus caballos estaban cansados, y no podrían llegar a México. Querían caballos.

Cuando comprendió lo que acababa de decir, estalló.

—¡Así que lo viste todo! ¡Podrías haber aparecido antes! ¿Por qué no lo hiciste?

—Creo que no me agrada ese tono, mujer.

—¡No te agrada! —le gritó—. ¡No me importa si te agrada o no! Me llevé un susto terrible. Creo que para ti es un placer asustar a una mujer.

—No sabes lo que dices.

—Sí, sé lo que digo, y muy bien. ¡Me asustaste a propósito!

—No te enloquezcas. Si te calmaras, entenderías que te asustaste sin motivo. No estabas en peligro.

—¿Debía saberlo?

—Podría preguntarte si debía saber que te asustarías con sólo ver a mis amigos. Y si quieres saber dónde estaba, la esposa de Billy me oyó llegar y me avisó de que Luke no estaba aquí. Entonces, oí tu grito y corrí hacia aquí. No tuve tiempo de avisarte de que estaba aquí.

—¿No tuviste tiempo? —alcanzó a decir.

¿Tan poco tiempo había pasado? Quizás así era. No se había propuesto asustarla. Qué tonta había sido. No debió haberlo acusado.

—Creo... que te debo una disculpa —le dijo avergonzada.

—Olvídalo. —Pasó a su lado y salió por la puerta trasera. Miró hacia el establo. —Ya se llevaron los caballos que querían.

—¿No tendrían que haber hablado con Lucas primero? —se animó a decir Sharisse.

—No tendría sentido —respondió Slade—. Estos indios van a atacar. O les das lo que quieren, o te niegas y alguien resulta herido.

Él había dicho que no estaba en peligro.

—Qué amigos tienes —le dijo acalorada.

—Son mejores que mis enemigos —le respondió.

—¿Se irán?

Se acercó a la puerta, gritó algo y saludó con la mano. Luego cerró la puerta.

—Ya se han ido.

—¿No vas con ellos?

Se quitó el sombrero y lo arrojó sobre la mesa.

—Los conocí esta mañana y cabalgué con ellos porque teníamos el mismo rumbo. Ellos vinieron a buscar caballos, y yo vine a verte.

De repente se olvidaron de los indios.

—¿Querrás decir a Lucas?

—No, no, a ti. En verdad, es mejor que Lucas no esté.

La miró fijo, sus ojos verdes eran tan brillantes. Se le acercó sin dejar de mirarla. Ella se quedó inmóvil.

—Lucas regresará pronto —le dijo casi sin aliento.

—¿Y?

—Así que pierdes el tiempo si viniste sólo para verme —dijo con coraje.

—¿Por qué no dejas que yo decida si perdí el tiempo o no? Trató de tocarla, pero ella lo impidió.

—No, por favor. Lucas y yo... él y yo... nosotros.

—Así que te llevó a su cama —se burló—, ya te dije que eso no tiene importancia para mí.

—¡Para mí sí! —gritó ella.

—¿Sí? Veamos.

Se deshizo de sus manos y la estrechó con fuerza. La besó brutalmente. Ella luchó, pero finalmente se rindió, sus brazos eran como garras. Y entonces, con toda naturalidad, su cuerpo le respondió. Pero de repente, Slade la empujó.

Sharisse perdió el equilibrio pero logró apoyarse contra la pared. Estaba confundida ¿No había ocurrido esto ya? ¿En la montaña antes de que encontraran a Billy? Slade la había besado, y luego la había empujado de la misma forma. ¿Era esto un juego cruel, o tal vez no sabía lo que hacía?

—Bueno, creo que ya respondí la pregunta, ¿no? —la voz de Slade fue como una cuchillada—. Eres voluble como todas las mujeres. ¿O es que mi hermano no es suficiente hombre para ti?

—¿De qué estás hablando? —preguntó furiosa—. ¡Tú me besaste!

—Pero tú respondiste a mi beso, mujer.

Así era. Dios, ¿qué le estaba ocurriendo? Eran dos hombres diferentes, no la misma persona. ¿Por qué no podía entenderlo? Cuando atacaban sus sentimientos, cuando la tenían en sus brazos, no podía controlarse. ¿Realmente los deseaba a ambos? ¡No! No podía ser así, ella no podía ser así, ella no podía comportarse así.

—¿Por qué me besaste si no querías que te devolviera el beso? —le preguntó.

—¿Dije eso?

—No me confundas más. Te enojaste. No puedes negarlo.

—Me conoces bien, ¿no es así?

Él la miró; Sharisse se estremeció. ¿Cómo se puede hablar con un hombre que en un instante puede esconder hasta la más profunda de las emociones? Puede sentir ira, pero nunca lo demostrará.

—¿Qué quieres de mí, Slade?

—Que no simules. Cuando te hago el amor, no quiero que después me lo eches en cara.

—¿No... querrás decir...?

Él soltó una carcajada amenazante.

—No vine sólo para hablar contigo.

—¡Pero yo no te quiero! —dijo, y recordó que él estaba convencido de que lo quería.

—Si... si te respondí, Slade, fue sólo porque Lucas me había ignorado últimamente.

La miró lentamente.

—Si lo que quieres decir es que ya se cansó de ti, lamento decirte que no te creo.

—Yo no dije eso. Tuvimos una discusión por ti —dijo y se arrepintió de haberlo hecho.

—Me pregunto por qué —dijo pensativo—, quizás él pensó que me deseabas.

—¡Qué absurdo! ¿Siempre sacas la conclusión equivocada? Fue porque a veces se comporta como tú; no me agrada, y se lo dije. Él también siempre llega a la conclusión equivocada. Supuso... bueno, no te explicaré eso.

—¿Por qué no? Me encantaría que lo hicieras.

Le causó gracia su actitud. Pero ella se sintió más frustrada.

—Creo que no me has entendido —le dijo con arrogancia—. No me agradas, eres frío, indiferente, y desprecio tu altanería. Me recuerdas a mi padre, aunque él no es tan despiadado y cruel como tú. Sería una locura quererte cuando tengo a Lucas.

—Aunque te ignore. ¿Aunque siga ignorándote?

—Aunque no vuelva a tocarme —insistió ella—. Porque es tierno y considerado, y no trataría de tomar lo que yo no estuviera dispuesta a darle.

—¿Pero te excita como yo, hermosa?

Se le acercó otra vez, y la abrazó. Estaba dispuesta a luchar contra él, a demostrarle que no lo quería, pero él hizo algo inesperado, y la confundió una vez más. En lugar de dominarla con pasión, la besó con exquisita ternura. Le recordó tanto a Lucas, que ella reaccionó como si en verdad fuera Lucas.

Terminó el beso, pero no se separó de ella. Su mirada era penetrante; Sharisse sintió que le fallarían las piernas.

—Puede ser que prefieras a Luke, hermosa, pero parece que a tu cuerpo le da lo mismo ir a la cama con uno u otro. Tú y yo lo sabemos. Creo que ya es hora de que lo sepa Luke también. Tu cama es un buen lugar para que nos encuentre cuando regrese.

—¡No! —gritó ella. Pero él la levantó en brazos y la llevó a la habitación—. Por favor, Slade, no entiendes. Ninguno de los dos lo comprende. ¿Puedes escucharme? —Lo golpeó en el pecho hasta que él se detuvo y se dispuso a escucharla. —Cuando tú me besas, cuando él me besa siento lo mismo. No hay diferencia entre vosotros. No entiendo por qué; tal vez sea porque sois mellizos. Ambos me subyugais de igual forma.

—¿Así que finalmente lo admites? —le dijo, pero no parecía orgulloso de eso.

—Lo que trato de decir es que si me dejais pensar tranquila, puedo asegurar con toda sinceridad que prefiero a Lucas. Tal vez tú puedas obtener lo que quieras de mí pero te odio por eso.

—¿Se supone que eso debe molestarme?

—¡Sí! ¡No soy voluble! —dijo tratando de convencerlo de que así era—. Lucas se ha adueñado de mí no legalmente, pero lo ha hecho. Un solo hombre es todo lo que quiero.

—Eso es lo que vine a averiguar.

—¿Tengo que rogarte para que me dejes en paz?

—¿Serías capaz de hacerlo? —le preguntó suavemente.

—Sí.

Ahora sí estaba orgulloso. Lo vio en sus ojos. Quería humillarla más todavía. Nunca había conocido un ser tan despreciable. Comenzó a llorar.

—¿Es necesario? —dijo Slade bruscamente, y se apartó de ella. ¿Había logrado mantenerlo a distancia?

—¡Basta, mujer! —gritó él.

—¿Me dejarás en paz?

—¡Sí!

—¿Lo juras? —insistió ella entre lágrimas— ¿Juras que no volverás a tocarme?

—¡Maldición, lo juro!

Entonces se tranquilizó. Eso quería oír, quería que él se lo dijera. Fue a la cocina a buscar algo con que secarse la cara. Se dio la vuelta para mirar a Slade, y éste la miró con actitud amenazante.

—¿Sabes?, hermosa, si pensara por un minuto que tú...

—Lo juraste, Slade —le recordó ella.

—Sí, es verdad.

Tomó su sombrero y caminó hacia la puerta de entrada, la abrió, y allí se quedó contemplando las montañas.

Impulsivamente, ella dijo:

—Es una pena que tú y Lucas no seais la misma persona, Slade. De lo contrario, yo... —se detuvo, sorprendida de lo que estaba pensando.

No se dio la vuelta para mirarla, pero soltó una carcajada.

—¿Qué? ¿Quieres decir que de lo contrario no tendrías que enfrentar la terrible situación de querernos a los dos?

Ella no respondió esa pregunta. Sin embargo tenía deseos de vengarse después de todo lo que había soportado por su culpa.

—¿Sabes una cosa? Me he dado cuenta de que Lucas tiene algo tuyo, pero tú no tienes nada de él. Vete, Slade. Déjanos en paz.

29

Sharisse estaba sentada a la mesa de la cocina cuando Lucas y Billy llegaron al atardecer. Delante de ella había una jarra de cerveza, aunque no tenía idea de lo que era. Había ido a la casa de Willow a pedirle algo que le calmara los nervios, y Willow la había complacido aunque con cierto recelo. A Sharisse no le importaba qué había bebido, porque después de tomar dos jarras, estaba calmada.

Cuando Lucas apareció en la puerta, lo primero que vio fue sus zapatos, y asustada, pensó que Slade había regresado. Pero, éste era Lucas. No haría más comparaciones.

—Regresas temprano —comentó.

—En realidad, llego tarde —respondió Lucas, y vio la jarra—. Hey, ¿te estas tomando el mezcal de Billy?

Sharisse sonrió.

—No sé qué es. No tiene sabor desagradable. Y no veo que hayas llegado tarde. Mack no ha regresado aún, y dijo que no tardaría mucho.

Lucas frunció el ceño.

—¿Te sientes bien, Sharisse? —preguntó Lucas extrañado.

—Sí, por supuesto. ¿Por qué lo preguntas? —Le agradó que se preocupara por ella.

—Willow dijo que Slade estaba aquí.

—Sí, tu querido hermano vino a hacernos una visita. Pero, ¿sabes Lucas?, creo que juzgué mal a Slade. No es tan mala persona, en realidad. Bueno, no se aprovechó de mí, ni me mató.

Lucas soltó una carcajada.

—¡Estás borracha!

—¡No!

La tomó de la cintura, y la obligó a ponerse de pie.

—No esperaba que me recibieras así, dulzura —le dijo con voz sensual—. Estuve pensando en ti todo el día, pero ¿cómo podría aprovecharme de ti? Mira el estado en que estás.

—¿Aprovecharte de mí? —preguntó extrañada, luego comprendió y le echó los brazos al cuello—. Bueno, señor, si no lo hace, no se lo perdonaré nunca.

—¿Si no hago qué?

—Aprovecharse de mí. Insisto en que lo haga.

—Bueno, si insistes.

Él la cargó al hombro, y Sharisse gritó. La llevó directo a su habitación, y la dejó caer sobre la cama. Ella no lo soltó, y él cayó junto a ella.

Qué maravilloso era tenerlo allí, a su lado, y no sentir culpa alguna por eso. Sharisse tenía fuego en la sangre.

—Ah, Lucas, te quiero tanto.

Lucas se puso tenso.

—Te molesta cada vez que viene, ¿no es cierto? —le preguntó con cautela.

—Por favor, no lo menciones —le rogó—. Es a ti a quien quiero.

La miró a los ojos un momento, y le respondió.

—Sí, supongo que sí, ¿no es cierto?

Entonces comenzó a besarla, y ella comprendió que todo estaba bien. Sólo podía pensar en él, en el ardor de su boca, en su cuerpo que tocaba el de ella.

Pero él oyó algo y se detuvo.

—Es Mack —dijo ella al oír el galope de su caballo.

—Creo que se acerca más de un caballo, Sharisse.

—¿Compañía? —dijo entristecida—. Pero si no salimos, se irán.

—Dejé la puerta abierta.

—¿Y cualquiera que pase entrará?

—Mucha gente lo hace.

La puerta de la habitación también estaba abierta. Lucas se levantó con cierta renuencia.

—Vamos, si me sigues mirando así, mataré al que esté allí afuera.

—Bueno, no quisiera que hicieras semejante cosa, Lucas —dijo ella, y rió un poco nerviosa.

Acomodó su ropa mientras Lucas estaba en la sala. Cuando regresó, Samuel Newcomb, Mack y otro hombre lo acompañaban.

Mack le entregó una carta.

—Espero que no se moleste, señorita. No pensé que tardaría tanto, pero me encontré con un viejo amigo y nos pusimos a recordar.

Sharisse apenas lo oyó. Estaba demasiado contenta. Por fin tenía en sus manos lo que había estado esperando con tantas ansias, la carta. Pero pensó en Lucas. Tenía la forma de escapar, pero estaba Lucas en el medio. Sintió pánico con sólo pensar que sus manos cálidas no volverían a tocar su cuerpo.

—¿Me disculpan un momento, señores? Hace mucho que esperaba esta carta.

—¡Sharisse!

Lucas se enfureció. Ella había ignorado a sus invitados, pero no podía esperar un minuto más.

—Sólo un momento, Lucas —le aseguró, y corrió a su habitación.

«Querida Rissy:

»No te imaginas qué difícil se me hace enviar esta carta. No me permiten recibir visitas, tampoco soy libre.

Pero la señorita Etherton se apiadó de mí, y permite que Trudi venga a visitarme. Así que Trudi se encargará de despachar esta carta. No me atreví a pedir a los sirvientes que me hicieran el favor, porque tal vez ellos se lo dirían a papá.

»Rissy, la vida aquí se ha tornado insoportable. Ahora que no estás, papá descarga su ira sobre mí sin piedad. Creo que nunca pensamos que podía enfurecerse tanto. Me aisló de todo. No puedo ir a ningún lado, no puedo ver a nadie. Ni siquiera los sirvientes pueden hablar conmigo. ¡Y no he visto a Joel ni una vez! Ni siquiera cuando papá los invitó, a él y al señor Parrington, para explicarles lo de tu «enfermedad». Eso es lo que le dice a todos nuestros amigos, que estás enferma, y habrá que posponer la boda por un tiempo. Pero eso fue cuando creyó que te encontraría pronto. Tanto tiempo ha pasado que tuvo que decirle la verdad al padre de Joel. Y eso lo enfureció más aún.

»Es insoportable, Rissy. Creo que Joel y yo ya no podemos albergar esperanzas. Si menciono su nombre, papá estalla. Pero eso no es lo peor. Papá dice que si no regresas esta semana, lo cual bien sabemos que es imposible, va a desheredarte.

»Qué deseos de llorar. Yo tuve la culpa de todo. No sé si podrás perdonarme algún día. Pero, por favor, no pierdas las esperanzas. Prometo que buscaré la solución. Sólo que necesitaré más tiempo. Al menos la descripción del señor Holt me tranquilizó. Parece ser un hombre razonable, así que no creo que te resulte difícil soportarlo un poco más. No desesperes, Rissy.»

Sharisse escondió la cara entre su manos. Su hermana le decía que no desesperara, y en el sobre no había pasajes de regreso ni dinero.

¡Su padre la desheredaría en una semana! Esa carta había llegado demasiado tarde. ¿Significaba entonces que no podía regresar a casa? ¿Que nunca podría regresar a su hogar? ¿Tendría que quedarse aquí para siempre?

Se quedó sentada un rato, sin moverse. Entonces, Lucas abrió la puerta.

—Creo que debes venir, Sharisse. Sam nos trajo una sorpresa.

Su voz demostraba nerviosismo, pero a Sharisse no le llamó la atención. Ya nada le llamaba la atención. Se puso de pie como un autómata, y siguió a Lucas.

30

Lucas divisó el rancho, y se acercó al galope lento. El paisaje era hermoso; en el horizonte se veían el amanecer y el cielo violáceo, púrpura y amatista... los colores de los ojos de Sharisse, pensó a su pesar.

De la casa de Billy salía una nube de humo. Pero la casa grande parecía deshabitada. Tal vez Sharisse aún dormía. Bueno, apenas amanecía, ¿qué otra cosa podía estar haciendo? Se había ido sin decirle nada.

Se preguntaba qué pensaría ella de su actitud, se había marchado seis días atrás sin avisarle siquiera de adónde iba. Ella pensaría que había desertado. No sabía cómo lo recibiría. Tal vez estaba furiosa; tal vez se sentía herida. Se había dejado llevar por sus sentimientos. Había sido muy egoísta.

Lucas taconeó al caballo. La alforja se movió, señal de que por lo menos, la gata estaba viva aún. No sabía por qué se había molestado en traer al animalito. Lo había hallado en una casa de las afueras de Tucson, donde se había detenido para buscar agua. Y se lo había comprado al granjero. Después de todo la traía para Charley, no para Sharisse.

Lucas dejó su caballo en el establo sin despertar a Mack. Luego soltó a la gata, y ésta corrió a buscar un escondite. Bueno, Charley no tardaría en hallarla. Ahora al menos tenía su propia dama.

Charley maulló cuando Lucas entró a la habitación de Sharisse. Pero pronto percibió el olor a gata que traía Lucas, y cambió de actitud. Sharisse no se despertó, ni siquiera cuando Lucas echó al gato y cerró la puerta.

Tuvo tiempo para contemplarla a su antojo, y maravillarse de su belleza. Ella dormía y no se daría cuenta. Lo cautivaba, pero él no intentó luchar contra esa sensación.

Cuando vio el anillo sobre la mesita de luz se puso frío y tenso.

Se sentó en la cama con toda intención de despertarla.

—¿Lucas?

¿Había placer en su voz? No. Ésa era la voz de una mujer enojada. Después de todo, ¿por qué habría de ser él el único que se enojara?

—¿Cómo has estado, dulzura? —le preguntó.

—¿Cómo he estado? —repitió Sharisse. Se incorporó, y tomó su salto de cama—. ¿Cómo te atreves a preguntarme eso después de lo que hiciste?

—Sólo salí por unos días.

—¡No me refería a eso! Puedes irte si quieres. Me engañaste, Lucas. ¡Hubiera pensado que esa ceremonia ridícula era sólo un sueño si Mack no me hubiera llamado señora Holt!

—Así que tanto miedo tenías cuando te presenté al ministro como la señora Holt. Pensé que sólo estabas sorprendida.

Sharisse se detuvo a pensar un instante. Hablaba con ironía. ¿Por qué tenían que discutir en este preciso momento, cuando ella ni siquiera estaba despierta? No quería demostrar sus verdaderos sentimientos, sólo deseaba confirmar lo que sospechaba: que él había estado más molesto que ella cuando Samuel Newcomb trajo al ministro.

—Fue sólo sorpresa, Lucas —dijo con tono lógico—. Pero no me agrada que se aprovechen de mí.

—Creo que la palabra que usaste fue «engañada».

—Bueno, ¿cómo querías que me sintiera? —se defendió—. Primero, ese día no estaba bien. Había tomado esa bebida que me había dado Willow. Además, unos indios me habían dado un terrible susto, y ni qué hablar de tu hermano. Y además... bueno, no importa. Por Dios, no quiero recordar algunas cosas que ocurrieron ese día.

—¿De qué serviría? No tenías muchas alternativas, el ministro estaba allí. Lo recuerdas, ¿no es cierto? ¿O el lugar y el momento eran más importantes que tu buena reputación? —Ella le dio la espalda, y él siguió hablando. —No, creí que no.

Lucas la miró furioso. Tal vez ella no había tenido posibilidad de elegir, pero él sí la había tenido. Podría haberle pedido al ministro y a Sam que se fueran, si así lo hubiese querido. Pero, no. Había pensado en Sharisse, y en su maldita sensibilidad. No podía negarse a casarse con ella delante de Sam. Sería vergonzoso. Qué caballero era.

Sin embargo, no estaba furioso e inquieto porque se casara con ella. De todos modos no era un matrimonio legal, a menos que él decidiera hacer honor a su palabra. Ella no sabía eso, por supuesto. Estaba furioso porque había perdido el control de la situación.

Maldijo a Newcomb. ¿Para qué se había entrometido? Ese cerdo seguramente pensaba que les estaba haciendo un favor al traer al ministro al rancho. Lo único que había hecho era complicar los planes de Lucas. Y después de meditar durante seis días, Lucas aún no sabía cómo manejar la situación.

Quizá sería mejor que Sharisse siguiera enojada con él. Así sufrirían menos cuando llegara el momento de la separación.

—Sabes, Sharisse, tu actitud me hizo pensar que no querías casarte.

Semejante especulación, que era cierta por otra parte, hizo que la sangre le hirviera.

—¿Cómo puedes decir algo así? —le respondió, y se le acercó, con los brazos abiertos—. ¿No vine a casarme? ¿No tengo derecho a enojarme cuando las cosas cambian de un momento para otro? Me dijiste que tendría tiempo, tiempo para llegar a conocerte y adaptarme a todo esto. Tú mismo lo dijiste. ¡Y hacía solamente cinco semanas que estaba aquí cuando nos casamos!

—Creo que llegaste a conocerme muy bien en ese tiempo —se burló.

—Ése no es el tema en discusión —dijo ruborizada—. Además, tu actitud deja bastante que desear. No puedes negar que ese día estabas enojado, Lucas. Estabas tan enojado que te fuiste no bien se fue el ministro, sin siquiera decir adiós. Y aún estás enojado. Me agradaría saber por qué.

Lucas la miró directo a los ojos. Podía hacer dos cosas. Podía calmar a Sharisse y hacer que la relación volviera a ser como al principio, o podía ser honesto, aunque sólo fuera por una vez, lo cual la pondría en su contra. Una posibilidad lo beneficiaría a él; la otra, a ella.

Para ella, había sólo una solución. Con simulada indiferencia, él dijo:

—Si estaba ofuscado, fue simplemente porque nunca tuve intenciones de casarme contigo, Sharisse.

Ella lo miró sin decir nada, no podía creerle.

—¿Qué?

—Es verdad.

Sharisse sintió que las piernas no la sostenían. Recordó todos los años que había sufrido por ser alta y tener el cabello rojizo.

—No entiendo, Lucas. Yo... yo sé que pensaste que Stephanie sería tu novia, pero después dijiste que no tenía importancia. Ahora dices que sí importa. ¿Por qué no me enviaste de regreso si no te agrado?

Esa mirada triste lo destrozaba. Suponía que ella se enojaría, no que se sentiría lastimada.

—Maldición, no me entendiste. No tienes culpa de nada, Sharisse. Nunca conocí una mujer tan deseable como tú. Pero ocurre que no quería una esposa. No es nada personal.

—Pero en el anuncio pedías una esposa.

—Así es.

—¿Sin intenciones de casarte?

—Exactamente.

—¿Por qué? —gritó ella.

—Eso, querida, no es asunto tuyo.

—No es asunto... ¡ah! —Le dio la espalda, y volvió a enfrentarlo. —¡Me sedujiste sin intenciones honorables!

—No te quejaste.

Ella le dio una bofetada, y le habría dado otra si él no hubiera detenido su mano.

—¡Te desprecio, Lucas!

—Quizá —dijo y suspiró—, pero ahora hablemos de ti, de quién eres verdaderamente.

—¿Qué... a qué te refieres? —le preguntó desconcertada.

—Piénsalo. Una mujer que dice haber quedado viuda no puede ser virgen. ¿Cómo puedes explicarme que aún eras virgen?

—¿Lo sabías? ¿Por qué no dijiste nada?

Lucas se encogió de hombros.

—No quería que te sintieras incómoda.

—Ah, ¿puedes hacerlo ahora porque soy tu esposa?

Lo que acababa de admitir era bochornoso. Estaba desilusionada, y se sentía culpable.

—Suéltame, Lucas —le ordenó.

—¿Vas a golpearme?

—Merecías esa bofetada.

—Lo que merezco y lo que puedo soportar son dos cosas diferentes, Sharisse. Además, estábamos hablando de ti.

La soltó, ella se frotó las muñecas. Trataba de hallar la forma de satisfacer su curiosidad sin confesar la verdad.

—Lucas —dijo con dignidad—, si un hombre no es honesto llega a desconfiar de los demás.

—Si hay una buena razón de por medio, sí. No sé si realmente estuviste casada.

—¿No se te ocurrió pensar que mi esposo pudo haber tenido algún problema? ¿Que tal vez el matrimonio no pudo consumarse? Fue desafortunado. No todos los hombres son saludables y viriles como tú. Pero por eso no me sentí menos esposa.

Lucas hizo una mueca. Por Dios, seguía siendo una pobre víctima inocente. Tendría que cambiar el concepto que tenía sobre ella. Y sabía que luego se sentiría culpable por tener una actitud tan noble para con ella.

—Si quieres anularlo todo —le propuso Lucas—, es posible dadas las circunstancias.

—Claro que sí —respondió Sharisse fríamente—. No pensarás que voy a quedarme aquí con un hombre que no me ama.

—Así se hará —dijo él mirando al suelo—. Pero mientras tanto te quedarás aquí. Y si prefieres la anulación al divorcio, entonces aléjate de mí porque nunca te quise.

Se quedaron en silencio.

—¿Por qué no puedo irme ahora?

—Porque no tengo dinero, Sharisse. No puedo enviarte de regreso, y menos a Nueva York. Es allí donde quieres ir, ¿no es cierto?

—Sí. ¿Cuánto tendré que esperar, Lucas?

—¿Por qué estás tan apurada? Viniste dispuesta a casarte, ¿ya lo olvidaste? Por ahora considérate una mujer casada.

—Esta situación es intolerable.

—¿Crees que a mí me gusta todo esto? Te haría callar con besos, pero no seguiré ofendiéndote. —Se acercó a la puerta —Pero aún existe una razón por la que quería tenerte aquí y ahora que estamos casados, la gente hará demasiadas preguntas si te vas. Tendrás que quedarte a esperar aquí conmigo, Sharisse.

—¿No me dirás cuál es esa razón?

—No.

—Entonces, vete, Lucas. Y por favor, ten la delicadeza de no volver a pisar este cuarto.

Se fue, arrepentido de haberla herido, desesperado por hacerle el amor, sobrecogido por la pena.

31

Tener deseos de irse de allí y tener el valor de empacar eran dos cosas muy diferentes. En la mañana, Sharisse se vistió con ropa de montar, llenó la maleta de cosas y la ató a la montura. Mientras esperaba, rezó para que Lucas abandonara el rancho. De esta manera lograría irse sin verlo. También se puso a pensar en lo que estaba haciendo.

No se le había ocurrido pensar que Lucas trataría de detenerla; que, además, tenía derecho a hacerlo. Aun cuando llegara el pueblo y Samuel Newcomb le diera alojamiento, Lucas podía obligarla a regresar al rancho. Nadie podía hacer nada al respecto, mucho menos ella, porque él era su legítimo esposo.

¿Cuál era su situación? No podía quedarse allí, no ahora que Lucas se había mostrado como realmente era. Si sólo le hubiera dicho lo mucho que quería que se quedara no se sentiría tan desesperada. Pero según él, esa situación podía llegar a durar años. Lucas la perturbaba. Sabía que después de un tiempo lo perdonaría. Si se convertían en amantes otra vez no podría anular el matrimonio. Tendría que seguir a su lado.

Finalmente Lucas montó una de las yeguas que había traído y se fue. Sharisse corrió al establo para pedirle a Mack que le ensillara un caballo. Dejó la maleta y la canasta vacía de Charley afuera del establo. No debía confiar en Mack. Luego fue a buscar a Charley. Lo encontró en la parte trasera del establo, con la mirada fija en un rincón oscuro. Lo llamó, pero no le prestó atención, ni siquiera se dio la vuelta para mirarla. Entonces se dio cuenta de que esos ojos que brillaban como oro no eran los ojos de Charley.

Sharisse se quedó boquiabierta. Lucas había traído una gata al rancho. Qué amable de su parte. Pero no podía dejar que eso la enterneciera, no podía cambiar de opinión. Tenía que recordar también todas las ofensas y los malos momentos.

Charley, por supuesto, no quería dejar a su nueva amiga, pero Sharisse no podía irse sin él. Lo encerró en la canasta y huyó. Por suerte Mack no la acompañó, y no vio lo que se llevaba. Sólo le quedaba una cosa por hacer: despedirse de Willow y del bebé.

La despedida fue triste, ambas derramaron lágrimas. Willow no trató de detenerla, no le hizo preguntas, comprendió los sentimientos de Sharisse.

Sharisse llegó al pueblo sin problemas. Dejó el caballo en la cuadra de Pete, donde Lucas lo iría a buscar seguramente; luego se dirigió al hotel. Wilber, que estaba sentado en la puerta del correo, la avisó que había una carta para ella.

Eso fue una sorpresa. Lo que había dentro del sobre la puso muy feliz. ¡Dinero! ¡Más que suficiente para regresar a su hogar! No podía creer que fuera tan afortunada, justo cuando más lo necesitaba. No tendría que pedirle nada a nadie, ni siquiera arriesgarse a pedirle ayuda a Sam Newcomb. Huiría de Newcomb antes de lo que había imaginado.

Sharisse fue hasta el lugar desde donde partían las diligencias. Ni siquiera se detuvo a leer la carta de Stephanie. Sólo le interesaba saber si había alguna diligencia a punto de partir. Había una; otra vez tenía suerte, porque había retrasado su partida.

La espera le destrozó los nervios. Tuvo que esperar una hora mientras cambiaban los caballos, y el cochero comía algo.

Esperó en la diligencia. Hacía mucho calor allí. Las cortinitas de cuero no dejaban pasar el aire, pero al menos evitaban que alguien la viera.

Ya estaba más tranquila cuando de repente se abrió la puerta y Slade subió y se sentó a su lado. Sharisse se quedó boquiabierta.

—¿Cómo...?

—¿Cómo supe que venías al pueblo? —le preguntó—. Porque te estuve observando.

—Pero, ¿qué estás haciendo en Newcomb?

—Voy adonde me place —dijo, y la miró con intensidad—. ¿Adónde te diriges, hermosa?

No estaba dispuesta a decirle nada.

—¿No vas a responderme?

—No es asunto tuyo —le dijo fríamente.

—No lo sé. —Se acomodó en el asiento y siguió hablando con completa naturalidad. Vi a Luke en Tucson hace algunos días. No le creí cuando me dijo que estaba atado a ti. Así que vine para enterarme de la verdad. Me han contado que un ministro os casó. Ahora, ya eres una mujer respetable, aunque debo confesar que nunca me agradaron las mujeres respetables.

—¿No será al revés? ¿No será que tú no agradas a las mujeres respetables? —le preguntó terminante.

—¿De veras lo crees así? —dijo él sonriendo—, pero, señora Holt, estamos hablando de tu nuevo estado civil, y cualquier cosa que hagas me incumbe. Al menos así me parece. Estás casada con mi hermano.

—Tonterías —lo interrumpió Sharisse—, jamás te preocupaste por los sentimientos de tu hermano. ¿A qué se debe que de repente quieras proteger sus intereses?

—¿Quién dijo algo sobre sus intereses? El apellido que llevas ahora, hermosa, también es mío. ¿Quieres que digan por ahí que un Holt no pudo retener a su mujer?

No permitió que le respondiera y siguió diciendo:

—Estás sola. Eso indica que Luke no sabe que te escapas. Y yo había pensado que lo amabas. Eso fue lo que me dijiste, ¿no es cierto? —le preguntó con tono burlón.

—Déjame en paz, Slade.

Ella giró la cara, pero él la tomó del mentón y la obligó a que lo mirara.

—Respóndeme.

—¡Sí! Sí, lo amaba. Pero eso ya no importa porque él me confesó que no quiere una esposa. Ahora que lo sé, no puedo quedarme aquí.

—Quizá no sabe lo que quiere —respondió Slade—, ¿te enamoraste de él?

—Claro que no —respondió apresurada—, y no debes preocuparte, Slade. Lucas está dispuesto a dejarme ir. Espera que yo pida la anulación del matrimonio. No lo defraudaré. Lo haré lo antes posible.

Slade la miró pensativo.

—Bueno, antes de que dejes de ser la novia, déjame cumplir con la vieja costumbre.

—¡Slade, no!

Pero ya era tarde. La había besado. La excitación dominó su cuerpo. No, no, no otra vez, pensó desesperada. Lo abrazó más y al mismo tiempo quiso alejarse de él. Cuando la dejó, no tenía aire y estaba mareada.

Luego, él se marchó, tan sorpresivamente como había llegado.

32

Billy entró al establo y se detuvo al ver que Lucas estaba ensillando su caballo, y que además llevaba demasiadas cosas para un viaje largo.

—Willow me dijo que se ha ido tu esposa. ¿Irás a buscarla?

—No —respondió Lucas sin levantar la mirada.

—Entonces, ¿para qué tantos preparativos? Estuviste ausente una semana. ¿Adónde vas ahora?

—A cualquier parte.

—Ah, entiendo —dijo Billy con ironía.

—¿Desde cuándo te interesa adónde voy o dejo de ir? —preguntó Lucas riendo.

—Desde que te fuiste el día de tu casamiento. Llegué a pensar que no te agradaba tu condición de casado.

—No me agrada.

—Pero Luke, creí que esa mujer te gustaba.

Lucas se encogió de hombros.

—Eso no tiene nada que ver, Billy. Yo no soy como tú. No quería una esposa, eso es todo.

—Entonces, ¿por qué dejaste que te convenciera y publicaste ese anuncio? —preguntó Billy furioso—. Me haces sentir culpable, Luke. Willow dijo que me arrepentiría de entrometerme en tu vida.

—Olvídalo. Lo hice porque me pareció una buena idea. No fue culpa tuya. Nunca pensé en casarme con ella.

—¿Y ella lo sabía?

—Ahora lo sabe.

—Así que por eso se marchó —dijo Billy. Lucas asintió. —Estás casado, pero no tienes esposa. ¿Vas a seguir así?

Lucas iba a explicarle que su matrimonio no era legal, pero se contuvo.

—No será necesario, Billy. Sharisse pondrá fin a nuestro matrimonio cuando llegue a Nueva York.

—¿Estás seguro?

—Estoy seguro.

—¿Por qué llevas tantas cosas? ¿Irás a Tucson a visitar la tumba?

—Eso ya lo hice hace algunos días. —Hizo una pausa. —Me voy de aquí.

—¡No lo harás!

Lucas no pudo evitar una carcajada. Billy no podía creer lo que había escuchado.

—¿Por qué estás tan sorprendido? Sabías que me iría pronto.

—Sí, pero no tan pronto. No ha terminado aún. ¿Cómo puedes irte si aún no ha terminado?

Lucas se encogió de hombros.

—La última fase tiene que ver con la obra. Mi presencia no es necesaria aquí.

—No puedo creerlo. ¿Después de todo el tiempo que dedicaste a hacer que el plan funcionara?

—De eso se trata, Billy. Fue demasiado tiempo.

—Es porque se ha ido ella, ¿no es verdad?

—Puede ser —Lucas no le dio una respuesta muy clara. —¿Qué diferencia hay? Puedes encargarte tú ahora. En mi habitación están todas esas cartas de agradecimiento que llegaron de las entidades de caridad en las que pusimos todo el dinero de Sam. Sólo tienes que ocuparte de que las reciba no bien Buskett informe de que el rancho de Sam fue vendido, y de que el resto de su dinero fue destinado a una causa noble. No es ningún tonto. Se dará cuenta de que lo atraparon por todo lo que posee. Y yo mismo compré el banco para poder cancelar todas esas hipotecas. Enviaré a un agente para que se ocupe de eso.

—¿Algo más?

—Quiero que la gente que trabaja aquí sepa que tiene la libertad de irse a pueblos más prósperos si así lo desea.

—Sabes que se irán. Este pueblo morirá en menos de un año. Pero Luke, creí que tú mismo querías darle el golpe final a Newcomb. ¿Qué clase de venganza es ésta? Te irás sin siquiera ver la expresión de su rostro cuando lea esas cartas. Sinceramente, no te entiendo.

—No es un caso de venganza, Billy, sino de hacer justicia. Y eso es lo que se hizo. Ya me imagino su rostro, no es necesario que esté allí para verlo. Logré que desapareciera de la escena. La próxima será su esposa, y ese pequeño ejército que lo hace sentir rey. Lo único que le quedará será la *suite* en ese hotel que jamás le dio ganancias, y pronto estará rodeado de un pueblo fantasma.

—¿Y qué será de esta casa?

—Véndela si encuentras algún tonto dispuesto a comprarla. O quédate con ella, si te agrada. Puedes hacer lo que quieras.

—Probablemente regrese a la reserva. A Willow le agradaría volver allí.

—Me lo imaginaba.

—¿Y tú?

—Henri Andrevie me escribió diciendo que se quedará un tiempo en Nueva Orleans antes de partir hacia Francia a visitar las salas de juego. Creo que iré con él.

—¿Es ése el bribón que te enseñó tantas cosas?

—Así es. Nunca pudo entender por qué quise abandonar mi cómoda vida para convertirme en un ranchero. Tal vez ahora pueda darle una buena explicación. Apuesto a que le causará mucha gracia.

—Creo que no deberías decírselo. Podría pensar que te burlaste de él.

—Creo que tienes razón —admitió Lucas.

Ya estaba listo para irse. Miró a Billy por última vez. Qué bien se entendían. Iba a echar de menos a este amigo.

—¿Crees que regresarás algún día? —preguntó Billy entristecido.

—No lo sé. Hay algo más que puedes hacer por mí, Billy. Esas cartas que vas a enviarle a Sam, guárdalas en un sobre grande y escribe: «Atención de Jake Holt, Boothill, Tucson». Si ese cerdo tiene memoria, entenderá de qué se trata.

—Así lo haré —prometió Billy con tono solemne.

Lucas se alejó del rancho y de Newcomb. Iba pensando en lo que le había pedido a Billy. El problema era que quizá Samuel Newcomb no recordaba a Jake Holt. Después de todo, Jake había sido una víctima más de Sam. Pero se pondría a pensar y trataría de relacionarlo con Slade y Lucas. Atando cabos, recordaría quién había sido Jake Holt.

33

—¿Es tu primer viaje a una ciudad grande, jovencita? —le preguntó una señora elegante que estaba sentada a su lado.

—Soy de Nueva York —respondió Sharisse mecánicamente.

—Ah.

La señora se sintió desilusionada porque no tendría la oportunidad de maravillar a la supuesta campesina con relatos de la vida de ciudad. Sharisse la miró con indiferencia y contempló el paisaje.

En realidad, tenía aspecto de campesina. Llevaba una maleta, la canasta de Charley sobre la falda, y un maletín viejo que no estaba presentable. Pero no le interesaba su apariencia.

En menos de una hora estaría de regreso en su hogar. ¿Qué le aguardaba allí? Había leído la carta de Stephanie tantas veces que ya la sabía de memoria, pero aún no la comprendía bien. Decidió leerla por última vez, tal vez lograra entenderla. La carta decía:

> «Querida, querida Rissy:
>
> »Mis sueños se han hecho realidad por fin. Joel y yo nos casamos anoche, en secreto. Pensarás que esto fue muy repentino después de lo que te conté en mi primera carta. Y así fue.

»Hubiera querido esperar para escribirte. No pensé que Joel solucionaría las cosas tan rápido. Pero lo hizo. Y debo admitir que te mentí.

»Ay, Rissy, quisiera que me comprendieras. Cuando me escribiste diciendo que querías regresar a casa, no se me ocurrió otra cosa que decirte que no debías hacerlo. Era demasiado precipitado. Papá estaba muy preocupado por ti, pero nunca habló de cancelar la boda. Nunca me dijo nada al respecto y yo creí que te obligaría a casarte con Joel cuando regresaras.

»No le confesó a Edward Parrington que te habías escapado. Te mentí, Rissy. Papá no ha hablado con nadie. Porque más que enojado está preocupado por ti. Eso ocurrió dos días después de que te fuiste. Yo fui la que se disculpó con todo el mundo por tu ausencia. Naturalmente Sheila o alguna de tus amigas habrían venido a verte si hubieran sabido que estabas enferma. Así que les dije que la tía Sophie estaba enferma y tú habías ido a cuidarla.

»Todos aún creen que te casarás con Joel, pero podemos decir que cambiaste de opinión durante tu ausencia. Después de un tiempo razonable, podríamos anunciar que Joel y yo nos casamos. Así nadie sabrá que te escapaste.

»Puede que todo esto te parezca complicado, pero no lo es en realidad. Nunca te habría mentido si no hubiera estado tan desesperada Rissy. No creo haber sido cruel con papá. Nunca le dije dónde estabas, pero sí le conté que habías escrito y que estabas bien. Le dije que volverías pronto. Vuelve pronto, Rissy, antes de que papá se enferme con tantas preocupaciones.

»No te enojes conmigo, Rissy. Te aseguré que todo saldría bien cuando te dije que no desesperaras, ¿recuerdas? Estoy segura de que me comprendiste.»

Sharisse guardó la carta. Era inútil leerla. No sabía si Stephanie le decía la verdad esta vez, o si su padre se había enterado de que Stephanie sabía donde estaba Sharisse, y la había obligado a escribir esta carta para que Sharisse regresara. ¿Tendría que enfrentar a Marcus Hammond y su mal humor?, o ¿era verdad que estaba preocupado por ella, y la recibiría con dulzura?

No quería pensar que Stephanie la estaba traicionando. Pero peor era aceptar que le había mentido en la primera carta. Una cosa era engañar a un desconocido, como ella lo había hecho, pero, ¡engañar a la propia hermana! Esa primera carta era responsable de su casamiento de alguna manera. Si no la hubiera recibido en ese momento, habría actuado de otra forma. Era inconcebible que la dulce y pequeña Stephanie pudiera ser tan inescrupulosa, aunque fuera por amor.

Pero ésta no era la única preocupación de Sharisse. El viaje de regreso se parecía al viaje al Oeste: todo el tiempo había pensado en las tres mismas personas. Pero esta vez la tercera persona ya no era un desconocido.

Sharisse extrañaba a Lucas. No creyó que llegaría a echarlo de menos. Hacía menos de un día que había salido de Newcomb y ya se sentía melancólica.

Él la había conmovido y perturbado en todo momento, aun cuando ella no lo quisiera. La divertía, la enfurecía, la asustaba y, por supuesto, la excitaba de placer. Siempre que estaba con él sentía algo.

Así que ahora lo extrañaba, y no podía dominar su emoción. Estaba furiosa con su hermana, preocupada por su padre, y recordaba las sensaciones que Lucas había despertado. En su interior había una batalla de emociones, y sus nervios estaban a punto de estallar.

34

El sol intenso del otoño calentaba la avenida, pero Sharisse no lo sentía, estaba acostumbrada a un sol más ardiente. Se detuvo y se quedó mirando la casa Hammond. El cochero ya se había ido. Todo le era extraño. No hacía tres meses que se había ido, pero le parecía que habían pasado años. Era insoportable pensar que ya no pertenecía a ese lugar.

Subió la escalera lentamente, respiró profundamente, y estuvo a punto de llamar a la puerta. Sería una actitud cobarde, y ésa no era la impresión que quería dar. Entró con decisión, pero se detuvo en la sala, boquiabierta. Allí estaban como siempre los pisos de mármol, las paredes decoradas, las lámparas de cristal, la elegancia y el lujo de siempre.

Pensó que nada le costaría abandonar todo eso y volver a Lucas. Pero igualmente recordó que Lucas no la quería: no debía olvidarlo, no debía pensar tanto en él.

—¡Señorita Hammond!

Sharisse se sobresaltó. Su nombre retumbó en toda la sala. La señorita Etherton estaba en la escalera, tan solemne como siempre, aunque algo sorprendida dada la situación.

—¿Qué ocurre, señorita Etherton? —preguntó Marcus Hammond desde su escritorio.

No hubo respuesta, sólo silencio. Sharisse permaneció inmóvil, ni siquiera respiró. Entonces Marcus Hammond apareció en escena. La miró a los ojos; su mirada azul la recorrió de pies a cabeza, y se detuvo en su rostro. Su padre no daba la impresión de estar preocupado. Estaba cansado pero eso era todo.

Sharisse decidió que actuaría con cautela. Le pareció que su padre estaba más tranquilo aunque no estaba segura. Se oyeron pasos presurosos.

Stephanie había oído la exclamación de la señorita Etherton y había venido corriendo. Casi se llevó por delante al ama de llaves. Pero Sharisse ni miró a su hermana, porque no podía dejar de mirar a su padre. Él observó a las dos, y dijo a Sharisse:

—Deja tus cosas y ven aquí.

Le obedeció sin vacilar. Dejó la maleta y la canasta de Charley en el suelo y atravesó la sala para dirigirse al escritorio de su padre. Stephanie estaba alarmada, eso atemorizó más aún a Sharisse.

Se cerró la puerta, y Sharisse se armó de valor. No podía soportar el silencio.

—¿Aún estás enojado conmigo?

—Por supuesto que aún estoy enojado —le respondió con voz áspera. Pero se le acercó y la estrechó entre sus brazos. La abrazó con tanta fuerza que la dejó sin aire. Luego la soltó de repente. Lo miró desconcertada, pero no temía a su padre.

Así que era verdad. Se había preocupado por ella. Qué alivio, pensó, y sonrió encantada.

—Creo que me echaste de menos, papá.

—No seas atrevida, niña —le dijo serio—. Tendría que darte con el cinto, por Dios. Lo que hiciste fue lo más irresponsable...

—Lo sé —lo interrumpió antes de que montara en cólera—. Y realmente lo lamento, papá. Estoy arrepentida por lo que hice.

Entonces sacó a relucir su preocupación.

—Estás bien, ¿no es cierto, Rissy? Quiero decir... ¿no te ocurrió nada?

Ella vaciló.

—Bueno... —no quería hablarle de Lucas si no era necesario—. No, no me pasó nada. ¿No me veo bien?

—¿Cuánto hace que no te miras a un espejo? —le preguntó de repente.

Sharisse se sonrojó.

—Viajé más de dos semanas, papá. Espera a que me lave y me cambie de ropa.

—¿Dos semanas? ¿Dónde estuviste? Los hombres que contraté no pudieron hallarte. ¡Dos semanas!

—Estuve... en territorio de Arizona.

—Eso queda en el otro extremo del país. ¿Te volviste loca? En los territorios que están más allá de estos estados no existe la civilización. ¿Qué te llevó a...?

—¿Importa realmente? —lo interrumpió—. He regresado a casa.

Marcus no dijo nada más. No sabía cómo actuar frente a su hija. No sabía que era así, como su madre. Además no quería que siguiera demostrándole que era independiente. ¿Cómo se le puede explicar a un hijo cuánto se sufre cuando no se sabe dónde está, o si está vivo? Ella no lo entendería, no hasta que tuviera hijos propios. Marcus sabía que no podría soportar otra cruz como ésta, estaba completamente seguro de que no lo resistiría.

—Siéntate, Sharisse. —Él se sentó al escritorio; desde allí dominaba la situación. —Quiero que me prometas que no volverás a abandonar esta casa sin mi bendición. Tienes edad como para gozar de cierta libertad, pero eso no te hace menos vulnerable. Y por la educación que has recibido sabes cómo comportarte, Sharisse. No quiero que nuestro apellido se manche. ¿Puedes prometerme eso?

—Sí.

Marcus se quedó pensativo después de esa respuesta tan concisa. ¿Estaba realmente arrepentida? Si así era, éste era el momento de comprobarlo.

—Me alegra ver que eres inteligente, mi querida. Te agradará saber que tu aventura no ha cambiado las cosas. Tu boda se llevará a cabo según lo planeado, aunque se haya pospuesto la fecha, claro está.

—Papá...

—No quiero oír una sola objeción —le dijo autoritario.

—Oirás más de una —le dijo en el mismo tono—. No puedo casarme con Joel porque Stephanie se casó con él.

La miró boquiabierto.

—Pregúntaselo, papá.

Si había algo que Marcus no soportaba era esa clase de desafío. Frunció el ceño, y marchó hacia la habitación de su hija menor. Cuando abrió la puerta, Stephanie casi cayó al suelo. Estaba escuchando detrás de la puerta, pero no había oído los pasos de su padre.

—¿Es verdad? —le preguntó Marcus furioso—. ¿Estás casada con Joel?

Stephanie tembló. Nunca había podido enfrentar a su padre cuando estaba enojado. No podía mirarlo a los ojos, pero logró balbucear.

—Sí.

—¿Qué dijiste?

Stephanie se armó de valor.

—Joel lo hizo todo. Fuimos... al Norte. Nos casamos en una iglesia pequeña, y... me trajo de regreso a casa antes de que volvieras de la oficina.

—¿A eso le llamas casamiento? —gritó Marcus—. Eso es ridículo. Haré que lo anulen.

—¡No! —gritó Stephanie.

—¡No toleraré más faltas de respeto en esta casa! ¡Vete a tu cuarto!

Stephanie miró a su hermana suplicándole que la ayudara.

—Rissy, haz algo.

Sharisse estaba cansada de todo esto. Con voz monótona le respondió.

—Creo que ya hice bastante, ¿no te parece?

Stephanie corrió hacia la escalera hecha un mar de lágrimas. Marcus cerró la puerta, y regresó a su escritorio. Nada impediría que se llevaran a cabo sus planes según lo previsto.

—Ves qué sencillo —dijo orgulloso.

Sharisse suspiró. Su padre seguía siendo el soberano y déspota de siempre. Para él no tenían importancia los sentimientos de los demás.

Sharisse lo miró de frente.

—¿Por qué es tan importante que me case con Joel? ¿No será para que se unan las dos familias? Stephanie ya lo ha logrado. Y es obvio que Joel la prefiere. ¿Por qué no estás satisfecho?

—Tú heredarás todo mi patrimonio, Sharisse. Y ya que tu esposo tendrá que encargarse de todos los negocios, deberá ser un hombre capaz. Creí que eras inteligente como para darte cuenta de eso.

—Entonces, déjale todo a Stephanie —le dijo.

—No.

—¿Por qué no? ¿Por qué habría de quedarme con todo? ¿Sólo porque soy la mayor? Creo que eso no es justo.

—No me malentiendas, Rissy. También le dejaré algo a tu hermana. Simplemente heredará las propiedades que no requieran una dedicación completa, eso es todo.

—¿Así que tienes planes para Stephanie? Supongo que ya le has elegido un marido también.

—Para eso no hay apuro. Aún es joven.

—Y está enamorada, y casada. No entiendo por qué no puedes comprender. Los planes pueden cambiar. Déjale los negocios que más te preocupan y dame lo que le entregarías a ella. Así Joel se encargará de eso, y todos seremos felices, no habrá más problemas. ¿Por qué no admites que es una buena solución?

—Edward quiere que tú seas su nuera, no tu hermana.

Sharisse comprendió de qué se trataba. Recordó algunas conversaciones que había escuchado cuando niña.

—Es porque Edward amaba a mi madre, y yo se la recuerdo a ella, ¿no es cierto? —Ahora sabía cuál era el motivo de su obstinación. —Sí, lo sabía.

—¿Cómo?

—Mamá y tú solíais discutir, y recuerdo que el nombre de Edward Parrington se mencionaba a menudo, Creí que estabas celoso porque él conoció a mamá antes que tú. Ahora comprendo por qué sacabas a relucir el tema, papá.

—¡Basta, Sharisse!

—No, no me quedaré callada. ¿No dije la verdad? Aún te sientes culpable por habérsela quitado a tu mejor amigo. Y estabas dispuesto a sacrificar a tus dos hijas para librarte de esa culpa.

—¡No sabes lo que dices!

—Entonces, ¿por qué te empeñas en llevar a cabo un plan en el que ni Stephanie ni yo queremos participar?

—Porque estabas dispuesta a casarte con Joel hasta el momento en que te enteraste de que tu hermana le amaba. Qué tontería. ¿Nunca se te ocurrió pensar que estaba celosa y quería quitarte lo que era tuyo?

—¿Quieres decir que tal vez no lo ama? —pregunté Sharisse extrañada. Su padre no sabía todo lo que había hecho Stephanie por conseguir a Joel—. No, no puede creerlo. Sé que lo ama.

—Es una niña, Sharisse. Tal vez crea que está enamorada, pero sentirá lo mismo por otros hombres hasta que esté madura como para casarse. Y para eso falta mucho. No, ese matrimonio precipitado será disuelto. Mis planes no quedarán en la nada por culpa de una niña caprichosa.

—¿No volverás a pensarlo?

—No.

Sharisse se acomodó en su silla. Había tratado de no hablar de Lucas, pero ya no podría mantener el secreto.

—Creo que ésa no es la solución.

—¿Qué quieres decir?

—Aun cuando anularas el matrimonio de Stephanie, yo no podría casarme con Joel. No quería decírtelo, al menos no por ahora, pero no me das alternativa. Yo ya tengo marido.

—Estás mintiendo —le dijo convencido de que así era.

Sharisse sacó su certificado de matrimonio, y lo dejó sobre el escritorio.

Su padre lo leyó cautelosamente y lo arrojó sobre el escritorio.

—Anularé este matrimonio también.

Sharisse meneó la cabeza.

—No puedes hacerlo, papá. No sé qué ocurrió entre Joel y Steph, pero Lucas y yo tuvimos nuestra noche de bodas, y sabes bien a qué me refiero. —No tenía que decirle que eso había ocurrido antes del casamiento. —No creo que se pueda anular, a menos que yo diga que el matrimonio no fue consumado.

—¡Entonces, habrá divorcio! —gritó su padre furioso.

—Será un escándalo —contestó ella con el mismo tono. Miró a su padre con actitud desafiante. Marcus sabía que lo había derrotado. Nada podía hacer si el matrimonio había sido consumado. No le había preguntado a Stephanie si ella y Joel... Dios santo, ¿por qué habían cambiado tanto las cosas?

Sharisse se dio cuenta de que su padre se había dado por vencido.

—Si eres razonable, y permites que Stephanie y Joel sigan casados, entonces permitiré que anules mi matrimonio. Podré encontrar otro hombre que sea de tu agrado. Puedes hacer lo que te sugerí con respecto a la herencia. Para serte honesta, no tengo ningún apuro por casarme. Deja que Joel y Steph hereden lo que iba a ser mío, papá.

—Me dijiste que tú y tu marido tuvieron una noche de bodas. ¿Cómo se puede anular ese matrimonio?

Era una situación delicada.

—Él no se opondrá. No tengo que decir la verdad sobre lo que ocurrió entre nosotros. ¿Puedes arreglarlo con un abogado?

—Todo puede arreglarse. Pero, hay algo que no entiendo. ¿Dices que a ese Lucas Holt no le importa lo que hagas?

—Bueno, quizá no escogí las palabras adecuadas, pero ésa es la verdad. Ocurre que ninguno de los dos quería casarse. Pero fue culpa de las circunstancias. Yo estaba bajo su protección, todos suponían que nos casaríamos, vino el ministro y... papá, es una larga historia. Preferiría no hablar de eso ahora —dijo y suspiró.

Marcus no aceptó esa excusa.

—No creas que esto va a quedar así. Quiero que me hables de ese hombre.

—No hay nada que decir sobre él. Es ranchero.

—¿En Arizona?

—Sí.

—¿Cómo es su posición?

Sharisse sabía a qué se debía esa pregunta.

—No es rico. Posee un rancho donde cría caballos, en las afueras de Newcomb. Le alcanza para pagar a los hombres que trabajan con él y para mantenerse. Atrapa caballos salvajes, los doma, y luego los vende al ejército o a otros rancheros. También cría algunos caballos, pero aún no están listos para ser vendidos.

—¿Cómo es?

Sharisse no quería pensar en Lucas Holt, y respondió con cierta indiferencia.

—Podría decirse que es atractivo. Es de piel morena, sumamente masculino. Es alto, fuerte, robusto, y su cuerpo... —Sharisse se sonrojó. ¿Qué estaba diciendo? —Bueno digamos que muchos hombres lo envidiarían. Con respecto a su personalidad, bueno, es como tú. Terco y arrogante. —Su padre no dijo nada. —También suele ser encantador. No se parece a ninguno de los hombres que conozco.

—¿Cómo fue que lo conociste?

—Es bastante complicado de explicar —dijo con tono aburrido.

A Marcus no le agradaba la forma en que evitaba darle una respuesta clara. Pero, por ahora, ya sabía bastante sobre ese hombre.

—¿Estás segura de que no es para ti?

Ella bajó la mirada, apesadumbrada.

—Eso no tiene importancia.

—¿Por qué?

—Por si te interesa saberlo, no me quería. Se puso furioso cuando tuvimos que casarnos.

Marcus empalideció.

—¿Ese hombre se atrevió a rechazar a mi hija?

—Por Dios, papá, que sea tu hija no tiene nada que ver con esto. Nunca le hablé a Lucas de mi entorno social. En realidad, creyó que yo era una joven pobre.

—Así que no eras para él —concluyó Marcus—. Claro, una joven sin dinero.

—No. No creo que mi dinero tenga nada que ver. Simplemente no quería una esposa.

—¡Entonces, podría haber tenido la decencia de no acostarse contigo antes de enviarte de regreso a casa!

Sharisse se sintió humillada. Lucas quedaba como un desvergonzado; pero, ¿cómo podía explicárselo a su padre?

—Él no me envió a casa, papá. Yo me fui, yo tomé la decisión no bien conseguí los medios. Lucas no pondrá fin a nuestro matrimonio. Me dijo que me encargara de eso. Estoy segura de que si yo insisto en que siga siendo mi esposo, aceptará.

—¿Por qué estás tan segura?

—Somos compatibles en muchas cosas.

Una vez más Sharisse respondía con evasivas, y Marcus le preguntó con suspicacia:

—¿Me estás diciendo la verdad, Rissy?

—¿A qué te refieres?

—¿Es verdad que ese hombre te dejó ir, o fuiste tú quien se escapó de la misma forma en que escapaste de tu hogar?

—Bueno, no le pedí su opinión, si es eso lo que quieres saber —le respondió furiosa—. Él quería que me quedara por un motivo que no quiso explicarme. Pero, ¿cómo iba a quedarme con él cuando me había confesado que no quería una esposa?

Marcus se quedó pensativo un momento, y luego le respondió:

—¿Crees que vendrá a por ti?

—No —respondió con determinación—. Aunque quisiera no podría porque no tiene dinero suficiente para un viaje tan largo. Además no creo que quiera venir a buscarme. Papá, sinceramente estoy muy cansada.

—Comprendo —dijo Marcus—, sólo una pregunta más.

—¿Sí? —dijo ella y suspiró.

—¿Estás embarazada?

Ella lo miró confundida. No había pensado en eso, ni siquiera había considerado la posibilidad.

—¡No! —gritó.

—Entonces, no habrá problemas. —La miró a los ojos; Sharisse estaba alarmada. —Creo que tu respuesta fue un poco precipitada, ¿me equivoco?

—No —admitió con tristeza—, sólo que es demasiado temprano para saberlo.

—¿Así que es posible que lo estés?

—¡Sí! Es posible.

Ante semejante reacción, Marcus dijo con renuencia:

—Supongo que no debemos tomar ninguna decisión por ahora, hasta que estés segura.

—¿Te parece?

Él se encogió de hombros.

—Podríamos encontrar un esposo si fuera necesario. Pero ya que tienes uno, y dado que estás casi segura de que no volverás a verlo, creo que no hace falta que inventemos una mentira. ¿No te parece?

—No, supongo que no. Tendré que esperar.

Sharisse se fue, y Marcus se sentó cómodamente. Estaba nervioso. Sus dos hijas se habían casado sin su consentimiento. Todos sus planes habían sido en vano. ¿Era esto un sueño?

Una de sus hijas era feliz. Podría convencer a Edward. ¿Y su otra hija? No había demostrado abiertamente lo que sentía por ese tal Holt, pero de alguna forma lo había defendido. Y le habían brillado los ojos al describirlo. ¿Amaba a ese hombre sin saberlo? ¿Se sentía herida por su rechazo?

Marcus estaba dolido y hasta se consideraba insultado. ¿Quién se creía que era ese Lucas Holt? Algo que había dicho Sharisse lo intrigaba. Holt se parecía a él. No era como el joven Joel, inteligente y capaz pero sin agallas.

Había dicho que Holt era terco y arrogante; él y Marcus parecían cortados por la misma tijera. Marcus esbozó una sonrisa, la primera sonrisa del día. Sabía que no debía interferir. Pero; por otra parte...

35

Sharisse se acostó y cerró los ojos. Jenny había pasado dos horas bañándola, y tratando de borrar ese bronceado tan poco femenino y asentado. Claro que sus esfuerzos habían sido inútiles. No lograría que la piel de Sharisse volviera a ser blanca y delicada con un cepillo.

Charley se había acomodado después de oler todos los rincones. Se había acurrucado sobre la cama como era su costumbre y bostezaba de a ratos. Sabía que había regresado al hogar.

Cuando por fin Jenny se fue, Sharisse se sentó a su lado. El gato ronroneó antes de que lo acariciara. Al menos le demostró que estaba feliz porque la pesadilla ya había terminado.

Sharisse lo acarició una y otra vez. Estaba preocupada pensando en el bebé. ¿Podía ser posible? Claro que sí. No podía guiarse por sus períodos porque no eran regulares. Sólo sabía que había estado con un hombre apasionado, había permitido que le hiciera el amor, y eso era todo. No se necesitaba nada más.

¿No quería un hijo de Lucas? Un niño que fuera fuerte, saludable, arrogante como su padre. O una niña. ¿Cómo sería su hija? Era demasiado pronto para pensar en esto, pero no podía evitarlo. Ahora que había pasado el momento de las sorpresas, sentía curiosidad. Parecía magia que el resultado de esa pasión que había compartido con Lucas fuera un hijo. Quería a ese hijo tanto como a él, a pesar de que al mismo tiempo lo despreciaba. Lo quería pero probablemente él ya la había olvidado.

—¡Ah, Rissy! —Stephanie irrumpió en su cuarto, y distrajo los pensamientos de Sharisse. —Papá acaba de decirme que invitó a Joel a cenar esta noche. Será para darle la bienvenida oficial a la familia. ¡No sé cómo lo hiciste! Te lo agradezco tanto. Sabía que no me defraudarías.

Sharisse se incorporó en la cama, y miró fijamente a su hermana.

—No lo hice por ti, Stephanie. Lo hice por mí.

—Pero...

—Papá aún quería que me casara con Joel. Por supuesto, eso es imposible.

—Claro, tú sabes que... —susurró Stephanie.

—No, no sé.

Stephanie se sonrojó.

—No me trajo a casa después de la boda. Fuimos a una posada, y...

—Por Dios, ¿por qué no se lo dijiste a papá? —interrumpió Sharisse.

—No podía explicarle eso. Tú misma viste lo enojado que estaba. No me habría escuchado.

Sharisse gritó enfurecida.

—Por supuesto que te habría escuchado. Si Joel y tú consumasteis el matrimonio, no pueden anularlo, ¿no lo sabías?

—Creo que Joel dijo algo así. Pero estaba tan nerviosa que ni lo pensé.

—Nunca piensas, no piensas en las consecuencias, no piensas en... —dijo Sharisse furiosa.

—No veo por qué reaccionas así, Rissy. Todo resultó bien, ¿no?

—Para ti, sí. Pero tuve que explicarle a papá por qué no podía casarme con Joel, y eso era algo que no quería confesar.

¡Ni siquiera sé cómo puedo dirigirte la palabra después de todo lo que has hecho!

—Ay, Rissy, no te pongas así —le rogó Stephanie—, puedo explicarlo todo.

—¿No me digas? Entonces, comienza por decirme dónde están mis joyas. Tuve que ir hasta Arizona porque no las tenía. ¿Por qué me quitaste las joyas?

—Sé lo impetuosa que eres, Rissy. Temí que cambiaras de opinión y regresaras a casa. Y no me equivoqué, ¿verdad? Me escribiste diciendo que no querías quedarte en Arizona.

—Ocurre que existe una enorme diferencia entre estar sola en un pueblo tranquilo, y estar *donde yo estaba* —dijo Sharisse marcando cada palabra—. ¿Tienes alguna idea de cómo es ese lugar? Allí aún hay indios. Los hombres van armados, hay duelos y muertes. Y el sol te deja así la piel —se señaló el rostro—. Esto no es maquillaje como el que se usa en el teatro. Pasarán meses antes de que desaparezca.

—Pero, bueno, Rissy, ¿por qué no lo dijiste en tus cartas?

—¡Porque pensé en tus sentimientos! Pensé que si te contaba mis problemas y preocupaciones te pondrías triste por mí. Pero ahora comprendo que eso no te habría afectado en lo más mínimo. Ya veo que no lo lamentas.

—Eso no es verdad. Si hubiera alguna forma de...

—Basta, Stephanie. No digas una sola palabra más.

Sharisse se acercó al tocador; la conversación había terminado. Pero Stephanie no estaba dispuesta a irse. Miró a su hermana y le dijo malhumorada:

—Dices que le confesaste a papá la razón por la que no puedes casarte con Joel. ¿Por qué no usaste esa excusa antes? Así no tendrías que haberte ido.

Sharisse miró a Stephanie, cuyo rostro se reflejaba en el espejo.

—Antes no tenía esa excusa. No puedo casarme con Joel porque yo tengo esposo, gracias a mi viaje a Arizona.

—¿Qué? —Stephanie sintió que se mareaba. —¿Te casaste con él? ¡No puedo creerlo!

Sharisse la miró de frente.

—¿No puedes creerlo?

—Se suponía que no te casarías con él. ¿Por qué lo hiciste?

—No puedes vivir con un hombre en la misma casa y luego negarte a casarte con él delante del ministro. No tuve otra alternativa.

—Ah, esto es terrible, Rissy. No quería que te ocurriera algo así.

—Lo sé —suspiró Sharisse.

—¿Qué dijo papá?

—No le agradó la idea precisamente.

—Pero, ¿no vas a seguir siendo la esposa del señor Holt, no es cierto?

—No.

—¿Puedes librarte de él?

Sharisse asintió.

—Él no quería una esposa.

—Sí, él...

—...fue tan mentiroso como yo. Nunca tuvo intenciones de casarse conmigo ni con ninguna otra mujer.

—Eso es bochornoso —dijo Stephanie indignada. Pensó un momento, y se dio cuenta de algo—. ¡Ay, Rissy! Si te casaste con él, eso significa que tuviste que hacer el amor con él. Aunque no lo amas. Qué terrible debe de haber sido. Con Joel, bueno, no fue lo que yo esperaba pero, al menos, lo amo. Qué desdichada te habrás sentido.

Sharisse sonrió. No pudo evitarlo.

—Eso no fue un problema, Stephanie.

—¿No querrás decirme que te agrada? —la jovencita estaba confundida.

—Lucas es un sinvergüenza encantador. Tiene más defectos que virtudes, pero como amante es espléndido, Steph. Me hizo muy feliz.

Stephanie no supo qué decir. Su hermana se había sincerado con ella. Al mismo tiempo la envidiaba porque su experiencia con Joel había sido una verdadera desilusión.

Finalmente dijo con aire altanero algo a lo que Sharisse no supo cómo responder.

—No sé por qué estás tan enfadada conmigo. Veo que lo pasaste muy bien con Lucas Holt.

36

Lucas ya comenzaba a pensar que era suficiente haber conocido una sala de juego para darse cuenta de cómo eran todas las demás. La que Henri había descubierto en el sur de Francia era más lujosa que otras, más grande, y tenía más mesas. El clima de abril era apacible, y las ventanas estaban abiertas. El aroma de los laureles invadía el aire, y se mezclaba con las fragancias de las damas. Había muchas mujeres en el lugar.

—Ésa es casada —dijo Henri cuando vio que Lucas miraba a una morena llamativa—. Pero me alegra que mires a otras por fin, *mon ami*.

—Veo que, como de costumbre, conoces a todos los presentes y puedes darme detalles de cada uno de ellos.

—Por supuesto. No perdí el tiempo como tú, caminando por la playa. Conocí a un camarero muy chismoso que conoce a todo el mundo.

Uno de los talentos de Henri Andrevie era conocer a la gente con quien jugaba. Siempre se preocupaba por obtener información antes de sentarse a jugar y despojarlos de su dinero. Ésa era su especialidad, y así Henri lograba vivir cómodamente.

Era un hombre pequeño; Lucas era alto. Formaban un dúo perfecto. Henri era rubio, y tenía ojos grises y pequeños que brillaban con malicia. Aparentaba tener menos de treinta y nueve años. Era pícaro y sinvergüenza, sabía cómo salir de cualquier situación, y encantar a las damas con una sonrisa. Hacía meses ya que Lucas y Henri viajaban juntos. Era obvio que Henri no había perdido ese don tan especial.

—Aquí encontrarás muchos ingleses —le explicó Henri—. Vienen a apostar. Aquí hay gente de diversas nacionalidades y clases. Aquel hombre de cabello gris es duque. Juega mucho, pero nunca gana.

Henri sonrió con actitud triunfante, y Lucas entendió por qué.

—Podrías ganarle todo lo que tiene en los bolsillos antes de que amanezca.

—Creo que tienes razón, *mon ami*. ¿Ves aquellos dos? Son los hermanos Varnoux y Montour. Pero no quieren que nadie lo sepa, por eso usan diferentes apellidos. Se pasan señas, son inteligentes para jugar. Así que no te acerques a su mesa. ¿Ves aquel hombre? Puede que te agrade jugar contra él. —Henri señaló a un hombre muy bien vestido, tan atractivo que hasta parecía afeminado. —No sabe nada sobre las cartas, pero es un apostador empedernido y no se controla. Ah, esa mujer a la que estabas mirando es su esposa. Bonita, ¿no?

—Muy bonita.

—Quiero que te diviertas, pero debo advertirte de que no te acerques a ella, a menos que no te importe que su esposo te vigile.

—Creo que no me importará.

—En realidad, son una pareja muy especial. Me contaron que él se especializa en seducir vírgenes, y acepta apuestas. Su esposa está enterada de todo. ¿No es gracioso?

—¿Nunca tuvo problemas con algún padre o hermano furioso?

—Sí, algunas veces. Por esa razón, él y su esposa nunca se quedan mucho tiempo en un mismo lugar.

—No se puede creer todo lo que a uno le cuentan, Henri —se burló Lucas.

—Pero todas las mentiras tienen algo de verdad.

Lucas recordó algo.

—¿Se llama Antoine, por casualidad?

—Gautier es su apellido. No sé su nombre. ¿Por qué? ¿Lo conoces?

—Sería demasiada coincidencia. No sé por qué se me ocurrió preguntarte eso.

En verdad, sí lo sabía. Había pasado bastante tiempo solo ese día, y había pensado en Sharisse. Solía hacerlo cuando estaba solo. Recordaba todas las conversaciones como si hubieran hablado el día anterior, no el verano anterior. Y hoy se había acordado de Antoine. Antoine había querido sólo una cosa de ella, lo mismo que este Gautier esperaba de sus pobres víctimas: pasar un momento agradable.

No podía ser el mismo hombre. Lucas lamentaba tanto cómo éste había tratado a Sharisse que hasta hubiera tratado de vengarse. El problema era que ella nunca lo sabría. Le era imposible olvidarla; sería insoportable volver a verla. Esperaba que con el tiempo esos recuerdos se desvanecieran, que desapareciera el dolor, que muriera ese deseo que aún sentía por ella.

Sin duda, ella ya lo había olvidado. Ya habría anulado el matrimonio. Tal vez había vuelto a casarse. Aunque quisiera volver a verla, no sabía dónde podía encontrarla. Había depositado dinero para ella en un banco de Nueva York. Pero el dinero aún estaba allí, ella no lo había recogido. Había pasado cuatro meses investigando, pero el único John Richards que había encontrado era un sombrerero inmigrante que no tenía hijas. No había ninguna señora Hammond ni ninguna señorita Richards que concordara con su descripción.

Mientras tanto, Henri seguía dándole detalles de los presentes, pero Lucas apenas le prestaba atención. Finalmente, se separaron, y Henri fue a la mesa donde estaba el duque.

Lucas siguió contemplando a ese caballero, Gautier. Después de un rato, éste abandonó la mesa, y se acercó a otros dos caballeros. La conversación parecía animada; los tres miraban a una joven morena. Lucas se imaginó que estaban haciendo una apuesta.

La curiosidad lo llevó al mostrador donde los tres hombres terminaban la conversación. Afortunadamente sabía francés, había aprendido bastante de Henri.

—¿Dos semanas?

—Una semana y media, Antoine, no más.

—Trato hecho.

Antoine. ¿Sería el mismo hombre? Era un nombre común en francés, y no tenía nada de especial que un grupo de hombres se deleitara seduciendo a las jovencitas, porque sí o por una apuesta.

Gautier parecía muy satisfecho, pidió un trago, y contempló a la joven que estaba en un extremo del salón.

—Permítame. —Lucas pagó el trago y le entregó la copa en la mano. Gautier aceptó, y lo miró con actitud especuladora.

—¿Lo conozco, *monsieur?*

—No, pero creo que oí hablar de usted. Antoine Gautier, ¿no es cierto?

—Sí.

—Así lo supuse, después de escuchar lo que hablaba con sus amigos.

Gautier sonrió, y se tranquilizó.

—¿Tal vez quiera unirse a ellos y perder un poco de dinero?

—No si usted ya conoce a la joven —bromeó Lucas.

—No, no tengo el placer —le aseguró el caballero—. Claude fue rechazado por ella, por eso me jugó la apuesta.

—¿Claude es uno de sus amigos?

—Sí. Quiere calmar su ira viendo cómo me rechaza también. Pero si duda de mí, *monsieur,* elija cualquier joven que haya en la sala. Aceptaré un desafío doble.

Lucas no pudo esconder el asco que le provocaba este hombre que ya se sentía triunfador. Su mirada era ansiosa y vivaz, era realmente atractivo. ¿Cómo podían las mujeres sentirse atraídas por un hombre tan orgulloso y engreído?

—Parece estar muy seguro de que ganará. ¿Por qué? —preguntó Lucas.

—Porque nunca fallo.

—¿Nunca?

—Ah, sí, usted dijo que había oído hablar de mí. Supongo que conoce a Jean-Paul y él le contó. Ya pasaron tres años, pero le encanta recordar que me ganó una apuesta.

—¿Una joven lo rechazó? —preguntó Lucas con naturalidad.

—Sí, así fue. Era dulce e ingenua. Dieciocho años. Qué inocentes son a esa edad. Y casi la tenía en mis manos. Un momento más y hubiera conservado el invicto.

¿Dieciocho años hacía tres años? Ésa no podía ser Sharisse. Lucas había cometido un terrible error, no podía vengarse de este hombre sin motivo.

—¿Qué ocurrió? —preguntó Lucas.

—Mi esposa se impacientó —recordó Antoine con rabia—. Entró a la habitación y lo arruinó todo. Dijo que era mi esposa.

—¿A su esposa no le molesta todo esto?

—En absoluto, por eso no puedo entender por qué arruinó la escena con la americana. Y fue a propósito, aunque ella no quiere admitirlo.

—¿Celos?

—Quizá. Si hubiera sido una joven bella como cualquier otra, Marie no habría interferido. Pero esa joven Hammond era diferente, vibrante...

—¿Hammond? —preguntó Lucas—, conozco una señora Hammond. Americana también.

Antoine retrocedió un paso.

—No quiero que piense que yo... jugué con los sentimientos de... alguna amistad suya. No me entrometo con mujeres casadas.

—Sharisse. —Lucas mencionó el nombre, y el francés empalideció. —Cerdo —lo insultó Lucas, olvidando su excelente francés.

Antoine estaba sorprendido.

—¿Usted es americano también?

—Sí, creo que usted y yo deberíamos conversar.

—No comprendo.

—Afuera, Gautier, salga ya mismo.

Antoine entendió perfectamente bien. Se le hizo un nudo en el estómago. Este americano era demasiado corpulento.

—*Monsieur,* detesto la violencia. Sea razonable. No hice daño a la joven.

—Creo que ella no piensa lo mismo. —Lucas lo empujó en dirección a la salida. —No diga nada, *mon ami*, o le romperé el brazo —lo amenazó en voz baja.

—¿Es... es parienta suya?

Lucas lo llevó al jardín, lejos de la sala. Allí lo soltó. ¿Qué era Sharisse para él? La ira que sentía era respuesta suficiente.

—*Es mi mujer.*

—¡Pero sabe que no sucedió nada entre ella y yo!

—Sólo porque su esposa interfirió. Lo que me repugna, Gautier, es su actitud. Seducir a la mujer que uno ama es una cosa, pero ¡seducirla por una apuesta! ¿Se enteró ella?

—¿Qué?

—Responda, Gautier. ¿Se enteró ella de que había una apuesta detrás de todo eso?

Antoine estaba demasiado atemorizado como para mentir.

—Mi esposa lo dijo delante de ella.

—Así que además de lastimarla, la humilló.

De repente, Lucas lo golpeó y le rompió la nariz. Antoine cayó de espaldas entre los arbustos, y se agarró la cara; el dolor era insoportable.

—Por favor... —rogó.

Lucas lo obligó a ponerse de pie antes de que pudiera terminar de hablar.

—Prepárate, rostro bonito, porque voy a tratarte de la misma forma en que tratas a tus víctimas. Sin piedad.

Antoine hizo todo lo posible, pero no cabía duda de que Lucas lo derrotaría. Era más alto, más corpulento, estaba en mejor estado, y tan furioso que no se detuvo a pensar si la pelea era justa. No tuvo piedad. Calculó cada golpe, y trató, en lo posible, de destrozarle el rostro.

En pocos minutos terminó todo. El pobre francés quedó en el suelo quejándose de dolor. Lucas se ató la mano con un pañuelo porque le sangraban los nudillos. Aún estaba furioso.

—Puede agradecer a su esposa que sólo le haya desfigurado la cara. Si se hubiera aprovechado de Sharisse, podría haberlo matado. Creo que ahora no le será nada fácil ganar apuestas, Monsieur Gautier. La próxima vez que se mire al espejo, recuérdeme.

Lucas se alejó a paso rápido. Ella le había mentido en la edad, en su nombre, había inventado ese supuesto matrimonio. Recordó cómo había reaccionado el día del casamiento. ¿Sorprendida nada más? Tonterías. Estaba muerta de miedo. Eso significaba que no tenía intenciones de casarse con él. También significaba que se había torturado y sentido culpable todos esos meses por nada. Seguramente le había causado placer enterarse de que él no quería una esposa, y más placer todavía al saber que ese matrimonio se podía anular. ¿No se había ido de inmediato? ¿Y cómo había conseguido el dinero para regresar? ¿También le había mentido con respecto a su posición social? ¿Había algo de todo lo que le había dicho que fuera verdad?

Cuando Lucas llegó al hotel estaba demasiado encolerizado. Pero ocultó sus sentimientos con suma habilidad, como siempre lo hacía. El conserje le entregó una carta de Emery Buskett que éste había escrito cinco meses atrás. Lucas entró a su habitación, y abrió el sobre, algo sucio por el viaje. Cualquier cosa que le hiciera olvidar a Sharisse, aunque sólo fuera por un rato, era bienvenida. La botella que tenía delante de los ojos también fue bienvenida. La carta decía:

«Lucas:

»Qué suerte saber por fin dónde estás. No supe qué pensar cuando Billy Wolf me comunicó que habías abandonado Arizona. No sabía si aún querías esa información de mi amigo Jim. Jim había retornado a Nueva York, y estaba ocupado con otro caso, así que no pude encontrarlo. Pero él me encontró hace un mes, y ni te imaginas por qué.

»Marcus Hammond contrató a Jim... para que te buscara. Ya había estado en Newcomb, había hablado con Billy, y él le dijo que te encontraría en algún lugar de Europa. Pero Billy no le dio mi nombre. Supongo que imaginó que te pondrías en contacto conmigo y querrías enterarte de lo que había averiguado. Pero cuando Jim me encontró en Chicago (allí es donde me mudé), estaba muy malhumorado por todo esto. Y por supuesto, no tenía nada que decirle acerca de ti, lo cual no le sirvió de nada.

»Con respecto a la información que querías, me resulta curioso que necesites que te confirme que tu prometida es la hija de Marcus Hammond. Deberías haberlo sabido desde un principio por el nombre y la descripción. No podía haber tantas coincidencias. Jim me dijo que la señorita Hammond regresó a su hogar como él lo había sospechado. Y ahora su padre te busca a ti. ¿Era realmente tu prometida, o la ayudaste a que se escondiera de su padre? Bueno, disculpa, supongo que ése no es asunto mío.

»Me enteré por Jim de que Newcomb se está convirtiendo en un pueblo fantasma. Quedaba poca gente que le pudiera dar información sobre ti, excepto un tal Sa-

muel Newcomb que dijo que tú lo habías arruinado. Jim no le creyó ni una palabra, ya que ese Newcomb nunca estaba sobrio como para dar respuestas coherentes.
Si llegaras a necesitarme, sabes dónde encontrarme.

»Un servidor:

Emery Buskett»

Lucas leyó la carta una vez más. Luego la rasgó y la arrojó al suelo. Así que Sharisse había regresado a su hogar. Esta jovencita había huido, no era ninguna niña pobre y desdichada. Sólo le había mentido. No se cansaría de maldecirla por eso. La jovencita acaudalada y desdichada había visto el anuncio en el periódico y aprovechó la oportunidad para desaparecer por un tiempo. Pero no había pensado en el daño que causaría ni en las consecuencias que su actitud acarrearía. No tenía forma de enterarse de que él no quería una esposa. Bueno, él bien podría haber sido un tonto solitario que se había enamorado perdidamente de ella, y cuyo corazón se había destrozado con su partida. ¿Lo había pensado ella? ¿Le importaba? Por supuesto que no. Las de su clase sólo pensaban con egoísmo en sí mismas.

No era de sorprender que no la hubiera encontrado. Sin duda esos banqueros incompetentes que se encargaban de sus asuntos no habían pensado en revisar las cuentas de Hammond. O tal vez Marcus ya las había liquidado.

¿Era ésa la razón por la que Marcus Hammond lo estaba buscando? ¿Sabía que Lucas había depositado dinero para Sharisse? Un hombre de su condición podía considerar eso como un insulto. Sharisse podría haberle contado que la había tratado mal sólo para salvar su pellejo. El señor Hammond podía ser un padre furioso con sed de venganza. Sin duda ella había quedado como la víctima de la historia.

Lucas se apoyó en el respaldo de la silla y sonrió. Ella se había propuesto atraparlo. Meneó la cabeza y se sirvió otro trago.

37

Sharisse llevo a Carol Peterson de regreso a su casa. Carol vivía en Lafayette Place, una de las zonas más antiguas y residenciales de la ciudad, donde vivía la alta sociedad. Sheila no las había acompañado; Sharisse y Carol disfrutaron de la tarde caminando por las plazas Union y Madison. El cochero de Sharisse las había seguido, claro. Las jóvenes no resistieron la tentación de detenerse en Tiffany, Arnold y Lord and Taylor.

Sharisse estaba cansada, pero no quería regresar a su casa, a pesar de que esa noche tenía un compromiso. Le pidió al cochero que se tomara su tiempo: quería contemplar esa ciudad que tanto amaba.

Pasaron por Custom House y admiró las enormes columnas; recorrieron Broadway y Park Row; pasaron por Printing House Square. En las calles había músicos ambulantes, y vendedores de dulces y golosinas con sus pintorescos carritos; también vendedores de helados y refrescos.

Las calles nunca descansaban. Había vehículos a toda hora, entre ellos, coches tirados por caballos. Éstos eran el único medio de transporte en Broadway al sur de la Calle 14. Estaban pintados de colores brillantes y llamativos, llevaban letreros grandes y tenían ventanas alargadas. El conductor estaba expuesto a cualquier cambio de clima, y por esta razón siempre llevaba a mano un paraguas, por si lo sorprendía una lluvia repentina. Viajar en estos coches significaba toda una aventura para los niños. Hacía años que Sharisse no viajaba en uno de ellos.

En Park Place había numerosos negocios que vendían muebles de caña, chimeneas y biombos; había también lustradores e imprentas. Pasando la intendencia el estilo de los edificios era diferente. Allí se podían ver construcciones de piedra con portones de hierro, fábricas de cajas fuertes, balanzas y armas de fuego. No había tantos árboles en las veredas. También se vendían sombreros, guantes, flores y plumas, corsés, zapatos y pieles.

Sharisse sonrió al pasar por el Grand Central Hotel en la calle Bleecker porque recordó cómo se enfurecía su padre cada vez que se mencionaba ese edificio. Era algo realmente monstruoso, se elevaba por encima de los otros cercanos. El frente de mármol y el tejado con buhardillas le daban un aspecto muy particular. Tenía ocho pisos y seiscientas treinta habitaciones. Se había inaugurado en 1875, y en ese momento había sido considerado el más grande del mundo.

Sharisse llegó a su casa. Se quitó el sombrero y los guantes. En ese momento, apareció su padre en la puerta del estudio.

—Quisiera hablar contigo, Rissy.

—¿Puede ser más tarde, papá? Robert me llevará al teatro esta noche, y no tengo mucho tiempo para cambiarme.

—Entonces tendrías que haber regresado de compras más temprano, y es justamente sobre esas compras que quiero hablarte.

Sharisse suspiró y lo siguió a su «tribunal».

—¿Vas a reprenderme por gastar demasiado? Sólo compré algunos vestidos, papá.

—¿Algunos vestidos? La semana pasada llegaron alrededor de doce cajas, y siguen llegando más cajas día tras día.

—Bueno, el polisón se ha puesto de moda otra vez. No esperarás que use la ropa del año pasado cuando la moda ha cambiado tanto. Y además, nunca te habías fijado en lo que gastaba en ropa.

—No te llamé por eso, Rissy. No me interesa si te compras cien vestidos nuevos. Sólo quiero saber quién te los paga.

—¿Quién me los paga? Tú, por supuesto.

—¿Yo?

—No entiendo.

—Esta mañana estuve en Broadway, en esa infernal «calle de las damas», como vosotras la llamais. Fui a ver a tu modista para pagar la cuenta. Pero la señora me dijo que ya estaba todo pago.

—Pero, ¿cómo puede ser?

—Eso es lo que quisiera saber. Sólo me explicó que un hombre había cancelado tu cuenta. Supuso que lo había enviado yo. Además le dio una muy buena propina.

—Seguramente Joel pagó los vestidos de Steph.

Su padre negó con la cabeza.

—El hombre mencionó tu nombre.

—Entonces, debe de haber un error.

Su padre negó otra vez.

—Fui a otros negocios donde habías hecho compras.

—¿Ya estaban pagas? —Sharisse comprendió la mirada de su padre.

—Sí.

Sharisse se sentó, totalmente confundida.

—No sé qué decirte. Sabes que nunca llevo dinero cuando voy de compras. Todos los gastos se cargan a tu cuenta. Pero, si ninguno de nosotros pagó esas cuentas, ¿quién lo hizo?

—¿Robert?

—Claro que no. Apenas lo conozco. Ni siquiera saldría con él si no fuera porque Steph y Joel insisten en que acepte sus invitaciones.

—Sé que es un buen amigo de Joel, por eso pensé que..., ¿has estado viendo a algún otro hombre?

—¡Papá, qué pregunta! ¿Estás sugiriendo que tengo un amante?

—No, claro que no —respondió Marcus, algo incómodo—. Pero parece que tienes un admirador secreto que trata de acercarse a ti de manera bastante inusual. ¿Quién podría ser?

—Conocí algunos hombres que acaban de llegar a la ciudad, pero ninguno de ellos me pareció excéntrico o extravagante. No, no creo que sea alguien que yo conozca. Qué intriga, ¿no es cierto? Y además, era bastante dinero.

—Tú siempre gastas bastante.

Sharisse pasó por alto el comentario.

—Es una forma peculiar de enviar regalos. Las flores o las joyas, bueno, una puede devolverlas. Pero no voy a devolver toda mi ropa nueva después del tiempo que pasé probándome. Espero que tengas dinero en efectivo para poder devolvérselo cuando sepa quién es.

—¿Por qué no dejas que yo me ocupe de esto? No me agrada la idea de que un desconocido pague tus gustos. Una cosa es que te haga obsequios para conquistarte; pero pagar tus cuentas, ¡qué audacia! Debe de ser extranjero. Los extranjeros tienen un estilo especial para hacer las cosas.

Sharisse hizo una mueca ante semejante conclusión.

—Quienquiera que sea estoy segura de que ya aparecerá en escena. Bueno, papá, ahora debo ir a cambiarme. ¿Irás al club esta noche? No me gusta que te quedes solo en casa.

—No te preocupes por mí. Creo que te esperaré levantado, por si traes alguna novedad.

38

El primer acto de la obra ya había comenzado cuando Sharisse y Robert llegaron a la Academia de Música, que quedaba al Este de la Plaza Unión. El edificio del teatro parecía sencillo, pero el interior era imponente, en especial el Tammany Hall. Allí se organizaban bailes y óperas; también actuaciones teatrales de aficionados, como la de esta noche.

Había muchos coches en la calle, pero no toda esa gente concurriría al teatro. Muchas parejas se sentaban en los bancos en la plaza, donde disfrutaban de suficiente intimidad y privacidad. En las mañanas y en las tardes se veían gobernantas y niños, borrachines, vagabundos y gente que se refugiaba bajo el verde de los árboles en medio de la ciudad. En las noches, las luces daban a la plaza un aspecto diferente. A esa hora del día, este lugar era para los amantes.

Sharisse miró la plaza con melancolía, y entró al teatro del brazo de Robert. Robert no la atraía. Claro que era atractivo: tenía cabello castaño y ojos azules. Además le daba a entender claramente que quería ser algo más que su acompañante. Pero si buscaba un amante, Sharisse prefería un hombre más alto, más moreno, más robusto, como...

Trató de borrar esos pensamientos de su mente, y se concentró en la obra. Lo logró por un rato, pero luego vio el anillo con brillantes que hacía juego con el collar y los pendientes.

Lo había hecho otra vez; sin darse cuenta había vuelto a elegir esas joyas. Las había lucido en todas las reuniones a las que había asistido desde que estaba en Nueva York. Las perlas hubieran quedado mejor con ese vestido nuevo de seda gris, o incluso las esmeraldas. Pero esas joyas tenían un toque de color amarillo que brillaba como el fuego que Lucas tenía en la mirada.

¿Por qué no podía olvidarlo? Había pasado un año, un año desde la última vez que había visto a Lucas Holt, pero su imagen aparecía una y otra vez en su mente, como si lo hubiera visto ayer.

—¡Sharisse! ¡Sí, Sharisse Hammond!

Levantó la vista, y vio que Sheila Harris se abría paso entre la gente. Se habían encendido las luces, y gran parte del público se dirigía al vestíbulo. Robert se disculpó e hizo lo mismo. Sheila se sentó en su asiento al lado de Sharisse. Estaba muy llamativa con ese vestido azul con piedras brillantes. No seguía las modas, siempre estaba hermosa, sin importar lo que llevara puesto.

Asombrada, se acercó a Sharisse y le preguntó:

—¿Qué haces con él?

—Hola, Sheila, qué placer verte.

—Hola —repitió Sheila impaciente.

—Te extrañamos hoy.

—¿Hoy? ¡No! ¿Tenía que encontrarme hoy contigo y con Carol? Me olvidé. Me disculpas, ¿no es cierto?

—Por supuesto. —A Sharisse le causó gracia la actitud de Sheila.

—Bueno, cuéntame sobre tú y Robert.

Sharisse se encogió de hombros.

—Me agrada su compañía, ya lo sabes. Siempre me ves con él.

—Si, lo sé, no me refería a eso. Sólo pensé que... bueno... ¿Por qué habrías de estar con Robert ahora que él ha regresado?

—¿Él ha regresado? ¿Qué dices, Sheila?

—No seas tímida conmigo, Sharisse. Me hice la tonta cuando lo vi, y tú tienes la culpa. Me sorprendí tanto que no pude decir nada. Tú sabes que yo siempre sé qué decir, jamás me quedé callada en toda mi vida.

—¡Sheila, explícate! —gritó Sharisse furiosa.

—Debiste haberme avisado. Te pido detalles y sólo me dices «es diferente». Tal vez tu respuesta fue irónica. ¡Diferente! ¡Es magnífico! ¿Por qué no me lo dijiste?

Sharisse se acomodó en el asiento y meneó la cabeza. No era posible.

—¿Dices que lo conoces? ¿Desde cuándo?

—Desde anoche en el baile de los Stewart. Donald nos presentó. ¿Conoces a Donald?

—Sí, sí, el hombre con quien has estado viéndote, ya conozco a Donald. Continúa, Sheila.

Sheila continuó, y Sharisse rogó que no le preguntara por qué no estaba en contacto con Lucas.

—Bueno, Donald no relacionó su nombre contigo, y lo presentó como el señor Holt, nada más. Claro que, ¿cuántos Holt conocemos? No tuve más remedio que preguntarle si era tu esposo. No creí que lo fuera, no después de la descripción que me diste de él. Te imaginarás cómo me sorprendí cuando dijo que sí lo era.

—¿Qué... qué más dijo Lucas?

—Bueno, no dijo demasiado. No es muy conversador, ¿no? Le pregunté por su barco. —Sharisse parecía contrariada.

—¿Qué ocurre —preguntó Sheila ansiosa.

—Nada. Sigue hablando.

—Le pregunté acerca de su barco y el viaje a Oriente. Pero no me dio respuestas directas. Y, por supuesto, le pregunté por qué no estabas con él, y me contestó que no te encontrabas bien de salud. Creo que ya te sientes mejor o no estarías aquí con... ah, querida. Hizo muchas preguntas, en especial sobre Robert.

—¿Qué? ¿Le hablaste de Robert?

—Yo no le conté nada —dijo Sheila ofendida—, supuse que tú ya le habías contado. Robert te acompaña a todas partes. Quería saber cómo era Robert, pero no pude darle muchos detalles porque regresó hace dos meses, y antes de que me fuera aún estabas en la casa de tu tía. Pero tu esposo tenía una gran curiosidad por saber quién es Robert. Supongo que es lógico, ya que estuvo ausente por negocios tanto tiempo. Una separación tan prolongada no es la forma ideal de comenzar un matrimonio, pero no pudieron evitarlo, ¿no es cierto?

—¿Qué? —Sharisse no podía pensar.

—¿Se quedará un tiempo? ¿Partirá pronto? Me pregunto cómo pudiste casarte con un capitán. ¡Ahora lo comprendo! Puede que esté lejos de casa mucho tiempo, pero cuando está en casa, ah, te aseguro que te envidio.

—No sé cuándo volverá a irse, Sheila. No conversamos... sobre eso todavía —dijo Sharisse sin pensar.

—Pero, ¿dónde está ahora?

—Ocupado —respondió Sharisse, sonrió, y siguió hablando con naturalidad—. El hecho de que esté en casa no significa que esté todo el tiempo conmigo. Tiene muchas cosas de que ocuparse.

—¿Por eso estás con Robert?

—Sí. Y ahora discúlpame, iré a buscar a Robert —dijo con firmeza.

Se puso de pie, pero su amiga la tomó de un brazo.

—¿Y la fiesta que dará tu hermana este sábado? Me imagino que convencerás a tu esposo de que te lleve. Después de todo, soy la única de tus amistades que lo conoce.

—No sé, Sheila, ya veremos —murmuró Sharisse, en ese momento sólo quería librarse de su amiga.

Encontró a Robert y le pidió que la llevara de regreso a su casa de inmediato. Le dijo que tenía un terrible dolor de cabeza, lo cual era cierto. Sharisse apenas habló durante el trayecto. Al llegar se despidió con un rápido adiós. La señorita

Etherton tomó su capa y sus guantes, y se preocupó porque Sharisse se veía cansada.

—¿Dónde está mi padre, por favor?

El ama de llaves le contestó de mal modo:

—En la cocina, señorita.

—¿Invadió la nevera? —sonrió Sharisse.

—Creo que sí, señorita.

Sharisse fue en busca de su padre. Solía entrar al territorio de los sirvientes, cosa que a éstos no les agradaba, por supuesto. Encontró a su padre solo, sentado frente al pollo y el pan. Bueno, no estaba totalmente solo. En un rincón estaba Clarissa, la gata de pelaje color beige. Sharisse había pasado semanas buscándola cuando llegaron del Oeste. Clarissa estaba lavando a sus tres gatitos. También estaba allí Charley, quien nunca dejaba a su familia, enroscado en los pies de Marcus. Sharisse se sorprendió cuando oyó que su padre decía:

—Gato maldito. Supongo que quieres un poco de esto.

—Pero, mira las cosas que dices.

Marcus se sobresaltó, y se dio vuelta.

—¡Soy demasiado viejo para que me asustes así!

—Lo lamento. —Sharisse se sentó a la mesa y tomó un trozo de pollo.

Marcus la miró con curiosidad.

—Volviste temprano. ¿Averiguaste quién es tu admirador secreto?

—No. Bueno... quizá. Te lo contaré para ver qué piensas. Encontré a Sheila en el teatro, y me dijo que conoció a Lucas anoche en la casa de los Stewart.

—¿Lucas? Te refieres a... ¿Lucas?

—Sí.

—Bueno, bueno, qué interesante.

—Yo diría que es para alarmarse. ¿No será otra persona que se hace pasar por Lucas? —preguntó Sharisse esperanzada. Pero sabía que no podía ser así, no después de la descripción que le había dado Sheila.

—¿Qué le dijiste? —preguntó su padre.

—Tendría que haberle dicho que no sabía que él estaba aquí. Pero no pude. ¿Qué hubiera pensado? Sheila comentó algo acerca de él. Le pareció magnífico.

—¿Magnífico? ¿Qué adjetivo es ése para describir a un hombre? —preguntó Marcus.

—Así es Sheila. Le pareció muy atractivo —dijo de mal modo.

—Por lo que recuerdo tú dijiste lo mismo. Bueno, supongamos que ese hombre es tu esposo. Está aquí. ¿Qué vas a hacer?

—No voy a hacer nada —dijo terminante—, no pienso verlo.

—Puede que tengas que hacerlo, mi querida. No puedo negarle que entre a esta casa si exige verte. Aún es tu esposo. Tal vez no lo recordó cuando llegó aquí, pero ahora sí lo tiene presente. Y también cumplió con sus obligaciones de esposo.

—¿A qué te refieres?

—Pagó tus cuentas. Creo que eso es algo más que cumplir con sus obligaciones. Quiso enviarte un mensaje muy especial. Un mensaje sólo para ti.

—En otras palabras, quiso decirme que puede hacer el papel de esposo si así lo desea.

—Exactamente.

—No sé, papá. Lucas es muy sincero. Siempre dice las cosas directamente. Podría haber venido aquí, y...

—¿Por qué no lo hizo todavía?

—¿Cómo puedo saber qué está pensando?

—Estoy seguro de que puedes saberlo. Querrá saber por qué aún estás casada, Rissy. ¿No vas a decírselo?

—No, no se lo diré —respondió con determinación.

—Entonces, creo que debes pensar en una respuesta ya mismo. Dudo que pase mucho tiempo antes de que vuelvas a ver a Lucas Holt.

39

Sharisse acababa de terminar su almuerzo cuando su hermana entró al comedor caminando mucho más rápido que de costumbre. Stephanie ya llevaba cinco meses de embarazo que apenas se le notaban. Desde el momento en que se enteró de que tendría un hijo vivía entre algodones; su madre había vivido sus embarazos de la misma forma. Sharisse le aconsejaba que llevara una vida normal porque eso era más saludable, pero Stephanie seguía comportándose como una enferma y desoía los consejos.

Hoy Stephanie estaba muy animada. Miró alrededor para asegurarse de que Sharisse y ella estaban a solas.

—¿Qué te trae por aquí, Steph? Creí que estabas con el látigo en la mano detrás de los sirvientes.

Stephanie se sentó cómodamente, y dijo:

—Papá no está en casa, ¿no?

—¿Un sábado? Sabes que todos los sábados almuerza con tu suegro.

—Sólo quería asegurarme. No quiero que se entere de esto.

—No tengo secretos con papá, Steph.

—No le habrás contado sobre mi participación en...

—No, no, tranquilízate. Pero, de todos modos, no tengo nada que esconderle.

—¿Ni siquiera que Lucas Holt está en Nueva York?

Stephanie pensó que le daba una increíble noticia, pero comprendió que estaba en un error cuando Sharisse le dijo:

—Ya lo sabemos.

—¿Lo sabeis? Por Dios, ¿por qué no me lo dijisteis? Me enteré por Trudi hoy. Ella se enteró por Bárbara Stewart, y tú sabes cómo es Bárbara.

—Ya me imagino, Steph —dijo Sharisse—. Creo que Sheila se lo está contando a todo el mundo. Lo conoció en el baile de los Stewart.

—¿Bueno?

—¿Bueno qué?

—Bueno, ¿y qué está haciendo aquí?

—No lo sé.

Stephanie se estaba poniendo furiosa.

—No vas a decírmelo, ¿verdad?

—No te estoy escondiendo nada, Steph. Realmente no sé a qué vino Lucas. No lo he visto.

Sharisse no quería admitir lo disgustada que estaba porque Lucas no había venido a verla. ¿Qué se proponía con este juego?

—Me pareció oír la voz de mis hijas —dijo Marcus al entrar al comedor.

Sharisse se sorprendió al verlo.

—¿Y tu almuerzo con Edward?

—Tuve que interrumpirlo. ¿Qué te trae por aquí, mi querida? —le preguntó a Stephanie, y le dio un beso.

—Necesitaba respirar un poco de aire fresco. Están limpiando la casa, ¿sabes? ¿Vendrás a la fiesta esta noche papá?

—Por Dios, no. Eso es sólo para los jóvenes. Iré al club.

—Bueno, creo que volveré a ver cómo van las cosas —dijo Stephanie a su pesar.

—Si te das prisa, te llevaré a casa, Stephanie. Mi coche está en la puerta.

—Papá, no la malcríes. Su casa queda a una calle de aquí. Necesita hacer ejercicio.

—Tonterías, Rissy —dijo Stephanie y se puso de pie con esfuerzo—. Hay que ser cuidadosa.

Cuando se quedaron solos, Sharisse reprendió a su padre.

—No debes hacerle caso.

—Lo sé, pero me recuerda a tu madre. Tú no. Te comportas como si no ocurriera nada especial.

—Fui afortunada. Alguien una vez me demostró que... ah, no importa. ¿Qué interrumpió tu almuerzo?

—Me entregaron esto en el restaurante. —Dejó una carpeta sobre la mesa. —Hace dos días que la esperaba. Es un informe sobre tu esposo.

—¿Cómo pudiste hacer algo así?

—Pude, simplemente. Averigüé que se aloja en el Hotel Quinta Avenida desde hace un mes.

—¿Tanto tiempo? Pero ese es un hotel lujoso. ¿Cómo consigue el dinero? Quisiera saberlo, tal vez vendió el rancho.

—Su rancho se vendió muy bien, pero no fue él quien lo vendió, sino un tal Billy Wolf. Lucas Holt había abandonado el lugar hacía tiempo.

Sharisse miró a su padre boquiabierta.

—¿Cómo sabes todo eso?

—Envié a una persona el año pasado. Era lógico que quisiera investigar quién era.

—¿Sabías todo esto y nunca me lo dijiste?

—No tenía sentido mencionarlo, tampoco quería darte un disgusto. Además, una vez que Holt desapareció sin dejar rastro, tuve que suspender la investigación.

—¿Desapareció?

—Una persona que trabajaba para él dijo que abandonó el rancho el mismo día que tú —respondió Marcus—. Nadie lo vio después de ese día.

Ella se quedó pensando en eso un momento.

—¿Crees que haya tratado de seguirme?

—No, de lo contrario te hubiera encontrado sin ningún problema.

—Por supuesto —dijo, y no pudo disimular la desilusión—. ¿Para qué iba a seguirme?

Marcus la miró pensativo.

—Hay informes que lo responsabilizan de la ruina del fundador de Newcomb. Si así fue, tal vez esa sea la razón por la que tuvo que irse. Newcomb no tiene un centavo. ¿Sabes algo sobre eso?

—¿Te refieres a Samuel Newcomb? Pero, son amigos... creo. No, no puedo creer que Lucas haya hecho algo así. No puede haber sido Lucas.

—Bueno, como te dije, fueron sólo informes.

—¿Qué más averiguaste?

—El investigador que contraté localizó al señor Wolf y él dijo que tu esposo se había ido a Europa.

—¡Europa! Pero, no tenía dinero.

—Bueno, ahora lo tiene. Se aloja en uno de los hoteles más lujosos de la ciudad, y compró la antigua mansión Tindel.

—¿Qué compró?

—Hay algo que me confunde —dijo Marcus—, y pensé que tú podrías explicármelo.

—¿Sólo una cosa? —le preguntó ella con ironía—. ¡Dios mío, no puedo creer que estemos hablando del hombre que conocí en Arizona!

—Tal vez no estemos hablando de la misma persona.

—Papá —dijo ella, pero Marcus la interrumpió.

—Este hombre se registró en el hotel como Slade Holt, no Lucas Holt.

—¡Slade! ¡Ah, no!

Marcus se alarmó ante la reacción de Sharisse.

—¿Qué ocurre, Rissy?

—¡Slade es el hermano de Lucas!

—Pero, ¿por qué Lucas habría de usar el nombre de su hermano?

—Puede que no sea Lucas, sino Slade.

—Tonterías. Ese hombre dice ser tu esposo. No podrías confundirlo.

—¿No me digas? —dijo ella riendo—. Son mellizos. Sólo puedo distinguirlos porque Slade se viste como un indio. Pero aquí en la ciudad debe de vestirse como cualquier otro hombre. Juro que no podría diferenciarlos.

—Entonces, ¿puede que no sea tu esposo?

Sharisse pensó un instante.

—Ah, no sé ni qué pensar.

—Bueno, tendré que ir a hablar con él —dijo su padre.

—¡No! —Sharisse se levantó de un salto. —No puedes hacer semejante cosa.

—¿Por qué no?

—Si es Slade, bueno, es... peligroso. Es diferente de Lucas. Slade creció solo en la montaña. Es buen pistolero, es cruel y tiene sangre fría. No es un ser civilizado. No se puede dialogar con Slade, papá, no será sencillo.

—¿Está interesado en ti? —preguntó su padre.

—Sí, lo estaba —admitió con renuencia—. No es una persona con quien se pueda hablar frente a frente, papá, por favor, no hagas nada.

—Hay que hacer algo, Rissy. No podemos seguir esperando y pensando en lo que puede llegar a ocurrir.

—Sí, podemos. Tú dijiste que pronto vendrá a verme. Si es Slade, demoraré el encuentro. —Bajó la mirada, y luego explicó. —Sé cómo actuar con Lucas, pero ¿con Slade? Dios mío, si piensa hacerse pasar por Lucas para obligarme a...

—No se atrevería —gruñó Marcus.

—Yo creo que sí se atrevería, papá. Eso es lo que estoy tratando de explicarte. Slade no tiene escrúpulos. Se divertiría haciéndose pasar por mi esposo para... bueno, como te dije, me perseguía.

—Quizá tendrías que pasar un tiempo con tu tía.

—Entonces, ¿cómo haré para solucionar todo esto? No, de ninguna manera, seguiré viviendo y actuando como hasta ahora. No quiero esconderme de él. Lo que haré será ver a un abogado el lunes, y poner punto final a este matrimonio. Después ya no me preocuparé ni por Lucas ni por Slade.

—Es demasiado tarde para terminarlo así, Sharisse. Ahora necesitas la cooperación de tu esposo. Lo sabes —le recordó su padre con cautela.

—Bueno —suspiró apesadumbrada—, pero hay una cosa. Según cómo reaccione ante la idea de divorciarnos me daré cuenta de si es Slade o Lucas. Si no acepta el divorcio, sabré que es Slade.

Su padre se quedó mirándola, luego dio media vuelta y salió. Necesitaba pensar en soledad y en el silencio de su escritorio.

40

—Se suponía que llegarías a casa temprano, Rissy, no tarde —la reprendió Stephanie. Luego la tomó del brazo y juntas caminaron hacia el vestíbulo.

—No me hables así, querida. Estuve a punto de no venir. Robert me pidió que lo disculparas. Te aseguro que si no fuera porque ya estaba cambiada cuando recibí su nota, no habría venido.

—Pero no importa que estés sola. Conoces a todo el mundo aquí.

—Por esa razón decidí venir de todos modos. —En realidad, necesitaba distraerse, deseaba distraerse. —Creo que no llego tan tarde. —Se detuvieron al llegar al vestíbulo donde se habían reunido ya varios invitados. —Supongo que Sheila no ha llegado todavía.

—Al igual que tú, llegará tarde. Y cuando Sheila se propone algo, lo hace.

—No hables en ese tono, Stephanie. No te queda nada bien.

—No puedo evitarlo —dijo la joven en voz baja—, estoy muy nerviosa desde que oí hablar de él.

—Por favor no hables de eso. —Llamaron a la puerta, y Sharisse se apartó de Stephanie. —Anda, ve a recibir a los huéspedes. No te preocupes por mí. Estaré...

—¿Qué ocurre, Rissy? —Stephanie siguió la mirada de su hermana y se quedó boquiabierta. —¿Es él? ¿Es él, no es cierto? ¿Qué hago ahora? ¿Quieres que Joel le pida que se vaya? ¿Rissy?

Después de un momento, Sharisse respondió:

—No... no hagas nada, Stephanie. —Se dio vuelta, cerró los ojos y trató de tranquilizarse.

—¿Qué debo hacer? —susurró Stephanie desesperada—. No puedo darle la bienvenida a mi hogar. Se lo diré a Joel.

—Stephanie, ¿te has vuelto loca? No puedes pedirle a un hombre como él que se vaya porque no lo hará si no quiere. Sólo causarás problemas si le pides a Joel que intervenga. Haz cuenta de que no pasa nada. Actúa con naturalidad.

—Bueno, ¿cómo se hace eso? —Stephanie tomó a Sharisse del brazo. —¡Dios, te ha visto! ¡Viene hacia aquí, Rissy! ¡Creo que te dejaré sola!

—Ni lo pienses —dijo Sharisse.

Se dio la vuelta, y sus miradas se encontraron. De repente, Sharisse pensó que toda esta situación era muy graciosa. Miró esos ojos verdes con destellos dorados, tan brillantes, tan cautivantes.

Cálida o fría, su mirada la perturbaba; en apariencia nada había cambiado. Su piel no estaba tan bronceada ahora pero, sin embargo, era más oscura que la de cualquiera de los hombres presentes. Tenía el cabello más corto, y estaba mejor vestido. Pero aún era ese hombre que ella no había podido olvidar.

—Hola, hermosa.

Esa voz sensual la hizo temblar.

—Creo que ya conoces a algunas de mis amistades, pero no a mi hermana —dijo tratando de que la voz no le temblara. Él miró apenas a la joven rubia, que se había puesto nerviosa, saludó con cortesía, y volvió a mirar a Sharisse. La expresión de su rostro era dura y varonil. Los dos se quedaron inmóviles, mirándose a los ojos.

—Bueno, por fin vemos juntos a los recién casados —dijo Sheila, y se les acercó del brazo de Donald—. No me creerás si te digo dónde lo encontramos, Sharisse. Al otro lado de la ciudad. Me di cuenta de que se perdería si no lo traíamos.

—Qué amable de tu parte, Sheila —respondió Sharisse terminante.

—Bueno, conversaremos después —dijo Sheila animada—. Tengo que saludar a todo el mundo. Hay que ser amable.

Sheila se dirigió al vestíbulo, y Stephanie la siguió. Sharisse se quedó a solas con él.

—¿Hay algún lugar donde podamos hablar tranquilos?

—¡No! —dijo ella y se sonrojó porque su negativa había sonado demasiado fuerte.

—¿Tienes miedo de estar a solas conmigo, hermosa?

—No... es que no veo la razón por la que no podemos hablar aquí.

—Como gustes, pero yo no puedo esperar más.

La estrechó entre sus brazos, y la besó con pasión. El contacto de sus cuerpos fue como una descarga eléctrica. Sus labios tenían sed de ella. Sharisse no pudo resistirse, le acarició los hombros, el cuello y el cabello.

Él levantó la cabeza; se preguntó si ella se apartaría, pero no lo hizo. Sus ojos brillaban con el color de la amatista.

—Ya ves que no pude contenerme —dijo con voz suave.

—¿Qué?

—Mira a tu alrededor, hermosa —le dijo. Sharisse estaba perpleja.

Sharisse se sonrojó de pies a cabeza. Stephanie la estaba mirando boquiabierta. Sheila sonreía. Trudi Baker y otras jovencitas reían nerviosas. Los hombres trataban de disimular. Sharisse hubiera querido escapar corriendo.

Se dio cuenta de que no lo había soltado, y repentinamente dio un paso atrás.

—¿Cómo pudiste llegar a hacer algo así? —le preguntó furiosa.

—Fue muy sencillo y placentero —le respondió, la tomó del brazo, y la llevó a un lado—. ¿Por qué no te haces la misma pregunta? Acabas de admitir que soy tu esposo delante de todos los presentes.

—Bueno, ¿no lo eres? —lo interrumpió.

—No.

Sharisse no podía creerlo.

—¡Así que eres tú! Te desprecio, Slade. Me sorprende que lo hayas admitido.

—¿Slade? —la miró como si no entendiera de qué estaba hablando—. ¿Por qué piensas que soy Slade?

—No trates de confundirme. Te registraste en el hotel con el nombre de Slade Holt.

—¿Así que tu padre me ha estado investigando... otra vez? —dijo con frialdad.

—¿Otra vez? —preguntó dudosa—, ¿sabías que había enviado un investigador a Newcomb?

—Es por eso que estoy aquí. Quiero saber qué ocurrió. Quiero enterarme de eso y de otras cosas más.

—Pero yo estaba buscando a Lucas, no a ti. ¡Qué situación insoportable!

—Por eso preferiría que habláramos en privado. ¿Por qué no vamos al dormitorio de tu hermana?

—¿Te parece que puedo confiar en ti en un dormitorio? Podemos conversar en el jardín.

Fueron al jardín de invierno que había en el fondo de la casa. Había bancos, y una pequeña fuente entre las rosas. La luz de la casa iluminaba el lugar. Estaba fresco pero agradable.

Sharisse cerró la puerta y lo enfrentó.

—Si no me das una explicación creo que no tenemos nada de qué hablar —le dijo ella sin rodeos.

—¿Yo? Querida, eres tú quien tiene que darme una explicación.

—No hasta que me digas quién eres.

—Soy el hombre con quien te casaste en Arizona.

—Entonces, ¿por qué negaste que eras mi esposo?

—Porque ese papel donde dice que estamos casados no tiene ningún valor.

Ella lo miró pasmada.

—Quiere decir que el ministro no era...

—Sí, sí, ese ministro lo era realmente. Y tú y yo sabemos que me casé contigo. Pero, ¿puedes probarlo? Si me cambio el nombre, ¿sigo siendo tu esposo?

—No entiendo. No puedes decir que no eres mi esposo sólo porque te cambiaste el nombre.

—Sí, y tú sabes que puedo hacerlo... si el otro nombre que uso es Slade. Tener un hermano mellizo puede ser ventajoso algunas veces.

—¡Nunca escuché algo tan ridículo! ¡Eso no puede ser posible!

—No voy a decirte por qué puede ser posible, sólo créeme. Ese papel que dice que estamos casados es válido sólo si yo admito ser Lucas Holt.

—¡Pero has admitido que eres Lucas!

—Ante ti. Sólo ante ti —dijo haciendo una mueca.

—Eso no es verdad. Sheila cree que eres mi esposo. No le has dicho lo contrario.

Él se encogió de hombros.

—Muchas parejas simulan estar casadas, y así nadie las acusa de inmorales. Me pregunto qué dirían tus amigos si se enteraran de que has estado actuando todo este tiempo.

Sharisse respiró profundamente. Sabía muy bien que eso daría lugar a un escándalo.

—Pero hubo una ceremonia...

—... pero no hubo testigos. Tus amistades pensarían que sólo quieres salvar tu buena reputación. Siempre se piensa lo peor de una persona cuando hay rumores que así lo demuestran, lo sabes.

—No puedes hacerme algo así —le dijo con firmeza—, tenemos que estar casados.

—¿Por qué? —preguntó él levantando el tono de voz—. ¿Qué hay detrás de todo esto?

—Lucas, creo que te sorprende que aún me considere tu esposa.

—No lo creo.

—Permíteme que te explique. Tuve toda la intención de anular el matrimonio, pero cuando regresé a casa, mi padre insistió en que me casara con Joel.

—¿El esposo de tu hermana?

—Sí, pero Stephanie lo amaba. ¿No te lo había dicho? Mi padre no quería entender razones y creo que hasta me habría obligado a casarme con Joel. Si no le hubiera dicho que ya estaba casada, ahora sería la señora de Parrington. Claro que no le agradó enterarse de eso. Trató de encontrarte, para averiguar qué clase de persona eras.

—¿No le dijiste que era detestable?

Eso fue una provocación.

—No, no se lo dije. No le dije que eras un mentiroso y un desvergonzado.

—¿Quién, yo? —estalló él, y la tomó de los hombros. Pero al ver su mirada asustada, la soltó.

—Mejor hablemos de tus mentiras. ¿Señorita Hammond, no? ¿Hija de John Richards? Dijiste que tenías dieciocho años; que eras pobre, viuda, y que tu padre no había querido ayudarte. ¿Me olvidé de alguna mentira?

—Lucas, puedo explicarlo todo —dijo acobardada.

—¿Qué puedes explicar? —le gritó—. ¿Qué habría ocurrido si yo realmente hubiera querido una esposa? ¿Lo pensaste acaso cuando respondiste el anuncio del periódico? ¿Lo pensaste?

—¡Yo no respondí ese anuncio! —gritó Sharisse. —¡Lo hizo mi hermana!

Se miraron sorprendidos.

—Siéntate, Sharisse, y cuéntame todo desde el principio.

Así lo hizo. Le contó todo acerca de Joel y Stephanie.

—Tenía el corazón destrozado porque yo me iba a casar con Joel, no supo lo que hacía. No puedes culparla, Lucas. Pensé en devolverte los pasajes junto con una carta de Stephanie. Pero cuando dejé Nueva York, me di cuenta de que no tenía mis joyas. —No le explicó eso con tantos detalles, y siguió hablando. —No tuve altemativa, tuve que usar esos pasajes porque no tenía dinero.

—¿Por qué no me dijiste todo esto cuando llegaste? Podríamos haber llegado a un acuerdo. Podríamos habernos ayudado sin necesidad de mentirnos.

—Lo habría hecho, pero no me atreví. Tuve miedo. Pensé que no me aceptarías y que me enviarías de regreso a Nueva York. —Él rió, pero ella pasó por alto su risa. —¿Qué acuerdo podríamos haber hecho? ¿Para qué me necesitabas allí, Lucas? ¿Tenía todo eso algo que ver con Samuel Newcomb?

—Tu padre se enteró, ¿no es cierto?

—Sólo rumores. ¿Es verdad que enviaste a Sam a la ruina?

—Ésa es la razón por la que estaba allá —confesó sin titubear—. Sam estaba demasiado protegido como para intentar matarlo, pero arruinarlo fue una buena venganza de todos modos. Después de un tiempo, Fiona interfirió en mis planes haciendo que Newcomb se pusiera celoso. No quería que se convirtiera en mi enemigo en ese momento, así que pensé que se tranquilizaría si sabía que iba a casarme. Y así fue.

Entonces Sharisse comprendió.

—Él es el hombre que pagó para que mataran a tu padre, ¿no es así?

Lucas asintió.

—No pude probarlo, pero así fue.

Sharisse estaba pasmada por el relato.

—Slade se ocupó de un hombre, y tú del otro. Vosotros, los Holt, no creen en la ley cuando se trata de hacer justicia y arreglar cuentas.

Él podía seguir contándole detalles de la larga historia, pero pensó que no valía la pena. Aún no sabía qué iba a hacer con ella. Nunca pensó que se sentiría tan ansioso cuando volviera a verla. Había pasado mucho tiempo. Estaba tan hermosa como siempre, hasta diría que más hermosa, y la deseaba intensamente. Aunque pensara que no tenía corazón, no podía alejarse de ella.

Se quedó pensativo, y Sharisse se impacientó. ¿En qué estaría pensando?

—Mira, Lucas, yo sé que tú no quieres una esposa, y lamento no haberme dado cuenta de eso antes. Pero conseguiré el divorcio tan pronto como pueda.

—No puedes divorciarte de un hombre con el que no estás casada —respondió con naturalidad.

—¡Lucas! ¿Todavía estás enojado por mis mentiras? No tienes derecho a enfadarte así. —Sharisse estaba perdiendo la paciencia. —Tú también mentiste. ¿Qué habría ocurrido si yo hubiera querido un esposo?

—Habría hecho algo para remediar tu desilusión. En realidad, deposité una pequeña suma para ti en un banco de esta ciudad. Pero, por supuesto, no existe esa tal señora Hammond que pueda ir a recogerla —Se encogió de hombros. —Ahora que sé que no necesitas ese dinero, lo destinaré a otra cosa

—¡Así que tenías dinero! —exclamó Sharisse furiosa—. ¡Podrías haberme enviado de regreso a casa cuando te lo pedí! ¡Eres un... ah!

—No me arrepiento de no haberlo hecho —dijo él con una sonrisa.

—¿Por qué vivías así si tenías dinero?

—Toda mi riqueza proviene de la mina de oro de mi padre. Pero tenía un motivo especial para estar en Arizona. Todo fue por el bien de Sam. Yo tenía un plan, y malgastar mi dinero no era parte de ese plan.

—Pero me contaste que nunca encontraron esa mina.

—Dije que Newcomb no pudo hallarla. Mi hermano y yo sabíamos dónde estaba.

—¿Así que eres rico realmente?

—¿Estás desilusionada por eso?

Era más que una desilusión. Estaba furiosa y confundida.

—Eso no cambia las cosas.

—¿Estás segura?

—Claro, rico o no sigues siendo detestable.

Él lanzó una carcajada.

—Pensé que te agradaría saber que aquí puedo comprarte el lujo en el que estás acostumbrada a vivir. Aunque tendría que controlarte, gastas demasiado.

Sharisse comprendió de qué hablaba.

—¡Nadie te pidió que pagaras mis cuentas, Lucas! ¿Por qué lo hiciste?

—Porque llevas mi nombre. Eso me da el derecho a hacer lo que quiera con respecto a ti.

—¡Pero dijiste que no eras mi esposo!

—No lo he negado públicamente... aún, ¿no es cierto?

—Pero piensas hacerlo, ¿no? —dijo ella. Él no respondió, y Sharisse estalló—. Lucas, ¿por qué hacer todo esto? Puedo soportar el escándalo que provocará mi divorcio, pero no soportaré los rumores y comentarios que hará la gente si se entera de que nunca me casé contigo.

—Eres la única culpable de todo esto, Sharisse.

—¡Ya te expliqué la razón! —gritó ella.

—Por tu hermana, claro, pero ella se casó hace tiempo. ¿Qué excusa tienes para no solucionar nuestra situación de una vez por todas?

Sharisse apartó la mirada. Decirle la verdad sería una forma de obligarlo a algo que él no deseaba; no lo haría, no podía hacerlo.

—Yo... yo creí que no habría ningún problema si dejábamos las cosas como están, Lucas. Mi padre tal vez buscaría un esposo para mí, y yo no quiero otro esposo. —Después de decir esto pensó que tal vez ésa no era la verdad.

—¿Y si yo quisiera casarme algún día?

—Dijiste que no estamos casados.

—Tú no lo sabías.

—Bueno, habría hecho algo al respecto cuando fuera necesario. Pensé que no debía precipitarme. ¿En qué forma te afecta eso, Lucas? ¿Por qué no dejar que simule el divorcio? Ésa sería una solución. Te juro que no volveré a causarte problemas, no volverás a verme siquiera.

Él la miró con intensidad. ¿No volvería a verla?

—Si quieres divorciarte, Sharisse, tendrás que volver a casarte conmigo.

—¡Pero eso es ridículo!

—Haz lo que mejor te parezca —le respondió terminante.

—Pero, Lucas, no tiene sentido que hagamos eso si no es necesario.

—Ya estoy harto de simular. Lo hacemos a mi manera, o tendré el coraje de admitir ante todos los presentes que no soy tu esposo.

—¡No lo hagas!

—¿Entonces?

—De acuerdo, Lucas, pero estoy absolutamente convencida de que te has vuelto loco.

—Tal vez tengas razón. —Le ofreció una sonrisa encantadora, lo cual enfureció aún más a Sharisse. —Pasaré a buscarte mañana por la mañana, alrededor de las diez. Y no te preocupes. Nadie se enterará de que nos casamos para que puedas divorciarte. Sólo haremos público el divorcio.

—No hablas lógicamente —dijo ella—, bueno, en realidad nunca lo hiciste, Lucas. Nunca fuiste un hombre razonable.

—Trato de atar cabos, hermosa. No puedes impedírmelo.

No sabía a qué se refería, pero tampoco se lo preguntó. Estaba cansada.

—Creo que no volveré a la fiesta. Discúlpame ante los invitados. Las tontas conversaciones de las fiestas me aburren. A nosotros, los marinos, no nos agrada esa clase de charla. —Ella se sonrojó y él siguió hablando. —¿Fue necesario que me convirtieras en capitán de barco?

—Me pareció apropiado ya que nunca te veían conmigo —respondió ella.

—Bueno, en ese caso, supongo que podemos decir que abandoné esa profesión.

Su sonrisa burlona la enfurecía una vez más.

—Puedes decir lo que quieras. Siempre lo haces. —Sharisse se fue y él se quedó allí, sonriendo y contemplándola.

41

Sharisse se puso un vestido de lanilla color azul cobalto, y una capa haciendo juego; nada especial ni demasiado elegante para una salida absurda.

Lucas llegó puntual. Ella salió presurosa para que él ni bajara del coche. A él le causó gracia su actitud.

—Cualquiera pensaría que estabas ansiosa por verme —le dijo, y la ayudó a subir.

—No quería que vieras a mi padre —le dijo nerviosa.

—Pero estaba ansioso por conocerlo. Dijiste que tu padre y yo éramos muy parecidos. ¿No le contaste que nos casaremos otra vez?

—Claro que no. Dijiste que nadie debía enterarse —le recordó.

—Sí, así fue —dijo él.

—¿Has cambiado de opinión? —le preguntó esperando que dijera que sí.

—Ah, hermosa —le dijo con tono pícaro y sensual—, ¿qué diferencia hay en que te cases conmigo dos veces, si conseguirás lo que quieres?

—¡Lo que tú quieres, querrás decir!

Él rió, y Sharisse se acomodó en el asiento decidida a ignorarlo. No volvieron a dirigirse la palabra. Sharisse estaba furiosa, y Lucas la miraba absorto. Salieron de la ciudad y se dirigieron a una pequeña iglesia. Él ya había hecho los arreglos necesarios, y el ministro los estaba esperando, junto con dos testigos.

Sharisse permaneció inmutable durante la ceremonia. El ministro llamó a Lucas por un nombre que ella no esperaba escuchar.

No tuvo tiempo de decir nada ni de protestar, porque él le dijo:

—No te preocupes. Fue sólo un error.

—Pero...

—Si no quieres seguir adelante con esto, hay una alternativa.

Sharisse se quedó muda.

Lucas imaginó que ella protestaría otra vez cuando firmaran, pero Sharisse lo sorprendió. Él no lo sabía, pero ella no recordaba haber firmado en la ceremonia anterior, así que el hecho de que el ministro no hubiera escrito sus nombres aún no le llamó la atención. Tampoco hizo comentarios cuando él insistió en que firmara con su nombre de soltera. Así lo hizo. Luego salió de la iglesia y lo esperó en el coche.

Cuando él subió al coche, le entregó el documento sin decir palabra. No tuvo que esperar demasiado para que reaccionara.

Sharisse leyó el nombre «Slade» y miró a Lucas.

—Dijiste que el sacerdote se había equivocado de nombre nada más. ¡Pero firmaste Slade! —gritó, y le arrojó el documento.

Él la miró pero no dijo nada.

—¿Cómo pudiste hacerme esto, Lucas? ¡Me has casado con tu hermano!

—No. Te has casado conmigo, y esta vez legalmente. ¿No te das cuenta aún?

Quiso hacerle muchas preguntas, y finalmente le dijo:

—¿Eres Slade, no es cierto? ¡Te hiciste pasar por Lucas para burlarte de mí! ¿Qué te propones ahora? Fuiste tú quien se casó conmigo la primera vez. Ese día regresaste y me hiciste creer que eras Lucas para poder... si el ministro no hubiera llegado en ese momento, entonces habrías... Con razón Lucas estaba furioso. ¡Me casaste con él sin que él lo supiera!

—Ya sabes parte de la historia, hermosa ¿Quieres saber el resto o seguirás hablando?

—¿Qué puedes decirme para disculparte? —le dijo, furiosa. ¿Cómo podía ser tan arrogante? —¿No estoy casada con los dos, no es cierto?

—No. Tu primer matrimonio no fue legal.

Por lo menos, no era bígama, eso era un alivio.

—No sé qué has logrado con todos estos engaños, Slade. Será un placer divorciarme de ti.

—¿Te divorciarás de mí, hermosa?

—Claro —le aseguró.

Sharisse decidió que no había nada más que decir y guardó silencio. Regresaron a su casa sin hablarse, al igual que en el viaje de ida.

Él la sorprendió diciendo:

—Prepara tus cosas, Sharisse. Vendrás a vivir conmigo.

—Eso es totalmente absurdo, Slade —dijo ella al bajar del coche.

—No me casé contigo porque sí. Antes no tenía ningún derecho, pero ahora sí. Haz lo que te digo.

Ella estaba pasmada

—¡No seré tu esposa! ¡No lo seré!

Entró corriendo a su casa y dio un portazo. Entonces él abrió la puerta.

—Pensaste que sería muy sencillo, ¿no es cierto?

Ella lo miró furiosa.

—¡Vete!

—¿Qué ocurre aquí? —preguntó Marcus, que había aparecido en el vestíbulo y miraba de frente al desconocido.

Sharisse se volvió hacia su padre, y con el mismo tono de voz le dijo:

—Cree que porque me casé con él debo hacer todo lo que me ordene. Me engañó, papá. Este hombre no es Lucas. ¡Es Slade! Explícale que esto se acabó porque yo ni quiero volver a mirarlo.

Subió las escaleras corriendo. Los dos hombres permanecieron en el vestíbulo; frente a frente. Marcus estaba confundido. ¿Este hombre era su yerno? ¿Este hombre fuerte cuya mirada expresaba carácter y fría determinación?

—Hubiera querido que nos conociéramos de otro modo, señor Hammond, pero debo advertirle que no interfiera. —Marcus iba a decir algo, pero su yerno se adelantó: —Sharisse es su hija, pero yo, como esposo, tengo derechos que nadie puede quitarme. Usted lo sabe. No me iré de aquí sin ella.

—Entonces, ¿es verdad que es su esposo?

—Ella lo admitió delante de usted.

—Pero estaba casada con su hermano. Usted no es Lucas Holt.

—Señor Hammond, es una larga historia que tendría que contarle primero a Sharisse. Lo único que puedo decirle por ahora es que la amo, y creo que ella me ama.

Marcus no pudo evitar una sonrisa.

—Ah, no dudo de que esté enamorada, aunque nunca lo admitió. Supe que estaba enamorada cuando regresó de Arizona. Pero es a Lucas a quien ama. Usted no le agrada, créame.

—Ésa es la impresión que le dio, pero puedo asegurarle que sus sentimientos cambiarán antes de que termine el día. Y ahora, iré a buscar a mi esposa, con su permiso o sin él. Sería más fácil para los dos si contara con su permiso. No es aconsejable que usted y yo no nos entendamos. Pero nada me impedirá salir de aquí con ella. No me importa que usted se oponga o que ella grite. ¿Me comprende?

—Por Dios, Sharisse tenía razón. Es difícil dialogar con usted. ¿Puede darme su palabra de que Sharisse no será desdichada?

—Sí, le doy mi palabra.

Marcus meneó la cabeza. ¡Qué situación complicada! Pero Sharisse no había renunciado a este hombre. Era su esposo. ¿Qué otra alternativa tenía Marcus?

—Adelante, entonces —dijo Marcus resignado—. Su habitación está en la planta alta, a la izquierda. Pero espero no tener que arrepentirme de esto, Holt. No lo olvide. Trátela bien, ¿me escuchó?

—¿Me está amenazando, señor Hammond? —le preguntó con descaro.

—Sí, claro que sí.

El joven hizo una mueca, y subió la escalera.

42

Por supuesto Sharisse cerró la puerta con llave, pero él la abrió de un empujón.

Ella estaba de pie en medio de la habitación.

—¿Qué le hiciste a mi padre? —le preguntó con tono acusador—. ¿Por qué no te impidió que subieras? No tienes nada que hacer aquí.

—Tu padre es suficientemente inteligente como para entender que eres mía. Es hora de que tú también lo aceptes. —Dio dos pasos y la tomó de los hombros. —Bueno, ¿saldrás caminando o prefieres que te lleve en brazos?

—¡No te atreverías! —gritó ella, pero él la cargó al hombro de todos modos—. ¡Suéltame, Slade! ¡Suéltame! Puedes obligarme a vivir contigo, pero nunca permitiré que me toques. ¡Amo a Lucas! ¿Me has oído? ¡Te odio!

La llevó hasta el coche. Una vez allí, ella se acurrucó en un rincón.

—¿Y mis cosas? —preguntó ella con tono autoritario.

—Me ocuparé de que te las envíen.

—No te imaginas cuánto te detesto.

—Ya lo sé. —Tuvo la audacia de sonreírle. —Estaremos en el hotel en unos minutos, así que sugiero que te tranquilices, y pienses en cómo vas a entrar. No me molestaría cargarte otra vez.

Entraron al hotel del brazo. Atravesaron el lujoso vestíbulo sin hacer ninguna escena, y se dirigieron a los ascensores.

La habitación de Slade estaba en el quinto piso. Sharisse pudo apreciar que estaba amueblada con refinamiento. Tomó asiento, y decidió que no se movería de esa silla. Él se quedó de pie delante de ella, con los brazos cruzados y actitud desafiante. Ella lo miró con desprecio.

—No creas que tu presencia me inquieta, Slade Holt.

Él miró a su alrededor y dijo:

—Viviremos aquí hasta que la casa esté terminada. Creo que podremos mudarnos dentro de una semana.

—¿No crees que estás haciendo demasiados planes?

Él sonrió.

—¿Aún dudas de nuestro matrimonio? Tu amigo Robert entendió perfectamente cuando le dije que ya no lo necesitaba. Pero tú aún no estás convencida.

—Así que por eso Robert... ¡ah! ¿Qué haces aquí en Nueva York, Slade? ¿Qué te propones? Este lugar no tiene nada que ver contigo. Tú eres un pistolero, eres hijo del Oeste salvaje e incivilizado. No te adaptarás a esta vida.

—He llegado a la conclusión de que puedo vivir en cualquier parte.

—Pero, no te quedarás a vivir aquí ¿no es cierto?

—¿Por qué no habría de hacerlo? Siempre quise conocer el mundo. Admito que he viajado bastante, pero no disfruté tanto como esperaba. Y eso se debe a que no pude olvidarme de ti. Tendremos que viajar a Europa juntos algún día.

—¿A Europa? ¿Eso quiere decir que fuiste a Europa con Lucas?

—Podría decirse que sí. Ah, dicho sea de paso, en Francia Lucas conoció a alguien que tú también conoces, un hombre altanero que vive jugando apuestas que tienen por víctimas a jóvenes vírgenes e ingenuas.

—¿Antoine? —preguntó ella.

—Creo que Lucas acabó con él. Golpeó a ese Gautier de tal modo que su rostro no volverá a ser hermoso.

El rostro de Sharisse se iluminó al oír esto.

—¿Lucas hizo eso por mí?

—Yo lo hice —respondió Slade.

—¿Tú? Pero dijiste que...

—¿Cuándo comprenderás la verdad, Sharisse? ¿No te has dado cuenta todavía? No somos dos personas.

Sharisse se puso pálida.

—Eso... eso es imposible —dijo con voz quebradiza.

Se arrodilló a su lado, y la miró a los ojos. Luego, le habló con suavidad.

—No me temes. Antes me temías, pero ya no. ¿No te has preguntado por qué?

Ella lo miró, y comprendió que le decía la verdad. Ya no era un hombre peligroso. Si no se hubiera enojado tanto, se habría dado cuenta antes.

—Entonces, eres Lucas —concluyó Sharisse.

Él suspiró y se puso de pie. La expresión de su rostro era dura. La ternura y la suavidad habían desaparecido. El cambio de actitud fue brusco y sorprendente. Sharisse ya no dudaba. Ese hombre era Slade.

—Sharisse, Lucas está muerto —dijo con amargura—. Feral Sloan lo mató el mismo día en que mató a mi padre. No lo supe sino hasta el día en que maté a Sloan. Durante casi diez años creí que Lucas había escapado, que estaba vivo en alguna parte, y que algún día lograría hallarlo. No recordaba su muerte porque perdí el conocimiento inmediatamente después de verlo morir.

Slade se apartó de ella para esconder su pena.

—Yo caí de mi caballo y rodé por el barranco; en vez de escapar, Lucas se detuvo para ayudarme. Supongo que yo hubiera hecho lo mismo en su lugar. Estábamos muy unidos, ¿sabes?, ser mellizos es como ser uno parte del otro. Sloan logró alcanzarnos, y le disparó a Luke en la espalda. Yo tenía una herida en la cabeza, y había perdido tanta sangre que Sloan supuso que estaba muerto. Creyó que bastaría con llevar un solo cuerpo para probar que no quedaba ningún Holt con vida que pudiera reclamar esa mina de oro. Y se llevó el cuerpo de Luke. —Hizo una pausa. —Yo tenía diecinueve años cuando descubrí la tumba de mi hermano al lado de la de mi padre en Tucson. —Sharisse lo miró, y sintió una tremenda angustia.

—Tú mataste a Sloan. ¿Por qué no acabaste con Newcomb también? ¡Deberías haberlo hecho!

Él la miró de frente, sorprendido por el énfasis con que había hablado.

—Ya te lo dije. Estaba demasiado custodiado y protegido. Hubiera sido un hombre perseguido durante el resto de mi vida, y ya sé lo que eso significa. Había sólo una forma de hacer que Newcomb recibiera su merecido. Le quité lo que más valoraba: su riqueza. Esa riqueza que ganó de forma deshonesta.

—Pero esperaste demasiado tiempo para hacerlo.

—Fue necesario, Sharisse. Tuve que hacer planes. Y además, nunca lo habría logrado con mi propio nombre. Tú viste cómo me trataba la gente de Newcomb. Tú, al igual que ellos, me temías.

—Te comportabas como un salvaje, Slade.

—Dulzura, era un santo. Tú no sabes cómo era hace ocho años. Después de haber vivido entre el miedo y el odio durante tantos años, no podía comportarme de otra forma. No podía ser amigable. ¿Cómo podía hacer que Newcomb confiara en mí cuando me consideraba un asesino? Tenía que cambiar, tenía que crear una personalidad diferente. Para eso vine al Este, para vivir en la civilización. Soy reservado y callado por naturaleza, pero tuve que hacer un esfuerzo para lograr ser más abierto y amigable. Me sirvió de mucho conocer a ese apostador francés. Henri Andrevie era todo lo que yo no era, un joven despreocupado y conquistador con un sentido del humor capaz de enfurecer a cualquiera; ésa era la clase de hombre del que tú te enamoraste.

Sharisse se sonrojó porqué acababa de decir la verdad.

—En lugar de hacer tantos sacrificios, ¿por qué no contrataste a alguien para que se encargara de Samuel Newcomb? Tenías dinero. ¿No hubiera sido mucho más sencillo?

—Sí, pero no me hubiera causado la misma satisfacción. No me gusta que otros hagan mi trabajo. Eso era algo que yo mismo tenía que hacer. Después de cinco años decidí que estaba listo. Pero cuando regresé a Newcomb era otra persona. Todos me recordaban. No hubiera podido convencer a Samuel Newcomb de que había cambiado tanto. Así que me convertí en mi propio hermano mellizo para engañar a Newcomb. —Se sentó frente a ella, un poco más tranquilo ahora. —Nadie sospechó nada. De vez en cuando aparecía por el pueblo como Slade, y eso me sirvió de mucho.

—¿Nadie se dio cuenta? ¿Nadie?

—Sólo Billy.

—Por supuesto. —Sharisse comprendió. —Me contó muchas cosas cuando llegué al rancho. Me habló de ti, y de Lucas, y de las aventuras que habías vivido con él cuando salíais a atrapar caballos salvajes.

—Me sorprende que nunca se haya equivocado de nombre al llamarte. Así que eso de que tú, o Lucas, vivíais con una tía en St. Louis era mentira.

—Bueno, teníamos una tía, pero era una arpía. Lucas y yo la odiábamos tanto como nuestro padre. Nunca pensamos en volver a vivir con ella.

—Me lo podrías haber dicho antes —dijo Sharisse, que apenas podía creer lo que acababa de confesarle.

—No, no podía. Tu historia no era muy creíble, no podía confiar en ti.

—Pero, dejaste que me fuera de Newcomb convencida de que estaba casada, y de que tenía un esposo que nunca existió. ¿Cómo pudiste hacerme algo así?

—No era necesario que te lo dijera porque tú ibas a anular el matrimonio, ¿recuerdas?

—¿Te parece que fue necesario que te conociera como Slade? Sabes que yo le temía.

—Creo que eso fue muy egoísta de mi parte. Te quería tanto, pero tú me evitabas. Sólo pensaba en ti. Imaginé que haciendo el papel de Slade correrías a Lucas en busca de protección. Y resultó.

—Claro que resultó. Lucas era más agradable que Slade.

—Ése fue otro problema. Nunca pude entender por qué le temías a Lucas. Por un lado habías dicho que eras viuda, pero la forma en que respondías a sus besos se contradecía con tus protestas. Lo desconcertaste pero, sin embargo, yo sabía que lo querías.

Sharisse se sonrojó y apartó la mirada. ¿Tenía necesidad de ser tan cruel?

—Luego comprendí que habrías reaccionado de igual forma con cualquier hombre que hubiera amenazado tu virginidad. Debiste haberme dicho que eras virgen.

—Así que aquella noche en la montaña cambiaste de personaje. Claro que Billy siguió el juego, y me hizo creer que eran dos personas distintas. —Recordó todo lo ocurrido de repente. —No es sorprendente que Slade me dejara ir así como así. Sabías que luego Lucas me haría el amor.

—Así fue. No puedes negar que a Lucas no le fue nada difícil. Tú nos querías a los dos. Lo habías elegido a él, pero ese Slade a quien temías también podría haberte hecho el amor, y lo sabías.

Quería negarlo pero no podía. La perturbó la idea de que él también sabía que no podía negarlo.

—El egoísmo no es una virtud —le dijo ella con amargura.

—¡No puedes hacerme sentir culpable ahora por haberte hecho el amor en aquel momento! Podría haber ido a la casa de Rosa en el pueblo y pasar un rato agradable, pero te quería sólo a ti. Te quise desde el momento en que vi tu fotografía. Sentí una inmensa alegría cuando vi que la que bajaba de la diligencia eras tú y no tu hermana.

A Sharisse le agradó oír eso. Y a decir verdad, no se arrepentía de haberse entregado a él. No a él sino a Lucas. Ella había hecho el amor sólo con Lucas, y este hombre no era Lucas.

—Estoy tan confundida.

Él guardó silencio para que ella pudiera reflexionar un momento.

—¿Por qué apareciste en el rancho por segunda vez? Ya me era bastante difícil aceptar que tú y Lucas me perturbábais de la misma forma. ¿Tenías que probarlo y hacerme sentir peor aún?

—Me proponía lo contrario. No me gustaba la idea de que nos quisieras a los dos. Pensé que te olvidarías de mí después de que Lucas te hiciera el amor, pero no fue así, ¿no es cierto?

—No puedes tener celos de ti mismo, Slade.

—En ese momento no sabías que éramos la misma persona, Sharisse. Para ti éramos dos hombres completamente distintos.

—Para mí eras un poco tu hermano en esas actitudes imprevisibles e inquietantes. —Se detuvo al ver su sonrisa burlona. —¿Qué te causa gracia?

—Acabas de admitir que me amas, dulzura.

—¡Eso es mentira! —dijo indignada—. Yo me enamoré de Lucas, no de ti. —No soportaba más su mirada fría.—¡Ah, ya sabes a qué me refiero!

—¿Y qué te hace pensar que no soy el hombre de quien te enamoraste?

—No actúas como él. No eres como él.

—Hay sólo un hombre, Sharisse, y ése soy yo. Ahora puedo ser yo mismo. Se acabaron las actuaciones, ya no tendré que comportarme con cautela ni medir mis palabras.

—Siempre temí a Slade.

—Eso era lo que yo quería, dulzura. No pensarás que soportaría que te entregaras a ambos, ¿no es cierto?

Recordó las dos ocasiones en que casi se había rendido ante él, la primera vez en el rancho, y luego otra vez en la montaña. Y recordó lo confundida que se había sentido cuando él se apartó de ella las dos veces. Recordó su mirada triunfadora cuando ella le dijo que sería capaz de rogarle que la dejara en paz. En ese momento Sharisse había pensado que él sentía placer al humillarla, pero ahora se daba cuenta de que era porque había elegido, no los quería a ambos.

—¿Por qué volviste al rancho? —le preguntó ella—. Ya habías logrado tu propósito. Lucas y yo...

—Eso no fue intencional, Sharisse. El hecho es que ese día yo regresaba a casa temprano porque no podía esperar más. Quería volver a verte. Entonces me encontré con esos apaches, y me di cuenta de que no podía hacer el papel de Lucas. Te habrías preguntado cómo podía comunicarme con ellos tan fácilmente.

—No tenías nada que perder.

—No, pero cuando llegué ahí recordé el motivo por el que tú y Lucas habíais discutido, y sentí el impulso de saldar esa cuenta. Y tú escogiste. Pero, te gustó insistir, ¿no es verdad?

No pudo mirarlo a los ojos, sentía rencor. Él le había asegurado que la dejaría en paz.

—¿Qué habría sucedido si no hubiera llorado? ¿Me habrías hecho el amor?

Él meneó la cabeza.

—Habría buscado la forma de enfurecerte. Nunca estuviste en peligro conmigo, hermosa.

—Ojalá lo hubiera sabido entonces —le dijo terminante.

—Debes admitir que siempre te dejé ir. Eso no fue sencillo para mí —dijo él—. Cada vez que me acercaba a ti, como Slade o como Lucas, me sentía perturbado, diferente. Sharisse, yo no soy como el Slade que conociste en Arizona; tampoco soy Lucas.

Ella comprendió que ese hombre era una combinación de ambos, era Lucas y Slade en una sola persona. Después de todo, ella había deseado que fueran una sola persona. A pesar de toda esta confusión había algo que ella sabía. Éste era el hombre de quien ella se había enamorado, a pesar de que alguna vez había decidido que jamás entregaría su corazón.

Pero, ¿qué sentía él? ¿Qué sentía por ella?

Lo miró un momento y luego le preguntó:

—¿Por qué me seguiste hasta la diligencia ese día?

—Te vi cuando salías del rancho e imaginé que abandonarías el pueblo.

—Pero, ¿por qué actuaste como Slade?

—Habías decidido abandonar a Lucas, y seguramente armarías un escándalo al verlo.

—Podrías haberme alcanzado antes de que llegara a Newcomb. ¿Por qué permitiste que llegara hasta el pueblo?

—Sentí que ya te había herido demasiado, Sharisse. Si estabas resuelta a irte yo no te detendría. No hubiera sido correcto. Pero tenía que decirte adiós de alguna forma. Y eso podía lograrlo Slade. No podía dejar que te fueras y no hacer nada.

—¿Por qué ? —preguntó ella.

—Por Dios, mujer, ¿no te has dado cuenta aún de que te amo? ¿Por qué habría de estar aquí si no? ¿Por qué soportaría este tonto interrogatorio cuando lo único que quiero es tomarte en mis brazos y demostrarte cuanto te amo?

—Bueno, ¿por qué no lo haces? —dijo ella con voz suave.

Él la miró sorprendido, y soltó una carcajada.

—Señora Holt, realmente es sorprendente.

Ella sonrió, y se entregó a sus brazos.

—Te amo —murmuró él—, te deseo, te necesito. Ahora permíteme que te lo demuestre.

43

El coche se deslizaba por la Quinta Avenida con rapidez, pero para Sharisse no era suficiente. Estaba furiosa y el culpable era su padre. Slade iba sentado cómodamente, se lo veía tranquilo. No apartaba los ojos de ella. Parecía no importarle que los hubieran interrumpido justo en el momento en que la había levantado en brazos para llevarla a la cama.

Esto era más de lo que cualquier mujer podía soportar. Había vivido un año con la esperanza de que este hombre volviera a su vida, había pasado un año soñando con él, deseándolo, y ahora que había descubierto que la amaba tanto como ella a él, su padre lo arruinaba todo. Había enviado a dos hombres que se encargarían de hacerlos regresar a la casa de los Hammond.

Sharisse miró a Slade.

—¿Cómo puedes estar tan tranquilo?

—No llegaron en el momento adecuado, pero imaginé que vendrían. Estaba seguro de que tu padre haría algo. No me impidió que te sacara de la casa, y eso me llamó la atención. Sé que debe estar preocupado por ti.

—Pero...

—Cuando tu padre se entere de que estás bien, buscaremos la forma de estar solos.

—¿Lo prometes?

Él rió ante tanta franqueza.

—Ven aquí. —La sentó sobre sus rodillas. —Puedo hacerte el amor aquí mismo —susurró—, ¿te molestaría que te acariciara y te amara a la vista de todos?

—Veamos —respondió ella. Lo abrazó, y él la besó apasionadamente.

Slade se apartó de ella a tiempo, y suspiró. Ella se apoyó en el respaldo.

—Creo que no fue una buena idea, Sharisse.

Era obvio que él estaba algo incómodo. Había olvidado su calma y pasividad. Le brillaban los ojos. Ella suspiró, y trató de pensar en otra cosa, en cualquier cosa que apaciguara los latidos de su corazón.

—No sé si me agradará vivir contigo en Nueva York, Slade. Aquí hay muchas mujeres hermosas.

—¿Cuándo comprenderás que no hay ninguna mujer más hermosa que tú?

—Entonces, ¿nos quedaremos aquí?

—Por ahora, porque prefiero el Oeste. Pensé en tener otro rancho y criar caballos, seriamente esta vez. ¿Te agradaría vivir medio año aquí y medio año en el Oeste? Claro que esta vez no tendrías que cocinar y lavar.

—Creo que me gustará, si me compras un coche.

—Podría hacerlo. A propósito, ¿cómo está Charley?

—Ya no tiene celos de mí si es eso lo que te interesa saber. Ahora tiene familia propia

—Tal vez ahora no te cele. Pero le encantaba que lo tuvieras en la falda y lo acariciaras, ¿recuerdas? No te imaginas cuántas veces deseé estar en su lugar.

Llegaron a la casa Hammond. Los dos hombres bajaron de un salto para escoltarlos. Apenas entraron al vestíbulo, Slade golpeó a uno de ellos en la cara, luego al otro en el estómago. Con dos golpes más los derribó.

—Pero, ¿qué demonios...?

Sharisse se dio vuelta. Allí estaba su padre mirando a Slade. Éste se acomodó la ropa con naturalidad, y dijo:

—Eso fue sólo para demostrarle que no estoy aquí porque usted así lo quiso, señor Hammond.

Sharisse rió nerviosa

—Deberías haberlo hecho en el hotel —dijo y lo abrazó. Lo miró a los ojos. Una ola de deseo la envolvió y tuvo que hacer un esfuerzo para apartarse de él antes de que perdiera la cabeza y se olvidara de que no estaban solos.

—No debiste interrumpir nuestra luna de miel, papá, pero aprecio que te preocupes por mí. Como verás estoy bien. —Hizo una pausa y le habló a Slade en voz baja. —Te esperaré en mi habitación. Esta vez no tendrás que derribar la puerta.

Subió corriendo; los dos hombres se quedaron a solas. A Slade le llamó la atención que el señor Hammond no estuviera descontento. En realidad, Marcus estaba muy feliz y satisfecho. Por fin tenía un yerno capaz de manejar, no sólo sus negocios, sino también a Sharisse. Si no Slade, bueno, alguno de sus hijos finalmente manejaría el imperio de Marcus. Sabía que tendrían hijos, muchos hijos. Marcus era tan terco e inflexible que sería capaz de seguir viviendo para educar él mismo a sus nietos.

—¿Aún tiene dudas, señor Hammond? —preguntó Slade.

—Ninguna, muchacho, ninguna duda. Y ya que tu esposa te está esperando arriba, creo que podemos hablar más tarde. ¿Estás de acuerdo?

Slade se tranquilizó, y se le encendió la mirada

—Ya lo creo.

Sharisse se recostó en la cama, sus ojos brillaban de pasión. Le dolían los labios porque los besos de Slade habían sido ardientes. Pero era un dolor agradable, y deseó que volviera a besarla así. El comenzó a desvestirse. Sharisse sintió que algo le oprimía el pecho, era ese típico nerviosismo que la acosaba cuando los ojos verdes de Slade la miraban así. Éste no era Lucas, ese hombre encantador y atrevido. La calma de Slade la excitaba y atemorizaba al mismo tiempo.

Ella comenzó a quitarse el vestido, pero Slade la detuvo. Se sentó en la cama, a su lado, le tomó las manos y le habló con tono sensual.

—Permíteme, Shari. Soñé tanto con este momento.

Ella se entregó por completo. Él le quitó toda la ropa. Sharisse no podía contenerse, quería tocarlo. Había pasado demasiado tiempo, y su presencia masculina era demasiado fuerte.

—Tuviste un bebé.

Ella miró sus senos. Las marcas la habían delatado. Apartó la mirada, y se dejó caer en la cama entre suspiros. Había llegado el momento. Tenía que decírselo.

—Sí —respondió.

—¿Pensabas decírmelo algún día? ¿O tal vez creíste que nunca me daría cuenta?

Ella lo miró a los ojos y respondió con calma.

—Slade, tú no querías una esposa. ¿Cómo podía obligarte a seguir casado conmigo? Si hubieras sabido lo de las niñas te habrías sentido obligado a no dejarme. Y yo tengo mi orgullo, sabes. —Había guardado el secreto durante un año. Él la miró pero no pudo creer lo que acababa de confesarle.

—¿Las niñas? —repitió—. ¿Hay más de una?

—Mellizas. Y podrías haberme avisado de que existía la posibilidad. Me habría servido de mucho.

—¿Mellizas? ¿Dos hijas? —preguntó estupefacto. Ella lo abrazó y lo besó.

—Será un placer hablarte de tus hijas, pero no lo haré ahora.

—De acuerdo, hermosa. Nunca dejaré de decirte que eres maravillosa.

La besó antes de que pudiera decir algo.

Ya no pensaron en nada más. El fuego volvió a encenderse. Dentro de ella había llamas de pasión. Todo saldría bien. Más que eso. Sería maravilloso, y duraría para siempre.

Vivirían siempre juntos. El amor los consumiría, al igual que la pasión los consumía en este momento.

Lo abrazó con desesperación. Él respondió con el mismo ardor. La llevó cada vez más lejos, más alto, hasta que se fundieron en una llama que nunca se apagaría.